光文社文庫

生ける屍の死（上）

山口雅也

KOBUNSHA

光　文　社

生ける屍の死　上

上巻　目次

プロローグ／死者たちはどこへ　9

第一部　死せる生者たち

第1章　ピンクの霊柩車　19
第2章　死の陰の谷を歩みし者の帰還　38
第3章　墓の町の葬儀屋一族　55
第4章　スマイル霊園の微笑《スマイル》　73
第5章　一族の集い　90
第6章　霊園改造計画　108
第7章　棺桶暴走列車　127
第8章　お茶と強情　149

第9章　主人公が死んだら物語はどうなるんだ？　178
第10章　四つ辻《クロスローズ》カフェと愚者の毒　196
第11章　それぞれの秋、もの想う秋　220
第12章　飼いならされた死　247
第13章　「ジョン・バーリイコーンは死ななきゃならぬ」　270
第14章　楽しいエンバーミング　288
第15章　《黄金《ゴールデン》の眠り《スランバース》の間》にて　305
第16章　最後の晩餐　322
第17章　スポーツと気晴らしと探偵　342
第18章　「ジョン・バーリイコーンは甦らにゃならぬ」　364
山口雅也インタビュー　『生ける屍の死』執筆秘話（前編）　386

登場人物

スマイリー・バーリイコーン……スマイル霊園支配人
モニカ……スマイリーの妻
ジョン
ウィリアム　｝……スマイリーの息子（ローラの子）
ヘレン……ウィリアムの妻
ジェイムズ
ジェイスン　｝……スマイリーの息子（モニカの子、双生児）
フランシス（グリン）……スマイリーの孫
ジェシカ・オブライエン……スマイリーの娘
フレデリック……ジェシカの夫
フランク・オブライエン……トゥームズヴィルの不動産屋
ヴィンセント・ハース……スマイル霊園顧問、死学博士
イザベラ・シムカス……ジョンの愛人
サーガ（チェシャ）……イザベラの娘
アンドリュー・ハーディング……弁護士
マリアーノ神父……スマイル霊園カトリック教会司祭

南賀平次《なんがへいじ》……土地開発業者・葬儀評論家
ウォーターズ
エッティング
ポンシア
クルーズ
……スマイル霊園職員
ノーマン……墓掘り人
マーサ……バーリイコーン家料理人
ビル……《カフェ・クロスローズ》店主
ガス……トゥームズヴィルのチンピラ
ジム・フィルダー……PR業者
ヒューバート・ファリントン……テキサスの富豪
ピーター・ルイス……ヒューバートの秘書
パトリック・ハント……演劇雑誌コラムニスト
スチュワート・コリンズ……精神分析医
リチャード・トレイシー……マーブルタウン署警部
チャーリー・フォックス
キャラハン
ロペス
……同刑事

バーリイコーン一族系図

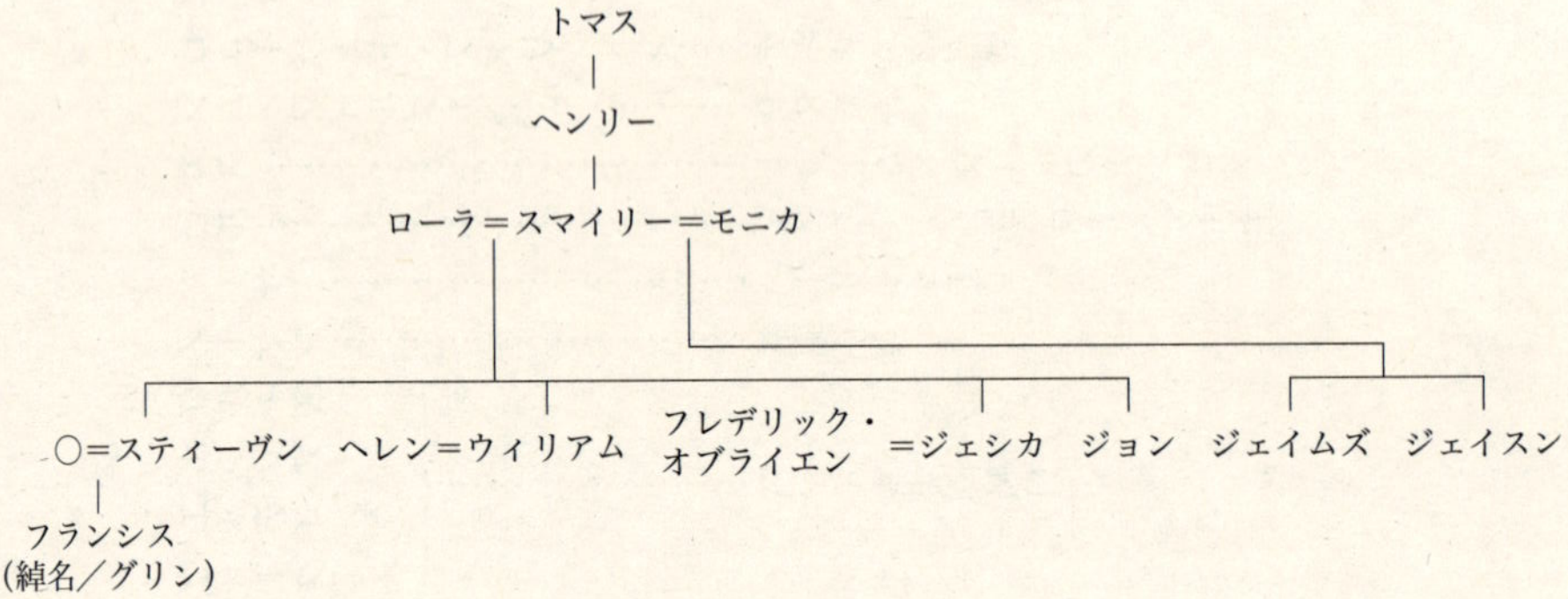

プロローグ／死者たちはどこへ

「あなたが犯人ですね、アンヘラさん」

ネヴィル警部は、いたるところに血が飛び散った部屋の中を見渡しながら、いかにも気がなさそうに言った。

部屋の隅に突っ立った肥《ふと》った女は、汗まみれの額にはりついた髪の毛をかき上げながら、スペイン語交じりの片言英語で猛烈な抗議を始めた。警部はいささかうんざりした顔でそれを聞きながすと、油じみた床に転がっている死体を指差して、再び口を開いた。

「おまえが亭主のカボチャ頭をかち割ったということぐらい、こちらはとっくにお見とおしなんだ！」

警部の口調には、もはや鄭重《ていちょう》さも気のなさそうなそぶりもなかった。

——この女にはお上品ぶった仮面など必要ない。頭ごなしにやっつけてやるに限る。警部は心の中で密かに舌打ちをした。彼の目の前で喚いている女は、受け持ち区域に最近流れ込んできた中米移民のなかでも、特に性悪のひとりだった。こいつが犯人でなかったら、死体が起き上がって裸足《はだし》で逃げ出すだろう。——そう、賭けたっていい。

「いいか、おまえの小賢《こざか》しい奸計《トリック》を俺が説明してやろうか？　あの窓際の水槽のなかにつけられた砂時計、あれとケチャップを塗りたくられたピエロの人形のふたつがあったおかげで、おまえのアリバイが成立した。しかしな、俺は暖炉の隅に捨てられていた萎《しお》れたサボテンの存在を見逃さなかった。あれこそ、おまえのアリバイを破り、おまえが殺人を犯したことを物語る重要な証拠……」

警部はまくしたてながら自分に酔い始めていた。今回はことのほか早く片づいた。夫殺しの犯人は妻、妻殺しの犯人は夫と、だいたい相場が決まっているもんだ。だが、今度の事件はタチが悪かった。移民女は柄にもなく、いろいろと下手な小細工を弄《ろう》していたのだ。俺のように鋭い推理力を持った捜査官でなければ、このヤマは、とても解決できなかっただろう……。

警部が自信に溢れた得意げな顔つきで事件の真相を語り終えようとした時、部屋の戸口にロビンソン部長刑事が現われた。

「警部、やっぱりありましたよ。寝室のクローゼットのなかに突っ込んでありました」

そう言いながら部長刑事が差し出したものは、小ぶりだが切れ味のよさそうな斧だった。刃の部分には、もちろん黒褐色に変色した血がこびりついている。

警部は満足そうにうなずくと、背後に転がっている死体をちらりと見やった。

——憐れな亭主の白髪《しらが》頭はあの斧でやられたのか。夫婦の間にどんな争いがあったか知らんが、ああなってしまっては、もうチキンの焼き具合ひとつにも文句をつけることはできないだろう。


死体の唇が文句を言いたそうにピクリと動いた。


警部は驚いて目を瞬《しばた》くと、もう一度死体を凝視した。

——いま、死体の唇が動いたような気がしたが……あれは俺の見間違いだったのか。検屍医は確か、被害者は一、二時間前に死亡したはずと断言していったではないか。被害者は斧で頭を叩き割られて即死。これはまぎれもない事実なはずだ。

警部はしばらく死体を見つめていたが、それが再び動きだすような気配はなかった。死体の苦悶に歪んだ唇は、窓から斜めに差し込む午後の光を受けて、日光浴中の蜥蜴《とかげ》のようにじっと静止したままだった。警部は心のなかで苦笑した。

——そらみろ、死体は死体じゃないか。さっきのが俺の見間違いでないとすれば、きっと死後硬直に違いない。そうだ、死後硬直だったんだ。筋肉の硬直は、まず頬や顎のあたりから始まるというしな……。

　警部はこの考えにすがりついてひと安心すると、女のほうへ向き直った。

「奥さん、凶器も見つかったようだし、ちょっと署まで来てもらいましょう。いまからあなたに認められている諸権利を言うから、よく聞いて……」

　お定まりのミランダ条項を読みあげようとした警部の声が宙に消えた。女がこちらの言うことを少しも聞いていないことに気づいたのだ。彼女の視線は、警部を通り越して彼の背後に焦点を結んでいた。大きく見開かれた瞳には驚愕の色が浮かび、唇はアルファベット・クッキーのOの字を突っ込まれたような体《てい》である。

　不意に警部の心臓が収縮し、腰のあたりから嫌な感触が這い昇ってきた。彼がまだ半ズボンをはいていた頃、墓地を通り過ぎる時にいつも感じていた、あの特別な感触が。

　警部の内部に甦《よみがえ》った童心が、怯《おび》えきった警告を発していた。

　――後ろを振り向くな！　振り向かなければ、おまえが危害を受けることはない……。

　しかし、警部の首は意志に反して、まるでゼンマイ仕掛けの人形のそれのように、じりじりと回り始めた。床に横たわっているものが厭《いや》でも視界の端にはいってくる。

　死体は上半身を起こしていた。

寝坊をした男が目覚まし時計に促されてあわてて起き直ったような恰好《かっこう》で、死者はこちらを見返していた。その顔には、まさに寝起きの戸惑いの表情――自分がおかれているのが夢の世界なのか現実の世界なのかわからない――が浮かんでいる。しかし、彼の額には、そんな見なれた表情とはかけはなれた、おぞましい傷痕が同居していた。斧の一撃によってできた額の傷口。それは、窓から差し込む光を受けて、まるで溶岩を噴出したまま活動を停止した火口然とした、微妙で、美しいともいえるような陰影を見せていた。

その傷痕が、はっきりと物語っていた。男がさまよっていたのが甘美な夢の世界などではなく、はかり知れない冥府《めいふ》の闇だったことを……。

警部は、恐怖と驚愕に両腕を抱え上げられた死刑囚のように、すくみあがったままその場に立ち尽くしていた。死んだ男の妻も戸口の部長刑事も凍りついたように動かない。それにひきかえ死者のほうは、ぎこちない動作でゆっくりと立ち上がり始めていた。動きを止めた生者と動き出した死者。奇妙なことに、その部屋のなかでは、生者と死者が逆転しているようだった。

死者は生者たちのほうに向き直ると、歪んだ唇を歪んだままの恰好で開いた。一瞬の間をおいて、喉の奥から無理に搾《しぼ》り出したようなしわがれ声が漏れてきた。

「お、俺は死んだのか……？」

部屋のなかの誰ひとりとして、死者の問いに答えられる者はいなかった。警部は、怯えながらも、死者の視線が自分を通り越して彼の妻のほうに向いていることに気づいた。この夫婦は、そろって俺を無視している、と警部はぼんやり思った。死者は妻を見すえながら驚いたように言った。

「おまえが、殺《や》ったんだな……」

女の神経にはそこまでが限界だった。女は悲鳴の代わりに獣のような喘《あえ》ぎ声を発すると、後ずさりを始めた。

しかし、そこから先は意想外の展開が待ち受けていた。死者のほうも女と同じように後ずさりを始めたのである。警部は死者の濁った目のなかにも、自分たちに劣らぬ恐怖の色が浮かんでいるのを知って驚いた。死者はどうやら自分を殺した相手を恐れているようだった。死者はもうこれ以上さがれない窓際につきあたると、切羽詰まった調子で呻《うめ》いた。

「い、いやだ。もう、これ以上……殺されたくない」

警部がその言葉をよく理解できないでいるうちに、死者はくるりと振り向くと、突然、頭から窓に突っ込んだ。ガラスの砕け散る大きな音が部屋に谺《こだま》し、事の成り行きをただ見守るしかなかった生者たちは、その音にびくりと身体《からだ》を震わせた。

あまりのことに、部屋のなかの誰もが口も利《き》けずに、ただ立ち尽くすだけだった。警部がようやく我に返ったのは、折れた窓枠にぶらさがったガラスの最後の一片が床に落ちて小さな音をたてたのを聞いてからだった。あわてて窓際まで駆け寄った警部が壊れた窓から外に顔を出すと、道路を隔てた向こう側の歩道を一目散に逃げていく死者の後ろ姿が見えた。身体の自由がきかないようなぎくしゃくした足どりだったが、死者の運動能力はかなりのものと見受けられた。

次第に小さくなる死者の後ろ姿を見送りながら警部は放心したように呟《つぶや》いた。

「なんてこった、ほんとに死人が裸足で駆け出しちまった……」

窓の下から、不意にもうひとりの死者が顔を突き出した。

警部は悲鳴をあげると、バネで弾かれたように窓際から跳びのいた。壊れた窓の外に現われた蒼白い皺《しわ》だらけのその顔は、部屋のなかを覗き込みながら嬉しそうに笑った。

「まあまあ、今度はまた派手にやったわね、アンヘラの奥さん」

窓の外の顔は死者ではなく近所の穿鑿《せんさく》好きの老婆のものだった。老婆はわけ知り顔でウインクすると、こう言った。

「夫婦喧嘩もほどほどにしないとね。おたくの旦那さん大丈夫？　まるで死人みたいな蒼い顔をして逃げてったけど……」

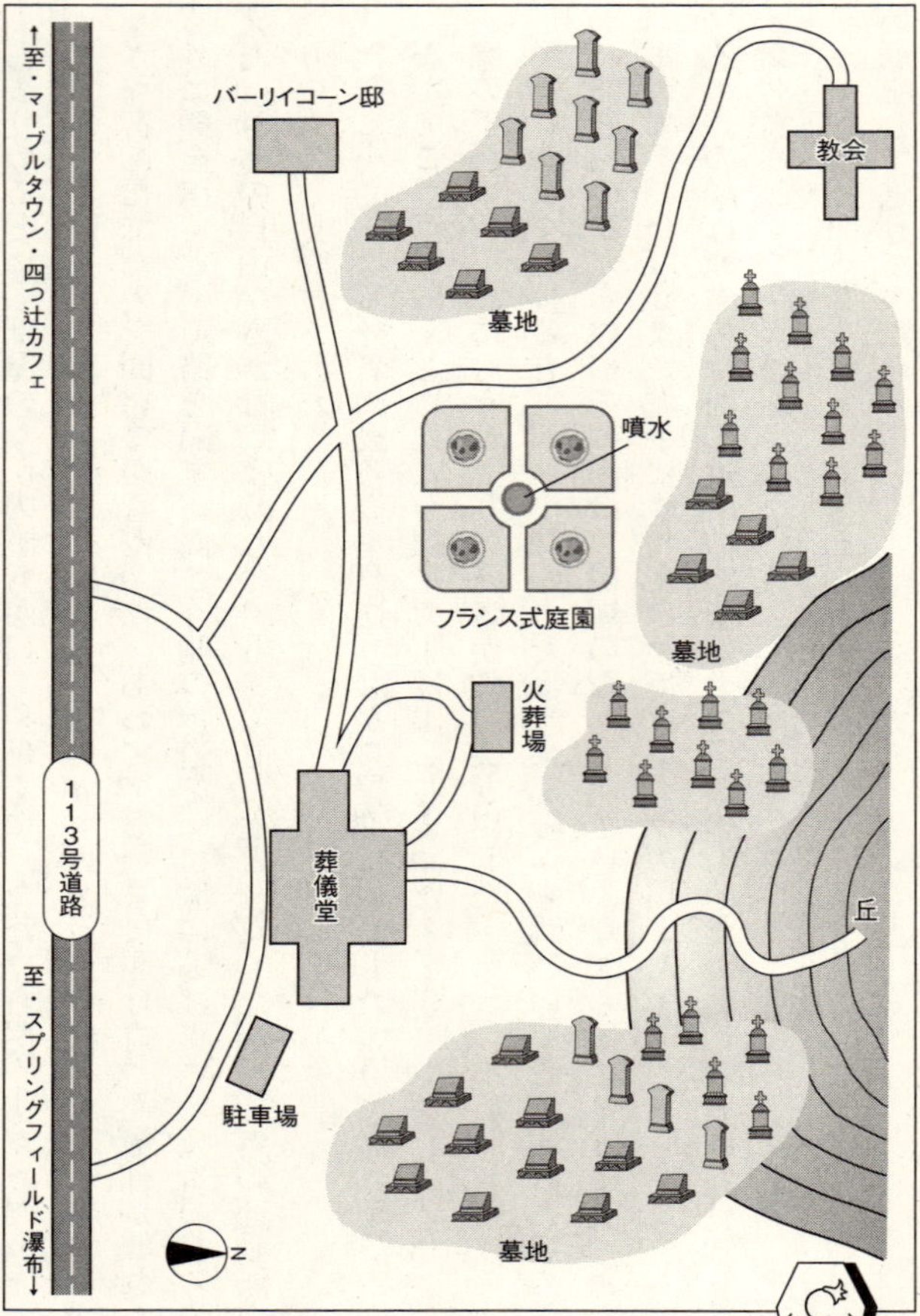

ようこそ、スマイル霊園へ

第一部　死せる生者たち

第1章　ピンクの霊柩車

心を無にせよ、緊張を緩め、流れに身を任せよ
それは死にゆくことではない、それは臨終にあらず

——ジョン・レノン
《トゥモロー・ネヴァー・ノウズ》

1

ピンク色の旧型ポンティアックの霊柩車が、北を目指して猛スピードで疾駆していた。

ニューイングランドの片田舎。紅葉の季節。黄金に色づいたサトウカエデの繁る丘陵では、あちこちでシロップ造りのための樹液採取が始まり、麓《ふもと》の牧場では、酪農家たちが

《北東王国秋落葉祭《ノース・イースト・キングダム・フォール・フォウレイジ・フェスティヴァル》》に出品する見事な白黒ぶちの乳牛や小柄だが精悍なモルガン馬の手入れに専心している。

　そうした秋らしい色合いの風景を背にピンク色の霊柩車はひた走っていた。――この奇妙な取り合わせを、田舎に隠遁《いんとん》した間抜けなヒッピーの残党が目撃したとしたら、俺はまだ一九六〇年代の悪い《バッド》トリップから醒めてないのかと、白髪混じりの長髪の頭をかきながら嘆いたに違いない。だが、ここが田舎だからこの霊柩車が特に目立った――というわけでもなかった。やはり麻薬禍の悪夢に出てくるようなサイケデリック調の悪戯《いたずら》描きが施された地下鉄に日ごろ平気で乗っているニューヨーカーたちにしても、二、三日前に五番街を流すピンクの霊柩車を見た時には、さすがに度胆を抜かれたのだから。

　先ほどから付近の酪農家のピックアップ・トラックが何台か、霊柩車と行き違ったり、追い越されたりしていたが、運転する農夫たちの反応はだいたい同じだった。彼らはまず驚き、次に、こんなことが起こるのもみんな民主党が悪いからだと憤慨し（もちろん共和党に毒づく奴もいる）、そして最後に、これはひょっとすると、清涼飲料の新製品かファースト・フード・チェーンの新手の宣伝に違いないと、実にアメリカ人らしい結論をくだしていたのだ。

　農夫たちが宣伝かもしれないと思った直接の理由は、霊柩車のボディになにやら灰色の文字が書かれていたからだった。だが、霊柩車がもう少しスピードを落として、そこになにが書かれているのか彼らに読めたなら、さきほどの結論はピックアップ・トラックの荷台から転げ落ちて、代わりに乾し草みたいにもやもやした当惑が彼らの頭を占めていたことだろう。霊柩車のボディには〈ドクター・ペッパー〉の文字も〈マクドナルド〉の黄色いロゴマークもなかった。ブレイクダンスでもしそうな躍動的なタッチでそこに書かれていた文句は――

《性愛《エロス》と死《デス》は兄弟》

――という人を喰ったものだったのだ。

いっぽう、この霊柩車を目撃した近隣の子供たちのほうは、大人たちよりももう少しロマンティックな想いを抱いていた。彼らはカボチャの灯籠《とうろう》を作る手を休めて、自分たちがいま見た霊柩車に乗っているのは、ひょっとして、きょう――ハロウィーンの日のために死の世界から甦った悪霊なのではなどと思ったりしていたのである。

霊柩車には実際は黒い服に身を包んだ悪霊ならぬ悪《ワル》の男女と、ほうぼう傷だらけになった一個の古ぼけた柩《ひつぎ》が乗っていた。

柩の中に遺体は納められていなかった。柩は実のところ運転席のふたりの衣裳やコミック・ブックやCDをしまう長持《ながもち》代わりに使われていたのだが、内張りが上等で寝心地がいいので、ゆくゆくは彼らが徹夜で遊んだあとの昼寝用ベッドとして使われる予定にもなっていた。

柩がそんな具合だから、運転席のふたりが着ている黒い服にしても、霊柩車に似つかわしい喪服というわけではなかった。いくら色が黒いからといって、肩や裾に金ぴかの鋲《びょう》が打ち込まれた革ジャンパーを喪服と認めるほど、この国は寛大ではない。彼らの風体《ふうてい》は悪霊のそれではないとはいうものの、派手な霊柩車の外観同様、ニューイングランドの片田舎ではかなり「浮いた」ものとなっていた。

ふたりのうち、偏執狂患者《パラノイア》のようにハンドルにしがみついている男は、革ジャンパーの下にほうぼうが破れて安全ピンで留めてあるTシャツを着込み、黒のレザーパンツをはいていた。少し長めのブロンドの髪は、硬水入りのロンドンの水道水でさんざん洗ったりジェルで固めたりしたおかげで天に向かってつんつんに突っ立っている。ひとり勝手に世の中を激怒しているように逆立つそのヘア・スタイルは東洋の雷神を思わせたが、それに対する彼の容貌はいささかちぐはぐなものだった。実際に東洋の血が入っていることを窺わせる細い目の目尻は少し下がり、反対に唇の端は少し上がっている。おかげで、男の象牙《ぞうげ》色の顔は、どんなに怒っていても、どこか嘲笑《あざわら》っているように見えるのだった。

男は笑い顔のまま乱暴にアクセルを踏み、彼の耳にぶら下がる剃刀《かみそり》の形をしたイヤリングが、車の震動を敏感に反映して生き物のように震えた。

彼の隣りの女のほうの風体もまた見ものだった。彼女の豊かなブルネットの前髪は嘆きの柳《ウィーピング・ウイロウ》のように（彼女の親もさぞ嘆いたことだろう）唇近くまで垂れ、両サイドにはゴールドとトルコ・ブルーのメッシュが入っている。化粧《メイク》を落とせばあどけなさが残るといえなくもない彼女の素顔も、蜘蛛の巣のように凝ったアイシャドーやアイラインのおかげで、一九二〇年代の不吉なヴァンプ女優を思わせる露悪的なものに仕立て上げられていた。悪趣味といえば、彼女の服やアクセサリーのほうも相当なものだった。革ジャンパーの下はノミの市で買ったレパード柄の短いドレスを着込み、挑発的に組まれた少し太めの脚は娼婦好みの黒の網タイツに包まれていた。腕にはアメリカのゲイたちがよくしているコックリングがちゃらちゃらしているし、首にネックレスがわりにつけているのは鋲つきの赤いエナメルの犬の首輪という按配《あんばい》だった。

女はこの犬の首輪をけっこう気に入っていたが、男はそれをしている彼女を見て、「愛情の捌《は》け口に困ってる有閑婦人に囚われた憐れな飼い犬みたいだな」と評した。だが、実際には、彼女の容貌は犬というより猫タイプだった。丸顔で鼻が小さく、男と同じように唇の端がちょっと上向いている。彼女の顔もやはり、いつも悪戯っぽく笑っているように見えるのだった。

女はさっきドラッグ・ストアでしこたま買い込んだキャンディ・バーを袋から出してひと舐めしてから、隣りの男に言った。

「ねえ、グリン、なに考えてんの？」

男は少し間をおいてから、いつも答えるのが面倒な時にする返事をした。

「……俺が死んじまったら、どうなるのかな、って考えてた」

女は小さな独立した生き物のような鼻に皺を寄せて言った。

「へん、駄目だよ、あんた、いつもそんな陰気なことばかり言ってるけど、そんな笑ったようなおかしな顔じゃあ、効果半減。このチェシャさんは怖がりませんからね」

男のグリンという名前はもちろん綽名《あだな》だった。本当はフランシス・バーリイコーンという立派すぎる名前があったのだが、ロンドンの悪《ワル》仲間《なかま》たちが彼のことをそう呼んだのだ。人が死ぬと死後硬直で顔がひきつるが、一日、二日経つと、それが緩んで死体は笑ったような顔になる。ある作家はこれを〈象牙色の嘲笑《アイヴォリー・グリン》〉と表現した。悪仲間は、東洋の血が入った象牙色の嘲笑《グリン》顔で「俺が死んだら」を口癖にしている奇妙な友人のことを、この不気味な表現にちなんで〝グリン〟と呼んでいたのである。

グリンはチェシャに顔のことを言われて憤慨した。

「自分だって、そのけっこうな綽名のとおり、にやにや笑い《グリン》のチェシャ猫みたいな、ふざけた顔じゃないか」

チェシャは猫のような気取りを見せてツンとすると、窓の外のほうを向いてしまった。その横顔を見ながら、グリンは彼女との出逢いの場面を思い出した。彼女の綽名を誰がどういう経緯《いきさつ》でつけたか知らないが、ふたりのそもそもの出逢いが『不思議の国のアリス』のチェシャ猫の登場場面みたいだったのである。

その日グリンは、自分が寄宿し手伝うことになったある霊園の墓地内で、大理石のがっしりした墓石に腰を降ろし、ミール・バハドゥール・アリの『アル・ムターシムを求めて』に読みふけっていた。すると、開いた本の頁《ページ》の上に突然、褐色の水滴がしたたった。見る見るうちに、ひとつ、ふたつ、水滴の染みはどんどん増えてゆく。驚いたグリンが上を見上げると、今度は彼の顔にシャワーのごとく褐色の液体が降りかかってきた。

「なにをするんだ！」

液体は墓石の上に張り出したサトウカエデの枝の茂みから降ってきたものだった。グリンの抗議に、最初、茂みの中からはくすくす笑いの声が返ってくるだけだった。次に枝々が揺れて、黒タイツをはいた二本の太めの脚が茂みの間からとび出し、最後にチェシャ猫みたいに人を喰った笑いを浮かべた娘の顔が覗いた。

「おまえは誰だ、なにをしてるんだ？」

枝に腰かけて脚をぶらぶらさせていた娘は、にやにや笑いを浮かべたまま、グリンのほうへダイエット・コークの空缶を放り投げると、言った。

「あたしは、チェシャってんだ」

「ひどいじゃないか、こんなことして」

「こんなことして、じゃないよ。——あんた、お婆ちゃんはいるかい？」

急に場違いの質問をされて、グリンは戸惑った。

「いる、——いや、いた。亡くなったけど……」

「いくつで？」

「確か、六十八歳だった」

「あんた、お婆ちゃんを愛してた？」

「え？」

「愛してたか——って訊《き》いてんのよ」

「あ、ああ、愛してたよ」

チェシャはそこで大きく息を吸い込むと怒鳴り散らした。

「そいじゃ、そのお墓からすぐに腰を上げなさいよ！　そのお墓はねえ、あんたのお婆ちゃんが生まれた時よりか、ずうっと前からそこに建ってるんだからね」

実際はそれほど古い墓ではなかったが、グリンはすぐに墓石から立ち上がり、ひねくれ者の彼としては意外なほど素直にわびた。それがきっかけだった。ふたりはそれからすぐに意気投合し、以後離れがたい双生児のようなコンビとなったのだった。

彼らふたりは要するに、年金証書を後生大事に箪笥《たんす》に仕舞い込んでいる老人や気も身体も弱い高校教師がエレヴェーターの中で絶対に一緒になりたくない相手——パンク族のアダムとイヴだった。ただし、心優しさを裏通りに捨てきれない半端な不良でもあったのだが。

2

出逢いの場面が物語るように、グリンとチェシャは大規模な霊園を経営するバーリイコーン一族の世話になっていた。スマイル霊園は、グリンの祖父のスマイリー・バーリイコーンが、ニューイングランドの片田舎のトゥームズヴィルという土地に創設したものだった。霊園はスマイリーを始めとする一族の者によって運営されていたが、いまはスマイリーが病床に伏しているので、長男のジョンが先頭に立ってきりまわしている。

ジョンは四十代半ばを過ぎた現在に至るまで独身をとおしていたが、最近になって、屋敷に女優くずれの愛人を引き入れていて、その女の連れ子がチェシャというわけだった。チェシャの本名はサーガ・シムカス。フランス生まれのくせにノルウェーの森から拾ってきたような名前なのは、たぶん、彼女の行方不明の父親が北欧系の男だったからだろう。

グリンは単調な一一三号道路に飽きて、運転をしながら霊園に来ることになったそもそものきっかけを思い返していた。

三か月ほど前、ボストンでカレッジに入学する準備を進めていたグリンは、一通の手紙を受け取った。差し出し人はバーリイコーン家の弁護士で、その内容は、永《なが》の患《わずら》いが悪化したスマイリー・バーリイコーンが遺言状を作成し、孫であるグリンにも幾許《いくばく》かの遺贈がなされることになったのでご来訪願いたい、というものだった。

これを読んだグリンは驚いた。――というのも、彼は生まれてこのかた、祖父はおろかバーリイコーン家の人々には誰ひとり会ったことがなかったからだ。確かにグリンの父スティーヴンは、バーリイコーン家の末の息子だった。しかし、彼は若い頃、父親のスマイリーと喧嘩をして、家を出てしまっていたのだ。

バーリイコーン家を出たあと、スティーヴンは海軍に入隊し、補給将校として日本を訪れた。そして、東京で通訳をしていた女性と結婚してグリンが生まれた。だからグリンには日本人の血が半分混じっていて、京人《きょうと》というミドル・ネームも持っていた。東京で生まれたことを忘れないようにと彼の母親がつけてくれたのだ。

スティーヴンは家出以来、バーリイコーン家の人々とはほとんど連絡をとっていなかった。子供の頃グリンは、父親が自分の親兄弟についてあまり語ろうとしないことを不審に思うこともあったが、あえて尋ねることもしなかった。母親が「いつかお父さんも話す気になる時がくるでしょう」と言っていたからだ。

しかし、母親のその言葉はついに果たされなかった。グリンが十三歳になったばかりの冬のある寒い夜、ホーム・パーティーから帰る途中の両親を乗せた車が無免許のティーンエイジャーが運転する暴走車と正面衝突し、ふたりはともども帰らぬ人になってしまったのだ。

その時のことは、まるで映画の一場面のようだったと、グリンは記憶している。あまりに悲しみが大きすぎて、グリンの心は麻痺し、周囲で大人たちがしている事後処理や葬儀などもろもろのことが、とても現実のこととは感じられなかったのだ。それは、彼だけを置き去りにして勝手に進行している映画だった。そして、両親の死の記憶は、その映画のスティル写真としてグリンの心の中に静止していた。即死した両親と最期《さいご》の言葉を交わす機会はなかった。音も言葉もない写真――タキシード姿の父親の逞《たくま》しい首に締められたグレイの蝶タイと母親の優美な腕をおおうアームレングスの白手袋を赤く染めた血の色が、雪の夜には際立って美しかったという妙に場違いな想いだけが、一葉の写真のように記憶に残りつづけた。

その後、グリンは横浜に住む母方の祖母に引き取られ、しばらくはふたりきりの生活がつづいたが、その祖母もグリンがアメリカン・ハイ・スクールを卒業する前に病に倒れ、あっさり亡くなってしまうことになる。その時もまた、グリンは映画を観ているような気がしていた。病院内で彼は、あわただしく立ち働く医師や看護婦たちの埒外《らちがい》に置かれ、祖母と言葉を交わすこともできなかった。いよいよという時に、祖母はグリンのほうを向いて弱々しく口を開いたが、彼が耳を近づける間もなく、医師が彼女の口を酸素吸入のマスクで塞いでしまった。それで終わりだった。グリンはまたしても、大切な人から、最期の言葉を聞きとることができなかったのだ。

それからグリンは、少しおかしくなった。声が変わる前に両親を亡くし、成人する前に唯一の保護者を失い、ひとりぼっちになってしまった少年の心に、肉親たちの愛の代わりに〝死〟が棲みついてしまったのだ。

否も応もなしに大切な人たちを失ったグリンは、人間はどうして死ぬんだろう、ということを考えずにはいられなくなった。両親も祖母も、自分たちの死についてなにも語らずに、目の前から消え去ってしまったのだ。グリンは気が狂ったように古今東西の書物を読み漁《あさ》り、なんとか死の秘密を知ろうとした。そうすることによって、いきなり愛する者を奪われてしまった彼の不条理な人生が、少しでも納得いくものになればと願っていたのだ。だが、結局はなにもわからなかった。〝死〟は未熟な十代の少年の無知を嘲笑う老練な悪魔のように、彼の指の間から逃げ去ってしまうのが常だった。

グリンは、ハイ・スクールを中退すると、祖母のわずかばかりの遺産を処分して、ふらりとイギリスに渡ることにした。グリンの生活がすさみだしたのは、その頃のことだった。常に心の中で死と対面している不安をまぎらわすために、グリンはパンク族の仲間に入った。当時、不況で荒廃していたロンドンの不良連中と共に、ギターをかき鳴らし、舗道に唾《つば》を吐き、ドラッグをしこたまやった。しかし、しばらくして、自分が依然として心の中の死と対面していることを知った。不良《パンク》とは、内面世界と外界の現実の間の酷い摩擦熱に浮かされ、ついにはふたつの世界の裂け目にある〝死〟の深淵までをも覗き込んでしまう連中のことをさす。パンクスも結局のところ死と向かいあっている〝生ける屍《リヴィング・デッド》〟だったのだ。そんな中にいて死を忘れることなどできるわけがなかった。

グリンの心は、「ノー・フューチャー」のワン・パターンを叫びつづけているパンク族の虚弱児たちから離れ、再び正面から死について考え、書物を読み漁ることに向けられた。だが、読書家のパンクなどという滑稽な存在が仲間から嫌われ、敬遠されるのは時間の問題だった。グリンは最低の連中からも落ちこぼれ、またひとり、心の中の死と向かいあった。パンクの異様な風体とドラッグの悪習だけは残ったが。

ロンドンでのそうした日々のなかで、グリンはふとアメリカのカレッジに入学する気になった。目をつけたのはボストン葬儀科学大学。そこでは、将来葬儀屋《モーテイシャン》を志望する人のための講座が開かれていた。アメリカには他国に例をみない特殊な葬儀産業発展の歴史があって、葬儀屋の地位が医師と同じくらいに高く、こうしたカレッジがいくつも設立されていたのだ。グリンはそこでエンバーミングを学ぶ心づもりだった。エンバーミングとは死体の防腐処理やいわゆる死化粧をする技術のことで、アメリカでは免許のいる立派な資格なのだ。

これは一種の荒療治だった。心の中に巣くう死の秘密に迫るため、グリンは書を捨てて、本当の死というものに直面する決心をしたのだ。テムズ河の向こうに腐ったような太陽が沈んだ夏のある日、グリンはロンドンを発った。

そんな経緯でボストンへやってきたグリンは、そこでバーリイコーン家からの手紙を受け取ったのだった。あとで聞いたことだが、死期の迫った祖父は行方不明の自分の孫を探し出すのに、尋常ならざる熱意と日数と金銭を費やしたとのことだった。

手紙を読んだグリンは、未知の親族からの呼びかけに戸惑うと同時に、なにか、運命的なものも感じざるを得なかった。というのは、子供の頃、父親が、バーリイコーン家がニューイングランドの田舎町で葬儀屋をやっているといっていたことを思い出したからだった。葬儀科学大学を志した時はバーリイコーン家のことを意識していなかったはずだが、あるいは、彼の身体を流れる一族の血がそういう選択をさせたのかもしれない。――そう思うとグリンはなにやら妙な気分に陥《おちい》るのだった。

ひと晩考えたのち、グリンはバーリイコーン家のあるニューイングランドの田舎町、トゥームズヴィルへ赴《おもむ》く決心をした。カレッジへ入学する計画は頓挫するかもしれないが、もしバーリイコーン家の営む霊園で働くことができれば、これにまさる死学《タナトロジー》の実践はないと思ったからだ。

だが、バーリイコーン家でグリンは必ずしも歓迎されたわけではなかった。瀕死の祖父スマイリーは彼を受け容れてくれたが、一族のほかの連中は突然闖入《ちんにゅう》してきたパンク族を胡散臭《うさんくさ》いよそ者として敬遠した。

そんなグリンと同じような立場にあったのが、チェシャだった。チェシャの母親は先にも触れたように、いちばん年長の伯父ジョンと愛人関係にあったが、彼女はいまジョンの子供を宿していて、連れ子のチェシャは疎外感を味わっていたのだ。――まあ、それでなくとも、このニューイングランドの片田舎では「浮いて」いるふたりだったから、似た者同士が結びつくのは時間の問題だったのだが——。

祖父のスマイリーは、その後なんとか持ちこたえ、グリンはそのままバーリイコーン家に居候して霊園の仕事を手伝うことになった。

そんなふうにして数か月が過ぎた頃、退屈な霊園生活に飽きたチェシャが、突然、パリへ遊びに行くと宣言した。その気まぐれな外遊は一か月ほどで終わったが、ニューヨークに戻った彼女は、今度は「ここまで迎えに来て」とグリンに連絡してきた。グリンのほうも珍しく気分転換をしてもいいかという心境になっていたので、久し振りにニューヨークへ赴き、そこで彼女と共に数日間のハメはずしをしたのだった。ふたりが乗っているピンク色の霊柩車は、その際に手に入れたちょっとしたお土産で、彼らはいま、バーリイコーン家への帰途についているところだったのである。

3

ピンクの霊柩車は、プロテスタント教会の質素な屋根が象徴する慎《つつ》ましい村々や遠くの山間《やまあい》に見える大理石の採石場といった典型的なニューイングランド風景の中をひた走っている。グリンはそうしたいまやお馴染みの風景を目にしながら、頭の中では日常とはかけ離れたことを考えていた。

死……そして復活。

――これが、いまグリンの頭の中を占めている想いだった。

このニューイングランドの地にイギリスから渡ってきて最初に植民社会を営んだピューリタンたちは、聖書のアブラハム物語に自らをなぞらえる巡礼者《ピルグリム》の末裔《まつえい》であり、再臨思想・終末思想を信じた集団だった。彼らはこの地に千年王国の樹立を夢み、歴史の終わりに審判が下されることを信じていた。以来、千年王国の夢はアメリカの建国神話に形を変え、この巨大な国を支え、動かす、魂となりつづけてきた。歴代の大統領たちがその就任演説に際して、そうした巡礼者《ピルグリム》たちの夢にどれほど霊感を与えられてきたことだろう。

アメリカとは、つまるところ宗教的な国なのだ、とグリンは思った。政治家のみならずロック・スターまでもが唱える「アメリカの夢」とは、世俗的な人間たちの欲望の総和というよりも、アメリカの開かれた大地が昔から集《つど》い来る人々に与えつづけてきた「霊」的な直感なのだ。

――俺はいま、そのアメリカの「霊」のよって来たる源《みなもと》、ニューイングランドの懐《ふところ》深く入り込もうとしている……。

グリンはそう思うと、なにか胸が騒ぐのを感じた。確かに繁栄の国アメリカは、物質的には千年王国の夢を実現したかのように見えた。しかし、この強大な国はいまや衰えつつあった。経済の低成長、不法移民問題、未知のウィルス感染症、麻薬禍、環境破壊……。すべての生き物に死があるように、この国にも死が影を落とし始めていたのだ。

グリンはふと、アメリカの父祖たちの信じていたもうひとつのことを思い出した。

――終末の時には、生者のみならず、死者までもが甦り、裁きを受けるという……。

熱心なカトリック信者でもない自分がこんなとりとめもない空想にふけるのは、ニューイングランドという古い土地が醸《かも》し出す不思議な霊気のせいかもしれない、とグリンは思った。しかし、しばらくして、もっと現実的なもの――彼の身近にいま存在している〝死〟が、彼にこんなことを考えさせているのだ、と思い直した。

グリンの祖父スマイリーはいま、明らかに死にかけていた。

いっぽう、アメリカ中でいま、不可解な死者の甦り事件が頻発していた。

グリンは少し前に自分の死のことを口にしたが、今度はスマイリーの死について考えてみることにした。

——彼は死んでしまうのだろうか？　そして、死んだあと、再び甦るなんていうことが、果たしてあるのだろうか？

ちょうどその時、カーラジオから、心を無にすることは臨終にあらずと説く、ジョン・レノンのひしゃげた声が聞こえてきた。

第2章　死の陰の谷を歩みし者の帰還

「……因果応報の法則をね？　死者を呼びさますためにですが」
――ジョン・ディクスン・カー
『死者はよみがえる』

1

「えーっ、死人が甦るだなんて気持ち悪い。そんなこと、あるわけないよね」

チェシャが不意に頓狂な声をあげたので、グリンははっと我に返った。チェシャは齧《かじ》りかけのチョコレート・バーと《探偵実話《トゥルー・ディテクティヴ》》という題のついた煽情的な表紙の雑誌をかわるがわる振りまわしている。彼女はどうやら、グリンの心のうちを見すかして言ったわけではなくて、いままで夢中になっていた雑誌の記事について騒いでいるらしかった。

「うるさいぞ、チェシャ、びっくりするじゃないか。俺がハンドルをきり損ねて、後ろの棺桶にふたりで入ることになってもいいのか？」

グリンは肝を冷やしたことを悟られないように、わざと怒鳴ってみせた。だが、チェシャはおとなしくなるどころか、逆に反発する。

「あら、あたしは、グリンと一緒に棺桶に入るのなんか厭だからね」

「そうだな、その体型じゃ窮屈で、とても一緒にゃ入れないな」

この世の中で自分の体重だけが唯一の悩みの種であるチェシャは、食べかけでべとついたチョコレート・バーを助手席のグローブ・ボックスの中にあわてて突っ込むと、顔をしかめて言った。

「あんたね、こんなお笑い草の霊柩車を掴まされたもんだから、機嫌が悪いんでしょ」

そう言われて、グリンは霊柩車を手に入れた経緯《いきさつ》を思い起こした。昨日の夜、バウァリーのスラムの怪しげな不法《イリーガル》バーでふたりが飲んでいた時に、チェシャが突然、「アメ車に乗って帰ろう」と言い出したのがそもそもの始まりだった。

「あの陰気な葬儀屋一家にさ、ピンクのキャデラックかなんかで乗り込んでやろうじゃない」

——そう息まくと、チェシャはブラジャーやブーツの間から高額の紙幣を何枚も取り出し始めた。彼女がパリでいろいろ「ヤバい」ことに鼻を突っ込んでかき集めた金らしい。臭い金には蠅《はえ》がたかる。すぐさま隣りのテーブルにいたヒスパニック系のふたり連れが話に割り込んできた。

「ヘイ、ブラザー、いい話があるぜ……」

エースと名乗るにやけたコロンビア人は「おすすめのスペシャル高級車があるんだ」と、さかんに誘いをかけてきた。こうした手合いには気をつけなければいけないのだが、その時チェシャの警戒心は酒と共にテーブルの下にこぼれてしまっていた。場数を踏んで疑り深いグリンのほうも、エースが耳元で「上等のコナもつけるぜ」と囁くに至り、あっさりと陥落してしまうのだった。

こうして、エースの指定した裏通りに深夜のこのこと出向いていったふたりは、自分たちがかつてないほど酔っているんじゃないかと、わが目を疑うことになる。そこに待っていたのは、泥酔者が見るというピンクの象ならぬ、ピンク色に塗りたくった霊柩車だったのだから。

霊柩車から凶悪な人相の五人のチンピラが降り立った時、グリンは自分たちがハメられたことを悟った。チェシャもいっぺんに酔いが醒め、お金はともかくレイプだけは免れたいと、胸の前で十字をきった。このチェシャの祈りは天に通じたようだった。ぎりぎりのところで、神はちゃんと救《たす》けの使者をお遣わしになったのだ。

神の使いは黒い天使だった。大男の黒人ふたり組。ふたりともディスコ帰りのような派手な恰好で、壊れかけたフェンスの向こうからこちらへやってきた。ひとりはこの界隈でラップ小僧が愛用している旧《ふる》い大型のラジカセを肩にかつぎ、もうひとりは台尻で小突くだけでバッファローも昏倒しそうなでかい拳銃を構えている。その連中の顔を見ただけで、エース団のチンピラどもは震えあがった。拳銃男が「車はおいてけよ」と言ったのを機に、彼らは蜘蛛の子を散らすように逃げていった。

エース団はいなくなったが、グリンとチェシャは、まだ安心してはいなかった。目の前の黒い天使たちが、自分たちにとって新たな「死の天使」に変身しないという保証はどこにもないのだ。そんな彼らの不安を察知したのか、ラジカセをかついだほうの男が声をかけてきた。

「心配するな。俺たちゃ、おまえらを締めあげようってんじゃねえ。だがな、そんなパンクな風体してても、気をつけてねえと、ここいらじゃあ、ケツの毛までむしられちまうんだぜ。ともかく、俺たちの管轄区域の中でも、ここらは特にタチが悪いところだからな……」

「……管轄区域？」グリンは鸚鵡《おうむ》返しに訊いた。

「そうさ」相手はこともなげに肩をすくめた。「ここらは、俺たち三十三分署の刑事の受け持ち区域なんだよ」

「あんたらが……刑事！」グリンとチェシャの声はきれいにハモッて裏通りに谺《こだま》した。

パンク族のカップルが驚くのも無理はなかったが、まことにニューヨークの裏通りらしい挿話《エピソード》ではあった。

ほっとしたグリンとチェシャが礼を言い、立ち去ろうとしたところで、拳銃を構えていたほうの刑事が言った。

「ヘイ、こっから歩いて帰るのは物騒だぜ、坊や。どうだい、ここにあるピンク色の高級車で帰っちゃあいかが？　年式の古い盗難車だが、ケチな日本製じゃなくて正真正銘のポンティアックだ。お安くしとくぜ」

刑事は相変わらず拳銃を構えたままだった。かくしてグリンとチェシャは、ニューヨークではチンピラも刑事も同じようにトヨタの中古車セールスマンを出し抜きたがっているという貴重な教訓を得て、馬鹿げたポンコツ霊柩車と引き替えにあり金全部を巻きあげられ、肩を落として帰途についたのだった。

2

「ねえグリン、死人が甦るって話だけど……聞いてるの？」

チェシャの声に、グリンは再び我に返った。彼女は、さっきまで読んでいた実話雑誌に載っていたテキサス州フォトデヴィルのネヴィル警部の話というのが、どうしても信じがたいと言って騒いでいるのだ。

「だってさ、凄い話なんだ。ネヴィル警部が殺人現場で犯人を逮捕しようとしてたら、なんと死んだはずの被害者が起き上がって逃げ出しちゃったっていうのよ。こんな話、あんた信じられる？」

グリンは苛立《いらだ》たしげに言った。

「テキサスじゃあ、人間から剝ぎ取った皮の仮面を被った変態野郎が、チェーンソーをぶん回して女の子を追いかけてんだ。なにが起こってもおかしくない。ここはそういう国なんだ」

チェシャは納得のいかない顔でグリンを睨《にら》んでいる。グリンは溜め息をついた。この娘の情報源といったら、アングラのロック・マガジンかＭＴＶぐらいときてる。そのうえ、彼女はこの一か月ほどパリに遊びに行っていたから、いまアメリカでどんな騒動が起きているのか、全く知らないのだ。

「死人はね、確かに甦ってるんだ」

グリンはチェシャに向かって諭《さと》すように言うと、グローブ・ボックスから自分が昨日読んだ《ニューズウィーク》を取り出して、チェシャの膝の上に放り投げた。表紙には柩の写真のアップ・ショットと、「死の陰の谷を歩みし者の帰還」といった聖書の詩篇の文句をもじった特集記事の見出しが載っていた。その記事の内容は、ひと月ほど前から、全米、いや世界中を震撼させている死者甦り事件をさまざまな角度から取材分析したものだった。

グリンはその内容を思い出しながらチェシャに話してやることにした。

「おまえが読んだようなことは、実際にアメリカ各地で起こっている。そのネヴィル警部の事件は状況が劇的だったから、いろんなところで採りあげられているが、もう、その事件を含めて十三件も死者の甦り事件が報告されているんだ」

「十三件も!」チェシャが目を剝いた。

「ああ、最初の事件はちょうど一か月ほど前に起こった。ユタ州の砂漠のそばのサザーランドという町で、ジョン・ハーヴェイという老人が亡くなった。死因は老衰。もう九十歳近かったらしいんだがな。医師の死の判定は完璧だった。まず、呼吸が停止した。呼吸中枢が働きをやめたってことだ。心臓も停止した。当然脈搏《みゃくはく》もない。そして、瞳孔が開いていることも確認された。これも間脳《かんのう》の反射中枢が駄目になってるって証拠だ。この国の慣習に従って脳波も調べられた。だが、結果はオール・アウト。ジョン・ハーヴェイは確かに死亡したと判定された。遺体はその日のうちに葬儀社に手渡され、防腐処理がなされたのち、柩に納められて、いったんは自宅に戻された。ところが……」

「ところが？」チェシャは固唾《かたず》を呑んでグリンのジャンパーの袖口を握りしめた。

「ところがその夜、家族の者が夕食をとっているところへ、奥の柩を置いてある部屋の扉が開く音が聞こえてきてね、それから彼がみんなの前に……」

「彼が——って、誰が？」チェシャの声はほとんど悲鳴に近かった。

「じいさんが、だよ。ハーヴェイじいさんが家族の前に現われて、『わしにも七面鳥のサンドウィッチを作ってくれんか、どうも晩飯《ばんめし》を抜いたような気がするんじゃ』って言うわけ。家族の連中はその時、三段階の反応を示したらしい。まず最初、じいさんが生きてるように錯覚した。晩年のじいさんは認知症がだいぶ進んできていて、夕食はもう終わっているのに家族に向かってまだ食べてないと言い張ったらしいんだ。次に彼らは、医者の判定が間違っていて、仮死状態だったのが息を吹きかえしたのだと思った。この時点では家族は喜んだことだろう。だがな、あることを思い出した時に、この喜びは凍りついてしまった」

「どうして？」

「つまりな、じいさんは葬儀社から柩に入って戻ってきたんだろ。ということは、じいさんの身体から血液は全部抜きとられていて、代わりに防腐剤が詰めてあるってことになるじゃないか。これはもう、ぜったい生きてるわけがない。それに気づいた時のハーヴェイ家の大騒ぎはワン・ブロック先まで伝わったんだそうだ」

「――で、どうなったの」チェシャはグリンの袖口を次第にねじり上げ始めていた。

「家族は再び医師を呼んで診《み》てもらった。だが、やっぱり死の判定はくつがえらない。ハーヴェイ老人はすぐさま医療センターに移され、さまざまな検査がなされたんだが、そこで人類始まって以来の、いや、生物がこの地球上に現われて以来三十八億年の間で、最も衝撃的な事実が確認されたんだ。つまり、臨床死が宣言され、身体組織各部も〝死んで〟いる生物が、運動をし、精神活動もするというとんでもない奇蹟がな、俺たちの目の前で起こったんだよ」

チェシャは生物史三十八億年分の衝撃を受けたような顔をしたが、しばらくして彼女の口から出てきた質問は、三十八分後のおやつを気にしている幼稚園児のようなものだった。

「じゃ、そのおじいちゃんは、いまでも医療センターでサンドウィッチをほしがってるの？」

――まったく、女ってやつは。グリンは溜め息をつきながら言った。

「ああ、たぶんな。だがサンドウィッチは食べてないだろうよ」

「どうして？」

「おい、考えてもみろよ。じいさんの肉体は死んでるんだぜ。当然消化器官も働かない。そんなところへ食い物を突っ込んでみろ、身体が内側から腐敗するのを助けるだけだ」

「腐敗！」

「そうさ。事件以来もう一か月が経つが、防腐処理がされていなければ、肉体が腐敗の極に達し、早いものなら白骨化も始まる時期にあたるらしいからな」

これは口にしたくない事実だった。防腐処理がなされていない死者たちが最終的にどういう運命を辿るのか、グリンは考えるだけでも滅入《めい》ってきた。

「腐敗に白骨化……」

話の流れが不得意なほうへ向いてきたので、チェシャはなんとか話題を変えようとした。

「――ええっと、甦ったのは老人ばっかりだったの？」

「いや、甦った死者たちすべてに共通する点というのは、まだ見つかっていない。年齢、性別、人種、生前の健康状態、死因、死の状況、死亡した場所、日時、どれひとつとっても、十三名全部に共通するものは見出せなかった。甦った死者のなかには、サンフランシスコで恋人に刺殺されたイタリア系のゲイもいれば、シカゴで胃癌を患って亡くなったアイルランド系の銀行員もいる。アイオワの救急センターの地下遺体置場で甦ったのは十二歳の少女だったし、聖フランチェスコ教会の教区墓地で埋葬寸前の柩の中から唸り声をあげたのは、二日前に交通事故で即死した主婦だった……といった具合に、十三人は各人各様さ。蘇生の原因を探る共通項探しは難航しているらしい。それに、この十三人以外にだって、まだ生者たちに発見されずにどこかをふらついている死者がいるかもしれんしな」

チェシャが眉に皺をよせて考えながら言った。

「つまり、いつ、どこで、誰が甦るかわからないし、その反対に、誰が甦らないかもわからないわけね」

「そうだ。いまのところ、死者たちが、だいたい死後十分から最高四十八時間ぐらいの間に甦っていることは報告されているんだが、それとて、いままでの十三人がそうだったというだけで、今後どうなるかわからない……」

「それじゃあ、なんで死人が甦ったりするのか、結局わかんないわけね」

チェシャは、最終ページが落丁したコミック雑誌を摑まされたような顔をした。

「仮説だけなら、その雑誌にも、ヒット・チャートに赤丸つきで送り込みたくなるくらいのが、たくさんあるんだがな、どれも決め手ということになると……」

「どんな寝言が並んでるの？」

「まず、ウィルス説。死者が甦るウィルスなんて発見されてるわけじゃないんだが、ＨＩＶの存在だって、キャデラックのテールフィンが突っ張ってた時代には誰も知らなかったんだ。そういう未知のウィルスがまた人類をお騒がせに来たんだろうって説さ」

「それから？」

「環境破壊説が半ダースほど。原発事故の放射能の影響、フロン・ガスによるオゾン層破壊の影響、酸性雨の影響、ＩＣ工場の廃水に含まれるテトラクロロ……なんとかエチレンやトリクロロ……なんとかエチレンの中枢神経への……」

「うーっ、頭痛くなるわ。地球がそんなに汚れてるんなら、死人たちも土の中で安心してられないのかもね。気持ちはわかるわ」チェシャは妙なところで暢気《のんき》に感心している。

「月の引力のバイオタイドに与える影響って説もあるぜ」

「バイオタイド？」

「ああ、月の引力によって海の潮の満ち引きが生じるだろ。それと同じように人間の体内水分も月の引力の影響を受けて生体の潮汐作用《バイオタイド》を起こして、さまざまなことが起こってくるという理論だ。たとえば、女性の月経や出産、あるいは事故、精神障害に殺人なんかもね」

「殺人も？」

「満月の時には、統計的に殺人が多いそうだ」

「それ、面白い考え方ね。満月の夜には狼男も張り切るっていうしね。死人が起き上がっても不思議はないか」

チェシャはこの比較的ロマンティックな仮説が気にいったふうだったが、すぐに顔を曇らせて反駁《はんばく》した。

「でもねえグリン、葬儀屋で血液を全部防腐剤と入れ替えちゃったおじいちゃんが甦ってるわけでしょ。この仮説はあてはまらないわ。もし月に生体潮汐《バイオタイド》を起こす作用があるとしても、防腐剤の死体潮汐を動かすというのは、ちょっと無理なんじゃない」

この娘は外見よりも賢いということを、グリンは時々忘れてしまう。

「ヒット・チャート一週間でランク落ちってとこだな」

「ほかにトップ・テン圏内にあるのはどんな仮説なの？」

「あとは……共和党タカ派上院議員の唱えてるロシアか中東の化学兵器による謀略説っていう時代錯誤の大馬鹿説が……」

「それ、聞きたくない」

「それに対抗して、《グリーン・オニオン》誌でコラムを持ってる左翼ジャーナリストが唱えた特殊薬実験説っていうのもあるぜ。これは、ペンタゴンが六〇年代のヴェトナム戦争時に、一度死んだ兵士を強力な覚醒剤で蘇生させるという計画から……」

「それも聞きたくない。そいつら、ふたりとも、CNNのクロス・ファイアで東西対抗漫才でもやってりゃいいのよ。ほかにもっと気のきいたのはないの？」

「そうだな、ほかに、サイオニック・パワー説というのがある。血流などの循環器系の働きが止まっているのに死者の手足が動くのは、精神力による物質への働きかけ、つまり、念動力《テレキネシス》によるものじゃないかという説だ。死者が墓石を押しのけて這い出てくるとか、ときに生前よりも強大な力を発揮するのも、彼らが通常の運動能力によってじゃなくて、念動力《テレキネシス》によって動いているんじゃないかって説明している」

「あんたの読んだ雑誌って、《アメイジング・ストーリーズ》じゃないでしょうね。いったい、その念動力《テレキネシス》ってどこから出てくるわけ？　脳ミソじゃないの？」

「……そうだな、念動力《テレキネシス》が仮に中枢神経系から生じているとすると、その部分が〝死んで〟いる連中が甦って動いてるわけだから、この説も苦しくなってくるな。結局は――」

「――結局は誰もなんにもわかってないみたいね」そこでチェシャはしたり顔になって、「そんな、小難しい仮説より、もっと簡単な説明があるよ」

「なんだ？」

「ほら、昔からの言い習わしみたいなのがあるじゃない——地獄が満員になった時、死者が地上を歩き出すって」

「フン」グリンが鼻を鳴らした。「アホらし。俺はそもそも天国や地獄なんてないと思ってるし」

チェシャはグリンの言葉にすっかりシラケてしまい、しばらく車窓の外を眺めていたが、不意にぽつりと言葉をもらした。

「でもさ、せっかく甦っても、自分が死んでることがわかったら、さぞ辛いだろうね」

それを聞いたグリンはチェシャを少しばかり見直した。死者を忌み嫌ったり恐れたりする者は多いが、彼らの心を思い遣《や》る者はめったにいなかった。

「——それも、いろいろらしい。生前とほとんど変わらない理性や感情を示す者もいれば、自分の死の事実を知って錯乱状態になる者もいるそうだ。自分の死に気づかない間抜けや自分の死をぜったいに認めない頑固野郎もいるらしい。生前のなにか根強い強迫観念に従って行動する死者もいれば、生者たちのなかで疎外感を感じて極度の鬱状態に陥ったりする死者もいる……」

「死者の鬱病ねえ……」チェシャはいささかげんなりした顔になっている。

「アメリカじゃあ、死んでからも臨床心理医《セラピスト》のお世話になんなきゃならんわけだ」グリンは皮肉を言った。「これからは死者の心の健康を考えなきゃならん時代ってわけさ。鬱病くらいならまだいい。〝死〟の錯乱状態に取り憑《つ》かれた死者が狂暴化して、生者に嚙みついたって事件もあった」

「嚙みつく！」チェシャは身体を大袈裟《おおげさ》に震わせて、再びグリンの袖口を摑んだ。

「ああ。これはつい最近ニューイングランドで起こったことだ。マサチューセッツのある村で甦った死者が農夫を襲い、農夫は散弾銃で相手を倒したんだが自分も喉を喰いちぎられ、出血多量で死んでしまった。それから、数時間後に、村人が見ている前でふたりとも甦ってね、こんどはふたりして村人を襲いだした……」

「も、もういいわ！　あたしは死人が甦って人に嚙みつくなんて、ぜえったい信じませんからね！」

チェシャは狂暴化した死者よりも強い力でグリンの袖口のボタンをむしりとってしまった。

すっかり怯えてしまったチェシャがそのとき窓の外を過ぎた道路標示板を見たら、あるいはバーリイコーン家に帰るのは止めようと言いだしたかもしれない。標示板には、彼女をさらに怯えさせるような気味の悪い地名が掲げられていたのだから。

《トゥームズヴィル（墓の町）まで三マイル》

第3章　墓の町の葬儀屋一族

「むかしむかし、一人の男がお墓のそばに住んでおりました」
——ウィリアム・シェイクスピア
『冬物語』第二幕第一場

1

トゥームズヴィル——墓の町。
このトランシルヴァニアの山奥でもちょっとお目にかかれないような奇妙な地名の由来を知りたいという人がいたなら、やはり、まず直接この町を訪ねてみなければならないだろう。なにせニューイングランド西北部の片田舎の人口数千人のちっぽけな町のこと、アメリカ史の表舞台に登場したわけでもないし、好事家《こうずか》たちの興味をそそる魅力的な地名のわりには、その資料が極端に少ないのである。

トゥームズヴィルといちばん近い都会であるマーブルタウンの間を一日六往復結ぶバス路線の停留所に降り立つと、広場の向こうにイギリスの田園邸宅を模したゴシック・リヴァイヴァル風の垂直の屋根が見える。この緑色に塗られた古風な屋敷は、もとは自称「町の詩人」グレアム・カーペンターの私邸だったのだが、いまは町で唯一の図書館兼郷土資料館として知られている。

そこの書架の片隅には、町民すらも滅多に手に取らないような何冊かの〝不人気〟本があった。そのうちの一冊、トゥームズヴィルの不動産屋で篤学《とくがく》の士でもあるフランク・オブライエンが自費出版した『トゥームズヴィル、マーブルタウン付近の歴史と民間伝承』という小冊子が、実は、この地の奇妙な命名の由来を知るいちばん近道の資料だった。

オブライエンはその著書の中でこう記している。

「……トゥームズヴィルの地名の由来については諸説があるが、やはり十八世紀半ばのフレンチ・インディアン戦争前後に記録されている〈ロジャー・ウィリアムズの茶番劇〉説が有力なように思われる。

マーブルタウン、トゥームズヴィル周辺に最初に入植したのが、一六三四年に渡ってきた、いわゆる〈マサチューセッツ湾植民〉の一部であることは前にも述べたが、この新しい移住者たちは、先に入植した〈ピルグリム・ファーザーズ〉のような厳格なピューリタンというわけではなかった。彼らは〈非分離派《ノン・セパレイテスト》〉の中産階級として、『丘の上の町』建設を目ざす宗教意識を持ついっぽう、世俗的な〝商売〟のほうにも熱心に取り組む姿勢を示したのである。

さて、ここで、この話の主人公、当時新植民のリーダー的役割を果たしていたロジャー・ウィリアムズという男を紹介せねばならない。ウィリアムズは畜産やトウモロコシづくりをするかたわら、ラム酒を製造してロンドンの商人たちとも通商するやり手のビジネスマンだった。そんな彼が目をつけたのが、現在のマーブルタウン周辺の土地である。このあたりの平地は牧畜に適しているように思われたし、多少鉱物学の知識があったウィリアムズは、山間部に良質の花崗岩《かこうがん》を産することも知っていたのだ。後に、酪農などと共にこの地の経済を支え、アメリカ東部のほとんどの住宅の建材はこの地の大理石によるとまで言われた〝鉱脈〟を、抜け目のないウィリアムズが見逃すはずはなかった。

ところが、その頃、そのあたり一帯はアルゴンクィン語族に属するインディアンのナガランスット族が支配していた。いかにちゃっかり屋の商売人であっても、この勇猛をもって鳴る相手に商談を成立させるのはむずかしかった。再三の交渉にもかかわらず、酋長は頑として土地を譲ろうとしなかったのだ。そこで、ウィリアムズは一計を案じた。迷信深いナガランスット族の言い伝えを利用して、ひと芝居うつことにしたのである。

現在はバーリイコーン家が営む有名なスマイル霊園となっている丘陵のあたりに、当時は巨大な花崗岩塊があったのだが、その形がインディアンの聖者の横顔に似ているところから、ナガランスット族はその岩を一族の死者たちが集う〝墓〟として崇《あが》めていた。このことを知ったウィリアムズはこれを大芝居の舞台装置として使うことにした。彼は酋長との七度目の交渉の場に〝聖者の墓〟を指定し、雇っていた従順なスン族の通訳を岩の裏に潜ませて、こう言わせたのである。

――『ナガランスットの大いなる勇者よ、よく聞け。この土地は呪われている。南から来た白い男たちに譲って北へ向かうがいい。さもなくば一族には災厄が訪れるであろう。墓から黒い死者たちが甦り、生者たちの肉を求めてさまよい、一族は滅びるであろう……』

これを聞いた酋長は死者よりも顔を蒼ざめさせ、即座にウィリアムズの要求を呑んだ。

かくしてウィリアムズは、争うことなくして、二樽のラム酒に皮袋一杯の香料といったわずかな代償と引き替えに、マーブルタウン、トゥームズヴィル周辺の広大な土地を手に入れたのである。

トゥームズヴィルのあたりは当時から、痩《や》せた使いものにならない土地で、彼が真に欲しかったのは現在のマーブルタウン周辺のほうだったのだが、自らが仕組んだ『呪われた土地』芝居の中心地を引き取らないわけにはいかず、合わせて所有することとなった。

以上の話から、トゥームズヴィルの〝トゥーム〟がインディアンの聖者の〝墓石《トゥームストーン》〟からきているということがおわかりいただけたと思う。

こうした、一部の者に言わせると〝人道にもとる奸計《かんけい》〟によって（筆者は代償を払うことなしにインディアンの土地を奪ったマサチューセッツの建設者に比べると、ウィリアムズはまだ罪が軽いほうだと思うが）手に入れた経緯があることも多少は災《わざわ》いして、トゥームズヴィルはその後、永い間、忘れ去られた土地となっていた。それにひき比べ、マーブルタウンのほうは、一七八四年にわが国最初の大理石採石場がつくられるなど、後の発展の基礎をかため……」

――というのがオブライエンが記したトゥームズヴィル命名に関する由来話である。

マーブルタウンはその後、良質の大理石産出や酪農などを地域経済の基盤として栄えた。一九七〇年代に入ってからは、これら古くからのものに加えてコンピュータ部品の工場などもできて、この歴史の古い町の新しい貌《かお》となっている。

秋たけなわの時節にマーブルタウン、トゥームズヴィル周辺を訪れた人々は、美しい丘陵や湖、木々の紅葉などに彩《いろど》られた古い町並みを目撃して、ここが『ペイトンプレイス物語』のような典型的なニューイングランド的風景を持った土地であることを知るだろう。確かに、〝外観〟についてはそう言えるかもしれなかった。しかし、口うるさい社会学者に言わせれば、このあたりは、実はニューイングランドとしては例外的な特徴を示す地域——ということになっていた。

彼らが指摘するのは、この地域の人種・宗教面における社会構成の特異性だった。つまり、このあたりは、ニューイングランドのほかの地域ほどＷＡＳＰ《ワスプ》——アングロサクソン系プロテスタントの白人——が幅をきかせてはいない、ということなのである。

その発芽はすでに、一八〇〇年代半ばにニューヨークで喰いつめたアイルランド系移民たちが北上してきたあたりに見出せるが、なんといっても、一九一〇年から二〇年代にウエストヴァージニアのイタリア系炭鉱労働者が大量に流れ込んできたことが大きかった。これは、当時あいついだスト破りで痛めつけられ、行き場を失った炭鉱労働者たちを、抜け目ない口入《くちい》れ屋がマーブルタウンの石切り場へ送り込んだことがきっかけだったが、このアイディアは口入れ屋生涯の大当りとなった。マーブルタウンの大理石採石場は、すでに東部一帯の住宅建材の供給源となっていたが、それに加えて、ちょうどその頃ニューヨークの〝摩天楼時代〟が始まっており、石切り作業のために多くの労働力が必要とされていたからである。

イタリア系移民たちは、都会の摩天楼や裁判所のための大理石切り出しに追われるいっぽう、徐々にこの新天地の生活に馴染んでいったが、自分たちの宗教信条まで変える気はなかった。彼らは自前の教会を持つことを望んだのである。そんなわけで、アイルランド系移民のためのものをも含めて、いくつかのローマ・カトリック教会が建つこととなった。そのうちのいちばん古いものは、トゥームズヴィルのスマイル霊園の敷地内で見ることができる。

こうしたカトリック教徒たちの動きに対する先住のプロテスタントたちの反応は穏やかなものだった。もともとロジャー・ウィリアムズのような、清教徒的厳格さのないお調子者が拓《ひら》いた土地なので、これはもっともといえばもっともなことだったのだが。

そうした経緯から、マーブルタウン、トゥームズヴィル周辺は、プロテスタントが圧倒的多数を占めるニューイングランドにあっては特異なほどローマ・カトリック信者の数が多い地域となっていたのである。

2

さて、宗教の話題に関連して、再びトゥームズヴィルに話を戻そう。

マーブルタウンの発展ぶりに比べて、すっかり忘れ去られたかたちとなったトゥームズヴィルだったが、第二次大戦後、久し振りに郷土史に姿を現わすことになる。——それも、その陰気な地名にふさわしい登場のしかたで——

一九四五年、第二次大戦の帰還兵たちに混じって、ひとりのイギリス人がトゥームズヴィルの町にやってきた。スマイリー・バーリイコーンという名の葬儀屋だった。

スマイリーはロンドンで祖父のトマス・バーリイコーンが創業した葬儀社を継いでいたのだが、死者ばかりでなく、生者の、それも麗《うるわ》しき女性に興味を抱くという悪い癖でも鳴らした男だった。若き葬儀屋がこの地を訪れることになったのもその悪癖のためである。彼はさる高貴な家の未亡人と醜聞《スキャンダル》を起こした結果、ロンドンにいたたまれなくなり、葬儀社をたたんで、アメリカに渡ってきたのだった。

このドン＝ファン葬儀屋はしかし、大西洋を渡る船の上でひどく後悔もしていた。というのは、彼が潰してきた葬儀社が、ロンドンでも有数の伝統を誇る老舗《しにせ》だったからである。

この時のスマイリーの後悔の深さを理解していただくためには、まず、彼の祖父、トマス・バーリイコーンの偉大な業績から説き起こさねばならないだろう。

トマスが生きた時代はヴィクトリア朝の頃。当時しがない新聞記者をしていたトマスは、ひょんなことから設立されたばかりの〈ロンドン・ネクロポリス・カンパニー〉に加わることになる。これは、いまでいう墓地開発のようなことをする団体の草分けだった。このトマスの転職は時宜《じぎ》を得たものだった。劣悪な環境、疫病禍、貧困などのために死亡率がピークに達していた当時のロンドンの墓地拡大策に乗って、彼が手がけた墓地は売れに売れたのである。

そうして、まとまった金が手に入ると、今度は自立心が頭をもたげてくる。迷わず独立を決めたトマスは、墓地売買で得た金を元手にして、一八四〇年にロンドンで葬儀社と葬礼用品店《マガザン・ド・デーユ》の商会を設立することにした。

これもまた正解だった。葬儀社は素人《しろうと》が考える倍は儲かったが、葬礼用品店《マガザン・ド・デーユ》のほうは、そのまた三倍ほど儲かる大当りとなったのだ。

商才に長《た》けたアイディア・マンだったトマスは、フランス人のデザイナーを雇い、美麗な喪服ファッションのカタログを作らせた。これに呼応したのが、当時ミシンの普及でマーケットの拡大を狙っていたロンドンのファッション界だった。現在でも喪章に使われている縮み《クレープ》という生地が喪服用に大々的に生産されたのはこの頃のことである。滅多に使わぬものであり、しかも非常に高価でもあるのだが、上流階級の生活はそれなくしては成り立たないという喪服や葬礼品の製造・販売は、確実性のある美味《おい》しい事業だった。かくして、トマスの懐には、死者と生者の両方から大金が転がり込んでくることになったのである。

こうして順調に財を築いていったトマスだったが、彼は単に運がいい男というわけでもなかった。勃興期にあったイギリスの葬儀産業の趨勢《すうせい》に鑑《かんが》み、社会情勢をうまく操りながら金を紡ぎ出す才覚も備えていたのである。

そのいい例が英国火葬協会の設立だった。この協会は一八七四年にヴィクトリア女王の侍医サー・ヘンリー・トムソンを中心に、『不思議の国のアリス』の挿画で有名なテニエル卿などの有名人たちも署名に名を連ねて発足したものだったが、その設立にもトマスはひと役買っていたのだ。当時のロンドン市民の感情や信仰心からすると、火葬などとんでもないというのが実情で、協会のほうも一八七九年にやっと一頭の馬を実験的に焼却するというおっかなびっくりのスタートだったが、その後、衛生学の要請からイギリスに火葬が普及したことを考えると、これはトマスの先見の明というほかなかった。

こんなふうにしてトマスが基礎を築いたあと、葬儀屋はバーリイコーン家代々の生業となったのだが、前述の事情によりスマイリーの代で途絶してしまうこととなる。

父祖たちが築きあげてきた伝統を台無しにしてニューイングランドの片田舎まで流れてきた放蕩者《ほうとうもの》のスマイリー。だが、この新天地で彼が選んだ職業はといえば、やはり葬儀屋だった。トゥームズヴィルの町はずれの古い屋敷を買いとって住みついた彼は、祖父の故知にならって、そのあたり一帯の忘れ去られた土地を墓地として利用することを思いついたのである。

このスマイリーのアイディアは、のちにアメリカの葬儀産業の常套《じようとう》手段となった。墓所の敷地は無税である。トゥームズヴィル周辺のような宅地にも農地にも適さない只《ただ》同然の土地に目をつけ、それを無税で購入して高価な墓所として提供する——これは盲点をついた効率のいい商売だった。

かつてこの土地を只同然で手に入れた抜け目ないイギリス人は、結局それを生かせずに忘れ去ってしまったが、二百年後にやはりイギリスから渡ってきた男が同じようにこれを只同然で入手し、今度はミダス王のようにそれを黄金に変えてしまったのである。

スマイリーはまず非営利法人の葬儀社を設立し、その発起人におさまった。そうしておいて、地元の土地開発業者と手を組み、墓地のための土地はその土地開発会社の所有名義にした。土地会社は葬儀法人と契約して土地を提供し、法人はそれを墓所として売る。売買価格の五〇パーセントは法人の経営・維持費となるが、残りは発起人が受け取る。こうして、法人の収支をゼロとし、非営利の建て前を崩さないようにしながら、その実、発起人は只同然の一エイカーの土地から何十万ドルも生み出すという魔法のような仕組みを、スマイリーは編み出していったのである。

ロンドンでの色恋沙汰でしくじったとはいえ、スマイリーにもどうやら祖父の持っていた葬儀屋の才覚が備わっていたようだった。抜け目ないイギリス人の葬儀屋はすぐにアメリカ葬儀産業の方法論を消化してゆく。この国独特の死体防腐処理《エンバーミング》技術の導入はもとより、墓所管理維持費の基本金制度、埋葬生前契約制度などのアイディアも次々に実行していったのだ。

しかし、スマイリーの成功の裏には時の運があったことも否定できない。その最大にして決定的なものが、一九五〇年に墓地禁止に関する条例がマーブルタウンの議会で可決されたことだった。これは、マーブルタウン内で五〇年以降、新たに墓地をつくることを禁ずるというものである。

こうしたことは別に珍しいことではなかった。人間の歴史が始まって以来、死者の領域と生者の領域との分離・融合の試みは何度もされてきた。死者たちはその時代によって、生者たちの身近に手厚く葬られたり、忌むべきものとして街のはずれや教会に遺棄されたりしてきたのである。

それほど遠くない昔、たとえば、ルイ十六世治世の終わりごろのフランスでは、五百年以上前から用いられてきた古い〈罪なき嬰児《イノサン》〉墓地が掘り返されて別のものになったし、十九世紀初頭には、町の発展にとって邪魔ものになった墓地を廃止してパリ市外へ移そうという企てをナポレオン三世が実行しようとしたりした。それよりもっと新しく、マーブルタウンの場合と似たような実例としては、一九三七年、サンフランシスコで実行に移された墓地禁止令をあげることができるだろう。この禁止令の背景にはサンフランシスコの〝生者の〟ための土地不足があったのだが、おかげでその皺寄《しわよ》せをくったシスコ近郊のコルマという町は、生者の人口五十人に対して、死者人口数万という〝墓の町〟と化したのだった。

マーブルタウンの場合も、このカリフォルニアの例と同じような実情があったといわれている。いかに広大無辺のアメリカといえども、四方を丘陵に囲まれたマーブルタウンの土地には限りがあったし、また、当時、保養地としての売り出しに躍起となっていた同市が、生者の利益のために陰気臭い死者の土地を除外しようとしたのだ、という見方をする者も多かった。

もっと観念的なもの言いをする者、たとえば件《くだん》の口うるさい社会学者などに言わせれば、こうした現象は、死に対する現代的態度の好個の例——死のタブー視の顕在化、ということになった。つまり、ピューリタニズムの廃墟の上で、生者たちの利益の追求と幸福の追求がなされ、急速な経済成長が支配する都市化された文化の中にあっては、死が生者の領域外へ排除されるのは当然のことだ、というのである。

ともあれ、こうした経緯があって、スマイリーが設立したスマイル霊園は、マーブルタウンからの改葬墓地を次々に吸収し、さらには一九五〇年以降、同市の専属墓所の責を一手に担うことになった。スマイリー自身はもともと英国国教徒だったが、二度目の妻がカトリックだったために改宗し、いっぽう霊園のほうでは宗派に関係なくどんどん葬儀を引き受けた。もっとも、スマイリーは実際のところは無神論者で、むしろアメリカ的合理主義や実用主義《プラグマティズム》に惹かれた男だった。『そうでもなければ葬儀屋などやってられない』というのが彼の本音だったのである。

スマイル霊園はその後も設備を拡充し、そのヨーロッパ庭園風墓地も形を整え、いっそうの発展をとげていった。その評判はマーブルタウンにとどまらず、広く州内にも及び、遠方からの契約者も後を絶たなかった。トゥームズヴィルの住人の多くはこの大霊園に依存して生活するようになり、スマイリーは町長に祭りあげられた。アメリカでは葬儀屋の社会的地位が他国と比べものにならないほど高く、市長や知事にまでなる例も珍しくなかったのである。

ロンドンでの借りをトゥームズヴィルで返したと思われる頃、スマイリーは突然、葬儀産業に対する意欲を失った。彼の事業意欲が立派すぎる祖父へのコンプレックスの裏返しであるという見方をすれば、これもうなずけないことではなかったが、六〇年代以降、スマイリーはその情熱を、もっぱら株や投資のほうへ向け、霊園経営のほうはおざなりになった。結果として、スマイリーの私的財産は若干増えたが、霊園自体は全国的規模に拡大するまでにはいたらず、あくまでも〝州内で随一の〟という形容がかぶさる事業規模にとどまった。

3

こうしてヴィクトリア朝期以来連綿とつづいてきたバーリイコーン家の葬儀屋稼業であったが、スマイリーのあとを継ぐ者となると、全く問題なしというわけにはいかなかった。スマイリーは二度結婚し、六人の子供をもうけた。最初の結婚はアメリカへ渡ったばかりの一九四五年。相手は大西洋を渡る船の上で知り合ったイギリス人の画家の娘ローラだった。ローラはわずか五年の結婚生活の間に三男一女を生み、亡くなっている。自殺だった。どちらかというと芸術家肌の繊細な神経の持ち主だったローラが、たび重なるスマイリーの浮気癖に耐えられなかったのだろうというのが、もっぱらの噂だった。

ローラの残した四人の子供のうち、長女のジェシカは霊園傘下の不動産屋の息子フレデリック・オブライエンの許《もと》に嫁ぎ、三男のスティーヴンは家出をしたあげく日本で客死していたので、霊園に残ったのは長男のジョンと次男のウィリアムのふたりということになった。

いっぽう、スマイリーはローラの自殺のあとの一九五〇年、浮気相手のひとりと噂されたモニカという娘と結婚した。モニカは知性・教養共にローラとは比べものにならない女だったが、容貌はローラの倍ほども美しく、霊園内のカトリック教会の下働きをしていたところをスマイリーに見初められたのだった。結婚してすぐ、モニカは男の双生児を生んだ。ジェイムズとジェイスンである。ふたりのうち、ジェイスンのほうは母親の頑迷なまでの信仰心の影響を受けてカトリックの神父となったが、ヴェトナム戦争から帰還したのちに死亡したため、彼女の子供はジェイムズひとりということになった。この双子の片割れのほうは、霊園の仕事に従事する路を選んでいた。

現在スマイル霊園に残っている三人の子供のうち、スマイリーの血をいちばん濃く受け継いでいるのは、結局はジョンではないかといわれていた。

　ジョンは最初、常に死と向き合う葬儀屋の家業を継ぐことを嫌って生へ執着する医師となり、ボストンで病院を経営していたが、一年前に事業に失敗して霊園に戻ってきていた。それにもかかわらず、スマイリーはジョンが自分の商才を受け継いでいるものと信じ、霊園の経営をまかせた。だが、王位継承が必ずしもスムーズに完了したわけではなかった。ジョンには片田舎の王国であぐらをかいている父親が歯痒かったのだろう、父子はしばしば対立した。そして、スマイリーが病に倒れると、ジョンは改めて自分の葬儀屋としての才覚に目覚め、次第に自分流の経営をうち出しはじめたのだ。いっぽう、こうしたジョンの経営才覚に疑問を持つ声も少なくなかった。彼は計算高いかと思うと、時に魔が差したとしか言いようがない山っ気を発揮して、大きな失敗をすることがあったのだ。

　このジョンに比べて、ウィリアムは母親のローラの血をより多く受け継いでいるようだった。彼は商売よりもむしろ芸術方面に興味があったのである。ウィリアムは学生時代から演劇に入れあげ、いまだに霊園経営よりも自分の見果てぬ夢のほうを追いつづけていた。

　モニカの子供ジェイムズはというと、ローラの子供たちとはまた違ったタイプだった。彼は根っからの職人気質で、遺体の防腐処理を扱うエンバーマーとしての腕は東部随一というくらいだったが、いささかエキセントリックな性格の持ち主でもあり、これまた霊園経営者としての資質には疑問があった。

このままスマイリーが亡くなれば、結局ジョンがあとを継ぐことになるというわけだったが、協力すべき兄弟間の結束は強いとはいえず、バーリイコーン家とスマイル霊園の前途は多難と言わざるを得なかった。

ともかくも、商才に富んだ見せかけの清教徒《ピューリタン》がインディアンの墓を舞台に奸計《トリック》を仕掛けて以来二百年を経て、トゥームズヴィルはその名にふさわしい町となった。そこには二十世紀の大方の町のありようとは全く逆の、生者が死者に依存するという倒錯した実態があった。トゥームズヴィルは文字どおりの墓場の町《ネクロポリス》となっていたのである。

そして、その墓の町の頂点に君臨しているのが、スマイル霊園と葬儀屋一家バーリイコーンの一族だった。

第4章　スマイル霊園の微笑《スマイル》

「囁きの霊園については、なにもかも深く興味をそそられましたが、その点だけはどうもねえ」

――イーヴリン・ウォー
『囁きの霊園』

1

チェシャは大きな欠伸《あくび》をした。別にトゥームズヴィルとバーリイコーン家の歴史をながながと聞かされて退屈したわけではない。車に乗りつづけの長旅の疲れがそろそろ出始めていたのである。そんな状態だったから、三日ぶりに帰ってきたトゥームズヴィルの町に抱いたチェシャの感想も、古くて、小さくて、なんて眠気を催させる町なのだろうという、いささかそっけないものだった。

町に入って、霊柩車が少しスピードを落としたので、家並みがはっきり見え始めた。永らく時代から置き去りにされていたことが幸いして、第二帝政様式の印象的な屋根や町大工が装飾鋸《のこぎり》で作った木造ゴシックの住宅もあちこちに見られ、酔狂な建築史家ならここに骨を埋めてもいいと思うほどの雰囲気を醸している家並みだったが、チェシャにかかっては、ただディスコがないのが不満の種というだけの町だった。そんな彼女にしても、町の中に供花用の花屋や墓石を細工する石屋が多いのを見て、ここがいままで通り過ぎてきたほかのニューイングランドの本当に退屈な町々とはひと味違う、ということぐらいには気がついていたのだが。

気がつくとお腹がすくのが、チェシャの悪い癖だった。トゥームズヴィルの家並みが切れる頃、彼女の頭の中では町中で見た円錐形の屋根がミント・アイスクリームのトッピングのようだったという記憶のみが渦巻いていたのである。

「ねえグリン、なんか食べようよ」チェシャはグリンの袖を引っぱった。

家並みが切れ、一一三号道路の脇に《カフェ・クロスローズ》《クロスローズ》のネオン看板が見えてきた。だが、グリンは車のスピードを緩めなかった。この先の四つ辻を過ぎて二マイルほど行けば、もうスマイル霊園が見えてくる。

「我慢しろよ。霊柩車で葬儀屋へ行く奴はみんな腹ぺこなもんだぜ」

「まっ、あたしは、死人じゃないんだからね！」チェシャはふくれ面をした。

それから間もなく、ふたりを乗せた霊柩車はスマイル霊園に到着した。

スマイル霊園の正門アーチの下を、いままで数えきれないほどの霊柩車や悲しみの遺族を乗せたリムジンが通り抜けていったが、パンクのカップルを乗せたピンク色の霊柩車が入ってきたのは初めてだった。グリンは、正門をくぐり抜ける前にアーチに掲げてある看板に一瞥《いちべつ》をくれた。そこには、菱形の前後を切りとった六角形の伝統的な棺桶が描かれており、その中央には百合の花と笑った形の唇を描き入れたスマイル霊園のシンボルマークがあった。マークの上には気取った飾り文字で**《笑う門《かど》には天国来たる》**という馬鹿げたモットーが書いてある。グリンはこのシンボルマークもモットーもあまり気に入っていなかったが、大方の涙にくれた遺族にとっては、ありがたい救いの象徴として受け取られていることは否定できない事実だった。

車は砂利道を乱暴に走り抜け、葬儀堂へ向かう。この葬儀堂もまたなかなかの見物《みもの》だった。建築に凝ったスマイリーらしく（葬儀屋の職務は墓——つまり死者の家を建てることにあり、という建築家志向が彼にはあった）、葬儀堂はアメリカの宮殿建築時代へのノスタルジアをかきたてるものになっていた。つまり、ヴィクトリア時代末期から狂乱の二〇年代《ロアリング・トゥエンティーズ》――ジャズ・エイジ――を経てウォール街の恐慌に終わる、アメリカの金満家の道楽に対する憧憬が、そこに垣間見られたのだ。

実際のところ、葬儀堂は、ジャズ・エイジきっての名家ヴァンダービルトのニューポートの《夏の邸》を模したものだった。これはヴァンダービルトが私淑した同じく建築狂のルイ十四世のフランス・ルネサンスの血を継ぐ大邸宅で、ヴァンダービルトのような例外的な金持ちを別にすれば、私邸よりもむしろ公共建築に向く様式だったから、スマイリーの選択は決して見当はずれではなかったことになる。

初めてここを訪れた者は、まず厳格堅固な立方体の建物の建物正面《ファサード》に屹立《きつりつ》する六本の円柱の特徴的な構造に目を奪われることだろう。円柱はギリシャ・リヴァイヴァル風のコリント式のもので、その奥の優美で手のこんだ正面扉を守り隠すように並んでいた。この神の国へ誘うような造りは、スマイリーの「葬儀堂には死へ向かう路であることを気づかせない緩やかなアプローチが必要なり」という思想と合致しているようだったが、グリンのようなひねくれ者は、この建物正面《ファサード》のフリーズにそって肉太のエジプト書体で文字を刻んだだけで、尊大で厭味な老舗銀行そっくりになるなと、もっぱら皮肉めいた批評を下すのが常だった。

葬儀堂の特徴を別の角度から見て、「大理石と黄金の光」という言葉に要約する者もあった。確かに、ふんだんに使われている大理石の豪華さは驚嘆に値した。立方体の建物全体と円柱を含む建物正面《ファサード》は、もちろんすべて白大理石でできていたし、さらに、玄関ホールとテラスは黄色いシエナ大理石、会食堂にはピンク色のナミディアン大理石、マントルピースやペディスタルには桃の花大理石が使われていた。この葬儀堂が《大理石の家》という別称を持つのもむべなるかな、マーブルタウンという大理石産地を地元に持った強みを充分に生かした重厚きわまりない造りであった。

金《きん》の使い方もなかなか贅沢だった。葬儀堂という建物の性格上、ヴァンダービルト家ほどの派手なきらびやかさはなかったが、それでも内部の壁の要所には金箔が貼られ、精巧に彫刻を施された鏡板などは、赤や黄や緑を混ぜ合わせた金で微妙に色分けされているという凝りよう。そして、この黄金の輝きが各部屋の至るところにある神々や妖精や天使やケンタウロス、サテュロスなどの彫刻を際立たせ、俗世を離れた雰囲気を醸し出しているのだった。

もしアメリカに封建領主が存在するとしたら、さしずめヴァンダービルト家などはそれにあたったのだろうが、スマイリー・バーリイコーンもこの葬儀堂を建てた時は正に封建領主のような気分だったに違いない。——ただし、彼の場合、治める領民は死人ばかりだったのだが。

ピンクの霊柩車は葬儀堂横の駐車場に入り、すでにそこに駐車していた何台かの迷惑顔の霊柩車の中に割り込んだ。グリンとチェシャは車から出ると、早速、葬儀堂へと向かった。

玄関ホールに入り、天井のトランペットを持ったケルビムの装飾がなされたシャンデリアを見上げた時に、グリンはふと、昔観た映画のことを思い出した。その古い映画の中では、着飾ったフラッパーや伊達《だて》男たちが、こんなシャンデリアの下を、浮き浮きしながら舞踏室へ向かうのだ。ところが、同じようなシャンデリアのきらめきの下でも、ここに集うのは死者ばかり。そして彼らが向かうのは、皆が一緒の舞踏室ではなくて、ひとりひとり別々の霊安室なのだ。死とは孤独なものだな——とグリンは思った。

チェシャのこの葬儀堂に対する感想は、グリンに比べて単純明快だった。彼女は白大理石のコリント式柱を抜ける時も、玄関ホールのシャンデリアを見上げる時も、いつも歯をくいしぼって「ウーッ」と唸るだけだった。自分の悪趣味な風体にそぐわないものは彼女にとってみんな「ウーッ」の対象だったのだ。そんなチェシャとて豪華なものに心惹かれないわけではなかったが、自分の所有物でない限りは、やっぱり「ウーッ」だった。

チェシャがいつものように歯をくいしばって唸ろうとしたところで、受付カウンターの後ろから何者かが顔を出した。ふたりのパンク族に劣らずホールの雰囲気に不釣合いの男だった。その男に向かって、チェシャが嬉しそうに声をかけた。

「ヘイ、ウォーターズじゃん。あんた、きょうは受付やってんの？」

「あら、お姉ちゃん、それにグリンも。お帰り。都会はどうだった？」

ウォーターズと呼ばれた男はそう言うと、受付からグリンたちのほうに出てきた。彼の耳でお気に入りの金のイヤリングが揺れた。ウォーターズはエンバーマーのジェイムズが西海岸のフォーモスト霊園に修業に行っている間に知り合って連れてきたゲイのメイキャッパーだった。もともとは売れないヘヴィメタル・バンドのメイク係をしていたのだが、マネージャーとリード・ギターの子の取り合いをして敗れ、こちらに来る決心をしたらしい。いまはジェイムズの死化粧のアシストをしながら、無常観について考え、禅の修行をしたいと言っている。

「パリはまあまあ。ニューヨークは面白かったよ」とチェシャ。

「サイテーだ」とグリン。

ウォーターズは目を瞬いた。

「あんな素敵な霊柩車で帰ってきたから、楽しかったんじゃないかと思ったのにさ。ねえ、今度、あれに乗せてよね」

「うん、いいけどね」チェシャはくすくす笑った。「——その素敵な霊柩車がグリンの腹立ちのタネなんだよね。それよかさ、こっちの様子はどうなのさ」

「こっちも、サイテーよ」ウォーターズは不精髭で青々とした顎をかいて、曇り顔になった。「ジョンが支配人になってから、なにかと口うるさくてさ。経費節減とか言って、火葬係とか配車係のところまで嗅ぎまわって無駄遣いを指摘して、みんな迷惑してるわよ。あたしも、この間、霊安室のBGMで、ヴェルディの《レクイエム》と間違えてグレイトフル・デッドの《死に慈悲なんぞない《デス・ドント・ハヴ・ノー・マーシイ》》のテープかけちゃったら、えらいおこられちゃって、週給三十パーセントのオフよ」

「ふーん、あたしも、あいつ、いけ好かないんだけどさ。……あいつが、あたしのパパになったら困っちゃうな」チェシャも憂鬱な顔になる。

ウォーターズはすぐに気を変えた。

「ね、それよりさ、ちょっと悪戯しない？」

「悪戯？」

「うん、今度生意気な娘が入ったの。——よくいるでしょ、近視でもないのに黒縁の伊達眼鏡かけてさ、理屈ばっかり言う、キャリア・ウーマンかぶれ」ウォーターズは後ろを振り向くと、急に小声になった。「噂をすれば、なんとやら……ほら、おいでなすった。さあ、ふたりとも、客の振りをして……」

ホールに女性職員が現われた。ウォーターズはなにくわぬ顔でグリンとチェシャを客として彼女に引き渡した。

2

その女性職員は、肩をバックルで留めた踝丈《くるぶしたけ》の古代ギリシャ風ドレスを着込み、肩から腕にかけては宇宙服のような銀色のジャージ地スーツが覗くという、珍妙ないでたちをしていた。この服装は葬儀堂の女性接客係の制服だった。これを考案したジョンは「神話と機能美の融合、まさに、あちらとこちらを結ぶ葬儀産業にふさわしい」と自画自讃したが、葬儀堂のスタッフたちに言わせれば、「《スター・ウォーズ》じゃあるまいし」と、評判が悪いだけのシロモノだった。

チェシャとグリンの前で、新入りレイア姫がおごそかに挨拶をした。

「ようこそ、スマイル霊園へ。失礼ですが、ご予約のほうは……？」

接客係はホールの壁に掲げてある霊園当主スマイリーの肖像画が浮かべているような〝スマイル霊園謹製微笑《スマイル》〟を満面に浮かべていた。だが、こういう単純きわまりないマニュアル人間はチェシャの恰好の餌食となる運命にあった。パンク娘は早速客を装った演技にとりかかった。

「いや、予約はしてないんだけども……」

「結構でございます。それでは、生前埋葬契約で？　それともご家族にご不幸でも？」

「生前埋葬契約？」

「あら、ご存知ないんですか？　生きているうちから、ご自分のお墓や葬儀について決めておく方法ですわ。いざという時、残されたご家族があわてずに済みますし、ローンを組むこともできますから、皆さんお気軽にご契約なさいますわ。いまでしたら、サーヴィス期間中ですので、マーブルタウンのスポーツ・クラブの会員権の特典もございますし――」

「スポーツ・クラブ？」グリンが眉をひそめた。

「ええ。『健康的な日焼けした身体で夢の天国へレッツ・ゴー』というのが、いま、いまのお若いかたがたのトレンドなのですわ」

「天国へレッツ・ゴーねえ……」

いささかげんなりしたグリンは、チェシャに合わせてこの接客係をからかうことにした。

「いや、生前契約じゃなくて、ちょっと家族の者がね……」

「まあ」接客係は教育マニュアルどおりに唇をすぼめ、客に対する同情をあらわにする。

「それはそれは……」

――だが、過度の同情は商売の妨げになる。

「ともかく、一刻も早く、故人《ラヴド・ワン》の安らぎの褥《しとね》をお決めにならなければ」

「安らぎの褥？」

「ええ、霊安室《スランバー・ルーム》のことでございますわ。いますぐ、ご案内しますので、どうぞ、こちらへ」

グリンとチェシャはホール左手の西ウィングにある《昇天の間》へ案内された。グリンはその部屋の向かいの《黄金の眠りの間《ゴールデン・スランバース》》のほうが豪華なヨーロッパ風内装で料金が高いことを知っていたが、接客係はためらわず安いほうの部屋へ案内した。彼らはすでにその風体できっちりランク付けされたのだ。田舎の豪農の居間といった感じの《昇天の間》で、接客係は住宅展示場のセールスマンよろしく能書を並べ始めた。

「濃いオイルステイン仕上げのフローリング張りの床に、白い漆喰《しっくい》塗装の壁。梁《はり》や柱があらわになった古風なタッチ、トネリコ材を使った懐かしくも優しい家具……。典型的なコロニアル様式ですわ。フロンティア精神と結びついた、シンプルで実用的なスタイルは、気骨《きこつ》の人だったおじい様にも、きっと気に入っていただけるものと……」

——まだ、誰が死んだとも言っていないのに勝手にじいさんを殺しちまいやがった、とグリンは心の中で舌打ちをした。

型どおりの接客係の説明を聞いていても面白くないので、グリンは彼女に勝手に喋らせておき、自分は部屋の奥のほうを眺めることにした。霊安室はどれも、会葬客が集う控室と柩を置く安置室の二部屋からなっていた。グリンが覗いたのは、そのうちの安置室のほうだった。

そこには、マホガニー製の艶やかな柩が据えてあった。柩の両脇には背の高いフロア・ランプがあり、後ろにはグラジオラスやカーネーションなどの花々を盛ったスタンドが立っている。

柩の蓋は開いていて、中には盛装した老紳士が横たわっていた。彼はこちらのほうに首を傾《かし》げて微笑んでいる。

これは、アメリカの葬儀習慣のハイライトとも言える場面だった。アメリカでは人が亡くなると、ほとんどの場合、こうして葬儀堂へ運び込まれ、防腐処理、死化粧などのいわゆるエンバーミングを施され、霊安室に展示される。そして、広い国のほうぼうからお別れを言いに集まってくる会葬者たちを微笑みながら待つことになるのだ。

グリンは遺体の微笑に魅せられながら、かすかに身ぶるいした。日本の葬儀では柩の蓋が開けられるのは出棺の時のほんのわずかの間だけだが、こちらの習慣ではずっと開け放したままで、死者は弔問客たちの目に晒《さら》される。そのために、死者はおめかしして頬紅を塗られ、生者と寸分も変わらぬような姿に仕立て上げられるのだ。それはひどく奇妙で薄気味の悪いやりかただったが、アメリカ人たちが普通にする生活習慣でもあった。コークを飲み、ロックを聞き、ジーンズをはいているアメリカかぶれのアジアの若者でも知らないようなアメリカン・ライフスタイルが、そこにあったのだ。

部屋の内装について喋るネタがなくなった接客係は、よそ見をしているグリンに矛先を向けてきた。

「向こうの柩《カスケット》は、きょう葬儀をされるかたのものですわ。まるで生きているような、安らかなお顔でしょう？　きっと、おじい様も——」

「おいおい、誰もじいさんが死んだなんて言ってやしないぜ」

そこで、チェシャが絶妙のフォローを見せた。彼女はグリンの腕に寄りそって、わざとらしく鼻をすすりながら言った。

「勘違いですわ。亡くなったのは、わたしたちが手塩にかけて育てた愛《いと》しのジュネヴィーヴちゃん……」

「まあ」

接客係はマニュアルにある驚きの表情の第二図どおりに唇をアルファベットのOの字形にした。

「それはそれは、お若いのに、なんてひどい……」

型どおりの絶句。――次にめりはりのある巻き返し。

「でも、すべては神様のお決めになったこと。ジュネヴィーヴちゃんは永遠の生命を得て、これから天国への階段を昇っていくんですわ。トン、トン、トン、トンってね」

エンジンがかかってくる。

「さあ、あなたがたお若いご両親がジュネヴィーヴちゃんにしてあげられることといったら、天国へ昇るお手伝い――素晴らしいご葬儀以外にはないでしょう。まずは、柩《カスケット》選びからなさっては？」

「でも、どういうのがあるんだか……」

「いろいろとり揃えてございますよ。人気商品のマホガニー棺、お徳用のクルミ材のもの、豪華極まりない大理石棺、――これは、刺子《さしこ》の繻子《しゅす》の内張りが寝心地抜群とご好評いただいている品で――」

チェシャは考え込む様子をみせて言った。

「みんな良さそうなんだけど……」

「なにか、ご要望でも？　特注品も承っておりますので、なんなりと……」

チェシャはその猫面《づら》ににんまりとした笑みを浮かべて言った。

「じゃあ、シッポ穴をあけといてください」

「は？」接客係はポカンと口を開けた。この驚きはマニュアルにはない。

「シッポ穴よ。わかんない？　あんた頭悪いんじゃない？　うちのジュネヴィーヴちゃんはね、可愛いアルマジロちゃんなんだから。棺桶にシッポ穴がないと困るのよ！」

「ア、ル、マ、ジ、ロッ！」――絶句。これもマニュアルにはない対応。

そこで、邪魔がはいった。

「ミス・エッティング、その悪戯者たちはお客じゃないよ。身内の者だ」

急に声がしたほうに三人が振り向くと、戸口のところに小柄な老人が立っていた。

「ふむ、パンク族のアダムとイヴのご帰還じゃな。窓から見とったら妙な霊柩車が入ってきたので、もしやと思ったんじゃが……」

その老人――ヴィンセント・ハース博士は小柄な身体を少し前かがみにして、好奇心溢れる目でふたりを見ながら言った。もう七十歳をとっくに過ぎて、鳥の巣みたいな頭髪はすっかり白くなっていたが、それがなければ、好奇心溢れる落ち着きのない目の表情のおかげで、小賢《こざか》しい悪戯っ児のように見えることさえある。グリンはこの年齢不詳の博士のことを、古い喜劇映画に出てくる奇人俳優ハーポ・マルクスに似ているなと常々思っていた。

ハース博士は、ハーポのように懐からクラクションを取り出して鳴らす代わりにかん高い声で気ぜわしく訊いた。

「あの派手な霊柩車はどうしたんじゃ？　車体に書いてある《性愛《エロス》と死《デス》は兄弟》という文句は、ひょっとしてフロイト学説の引用じゃあないのかな？」

「ああ、アメリカじゃあ、フロイト博士はハーレムでラップをがなりたてながら、チェーンやナイフを振りまわすのが趣味らしくてな」

グリンは不機嫌に応じた。ハース博士のこうした衒学《げんがく》趣味は毎度のことだった。スマイリーのイギリス時代からの友人であるこの老人は、元シカゴ葬儀科学大学の教授だったが、現在はバーリイコーン家に寄宿し、スマイル霊園の顧問をしていた。彼が大学で開いていた講座は〈死学《タナトロジー》〉。その内容は、人間の死について、医学、文学、哲学、生物学、歴史学、その他さまざまな分野から総合的に研究するという興味深いものだった。

ハース博士の深い学識は、もちろんスマイリーが霊園事業の理論的支柱として高く買うところだったが、霊園の外でも、彼の助言である難事件を解決できたマーブルタウン署の警察署長が評価し、博士を警察の特別顧問に迎えているほどだった。だが、そんな偉い学者であるにもかかわらず、ハース博士はおどけて、「わしは単なる死のコレクト・マニアさ」とうそぶくだけだったが。

「博士、自分の名前がいくら霊柩車《ハース》だからって、グリンの霊柩車のことあんまり訊かないほうがいいわよ。彼、頭にきてるんだから」と、チェシャが言った。

ハース博士は顔をしかめる。「わしの名前のハースはな、霊柩車の意味というよりも、その大もとの語源、ラテン語の馬《ハロウ》ぐわからきとるんじゃ。それが、燭台を意味するようになり、それが柩台に変わり、十七世紀にだな――」

チェシャは溜め息をついて言った。

「あー、またまた死神博士《ドクター・タナトス》の楽しい死学《タナトロジー》講義が始まるの？　この分じゃ、地上では落第生のあたしも、天国の学期末試験では優等メダルがもらえそうね」

皮肉を言ったものの、チェシャもグリンもこの風変わりな死学者《タナトロジスト》が好きだった。変わり者同士の妙な連帯感が彼らの間にあったのかもしれない。チェシャにお喋りを制されたハース博士は、急に思い出したような顔をして言った。

「おお、そうじゃ、大事な用件を忘れとった。これからな、スマイリーの遺言状について、ハーディング弁護士からなにか発表があるらしい。みんな二階の資料室に集まっているんでな、おぬしたちも急いで来てくれんか？」

第5章　一族の集い

「……遺言状が、途中のどこかか、墓地にでも隠されていないかぎり、その局外者の身体検査をすれば、見つかってしまうものね……」

——エラリー・クイーン
『ギリシア棺の謎』

1

「……というわけで、死者甦りの事件は各方面に大きな波紋を投げかけております」
クールで鳴らす第七チャンネルのキャスター、ドン・ランサーが、その言葉とは裏腹に自分の顔には〝波紋〟の一輪も浮かべずに言った。

「大統領は政府の対策委員会議を再び召集し、疾病対策センター《CDC》や各州の医療機関に対しても早急に対策を講じるよう――」

そこで、ジョン・バーリイコーンはテレビのチャンネルを変えた。今度は画面に派手なサテンの法衣に身を包んだ男が現われる。彼は最近テレビ伝道で売り出し中のスター説教師、アレクシス・ゾーン師だった。たくさんの聴衆が詰めかけたどこかの会場の演壇に彼は立っている。番組はゾーン師の説教の中継で、彼の話はちょうど佳境に入ったところのようだった。

「……そう、いよいよ、歴史の終わりの時が来たのです。最後の審判が下される時はいまなのです。――みなさんもご存知でしょう？」

ゾーン師はわざとらしい間をおいた。

「――死者たちが甦っていることを」

会場の聴衆がざわめく。

「これは終末の時の証《あか》しなのです。聖書の教えどおり、生者のみならず死者も神の審判を受けるのです。そして、永遠の生命を得る者と再び死の恥辱に沈む者とに分けられるのです……」

会場の通路に突然髪を振り乱した老婆が跳び出し、「わたしは、ウチのじいさんが甦るのを見ましただ。じいさんどうなるんでしょう」と叫んで泣き出した。すぐさま演壇から降りて老婆の手を握り、共に神に祈るゾーン師。すでに演出がなされているかのような感動的な場面を、テレビ・カメラはよくとらえていた。

テレビ画面を見ていたハース博士が、

「ふむ、プロテスタントの根本主義者《ファンダメンタリスト》の新手《あらて》じゃな。聖書を書いてあるままに信じとる律儀な連中か……」と評した。

「進化論より創造説を、バイオ・テクノロジーよりも、処女受胎を信ず、というやつだな」ジョンが皮肉っぽく応じた。

車椅子から身を乗り出すようにしてテレビにうなずいていたモニカ・バーリイコーンは、なにか反論したそうに口を開きかけたが、それより先にジョンが言った。

「根本主義者というより拝金主義者だな、ありゃ」

テレビ画面はゾーン師の「お布施の時間」を映し出していた。会場の聴衆たちはひとりひとりが緑色の札《さつ》を頭の上に掲げ、通路をめぐる係員がそれをまるで綿つみのように籠に採集していく。ジョンは自分の商売がなんであるかも忘れて、「死者をネタに商売しちゃいかん」と言いながら、テレビを消した。

グリンたちは葬儀堂の二階にあるハース博士の資料室で、ハーディング弁護士の到着を待っていた。だが、弁護士はなかなか現われなかった。グリンは退屈しのぎに部屋に集まっているメンバーを観察することにした。

まず、伯父のジョン・バーリイコーン。彼は鼻梁《びりょう》がやたらに大きい造り物のような鼻の下の四角い形の髭をつまんでいた。あの鼻の下にあると、髭まで付け髭じみて見えてくるなと、グリンは常々思っていた。そして、彼が折にふれて示す尊大な態度も、付け鼻や付け髭のように滑稽なものだとも。いっぽう、その豊かな髭とは対照的にジョンの頭には髪の毛がなく、度の強い金縁《きんぶち》の眼鏡と共に年齢より老けて見られる原因となっていた。本人の弁によれば、数年前の薬品禍でそうなったのだということだった。彼はいま、ソファに坐り、鼻が両眼の間にめり込んだようなみっともない顔のペルシャ猫を膝の上にのせていた。

ジョンの隣りのテレビのすぐそばには車椅子に坐っているモニカがいた。血は繫がっていないがグリンの祖母にあたる人だ。彼女は痛風で脚をやられ、去年から車椅子生活を余儀なくされていた。すべての移動は車椅子、昇り降りはエレヴェーターに頼らざるを得ない。だが、彼女も夫のスマイリー同様頑固者で、身のまわりのことはほとんど自分でやり、どうしても他人の手が必要な時は、もっぱら下働きのノーマンという男の世話になっていた。

そのノーマンは、いまもインディアンの守護神柱《トーテムポール》のように老婆の車椅子の後ろに突っ立っている。グリンはこの男についてはあまり知らなかった。なんでも、ヴェトナム戦争で負傷した際に記憶を失ったということで、母国に帰ってきたものの行くあてもなかったところを、霊園に拾われたのだという経緯を聞いたことがあった。だが、ノーマンについて、それ以上のことはわからなかった。なにせ本人が記憶を取り戻していないものを他人が知りようがない。ただ、彼の顔一面に広がる酷い火傷の跡から、過去の苛酷な体験が窺われるだけだった。

「まったく、いつまで待たせるのかしら」

ジョンの向かいに坐っていたジェシカが苛々しながら言った。彼女はスマイリー唯一の娘で、グリンにとっては伯母にあたる。厳格な高校の文法教師のようなタイプで、チェシャに言わせれば、「あの人の肩には骨の代わりに針金のハンガーが入ってるんだわ」——というような女だった。

そのハンガーに毎日吊るされているであろう憐れな夫は彼女の隣りに坐っていた。フレデリック・オブライエン。スマイリーが昔から付き合っている不動産業者の息子——いじめられっ子のフレッドだ。そのカンナで削られたような弱々しい顎を見ていると、グリンにも彼がそんなふうに言われるのがわかるような気がした。その顔はまるで、猛禽《もうきん》類に爪をかけられて怯える小鳥のようだ。

ジェシカが黙って坐っている夫に業を煮やして言った。

「フレッド、あなたは万事がのろいからそうしていても平気かもしれないけれど、わたしは待つのが嫌いなのよ」

フレッドは仕方なしといった感じでジョンに訊いた。

「あの、いつ始まるのかね、その発表というのは……」

「さあな。ハーディングはもう事務所を出たということだ。それにしても、あとまだ、ウィリアムが来とらん。ヘレン、ウィリアムはどうしたんだ？」

ジョンに言われて、ウィリアムの妻ヘレンはソファから飛び上がった。自分が誰かに声をかけられることなど全く予期していないような態度。周囲の注目を浴びないのは自分に魅力がないせいだと悟り、かたくなに殻に閉じこもる。それがまた周りから無視される悪循環を生む――ウィリアムの妻はそんな女だった。ヘレンは神経質そうに化粧っ気のない頬に手をあてて言った。

「ウィリアムは、マーブルタウンへ行ってるらしいわ。イザベラと一緒に……」

「イザベラと？」今度はジョンが驚く番だった。「なんでまたウィリアムが一緒なんだ？」

ヘレンは答えずに下を向いた。それまで窓際に立って黙っていたジェイムズが代わって言った。

「昼ごろ、ウィリアムの車に乗ってふたりが出かけていくのを見たな。イザベラにはなにか用事でもあったのか？」

「親父に頼まれてな、マーブルタウンのデパートまで親父の好物のチョコレートを買いにやらせたんだが……」

「だが、赤いスポーツ・カーで行ったということまでは知らなんだというわけか」ジェイムズは皮肉っぽく言った。

ジェイムズという男は、いつもは冷静沈着、世間からは超然としているのが常だったが、ジョンに対してはいつもその態度を変えた。彼は相手が誰であれ、掌《てのひら》の中のモルモットを観察するような目で見たが、いまその縁なし眼鏡の下からジョンを見つめる視線には、なにか特別な感情がこもっているような感じだった。

――いまの彼の目は、確かにモルモットを見る生物学者の目のようではあるが、ただしその学者は手に切れ味のいいメスを持っているんじゃないか、とグリンはあらぬ想像をした。

グリンの想像は扉の開く音で中断された。噂をすれば影、スマイル霊園の二大スター、イザベラとウィリアムのご帰還だった。イザベラはボルドーとグレイの派手なストライプが入ったロング丈のジャケットの脇にデパートの包みを抱えて颯爽《さつそう》と部屋に入ってきた。

「あーあ、きょうは、もう混んじゃって大変。バロウズの食品売り場なんかに行くものじゃないわ」

イザベラは美しさに自信のある女の常で、部屋の中の雰囲気にはお構いなしの自分勝手なお喋りを始め、娘のチェシャの姿を見ても「おかえりなさい」のひと言もなかった。

「なんだ、ウィリアムも一緒だったのか？」ジョンが心持ち抑えたような声で訊いた。

それに答えたのはイザベラではなくて、彼女の後ろから入ってきたウィリアムだった。

「ああ、彼女のクーペが故障でね。仕方がないから送っていったんだ」

フランスのディスコで踊っているアフリカ人が好みそうな大胆な柄のセーターに、ペイズリーのネッカチーフという姿のウィリアム。本人は昔のハリウッドの天才演出家のバズビー・バークレイを気取っているつもりらしいが、この葬儀堂にあっては、グリンたち同様、場違いもはなはだしいファッション感覚だった。

チェシャがグリンの隣りで囁いた。

「あのふたりの恰好じゃあ、グラミー賞授賞パーティに行ってたって言うほうが、それらしいんじゃないの？」

ジョンはなおもふたりに訊いた。

「だいぶ、時間がかかったじゃないか?」

チェシャがまた囁く。「見ててごらん。ふたりのほうが役者が上だよ」

ウィリアムはヘレンの隣りへどすんと腰をおろすと、

「いや、帰りにこっちの車もキャブレターがいかれちゃってね」

と言い、妻の手をしっかり握った。

イザベラのほうも、ちょうどウィリアムとふたりで挟むようなかたちになってヘレンの隣りに坐ると、彼女の肩に手をまわす。

「あら、ジョンは、わたしとウィリアムが浮気していると思っているのよ。ほんとに馬鹿ばかしい話。こんな素敵な奥さんがいるウィリアムが浮気だなんてねえ。それは配役のミスというものだわ」

そう言ってイザベラは声をたてて笑いだした。彼女の唇から美しいピンク色の歯茎が覗いた。歯のきれいな女はたくさんいるが、歯茎の美しい女というのはそうはいない。もう四十歳にとどこうという年齢だったが、彼女がそうして笑っていると十歳以上は若く見えた。イザベラの屈託のない笑いにウィリアムが磊落《らいらく》な笑いで唱和し、あいだに挟まれたヘレンもぎごちない笑いを浮かべざるを得なくなった。そこへ、なんでも場をとりつくろえればいいフレディが和し、次第に無責任な笑いの輪が広がっていく。脇役たちは主役のリードする方向に芝居を持っていかねばならない。たとえそれが茶番劇であっても……。

笑いの渦の中でシラケ顔のチェシャが「ほらね」とグリンに目くばせした。

2

それからほどなくして弁護士の登場とあいなった。ジョンは待ち人が現われるやいなや、「いったい、どういうことなんだ、アンドリュー、遺言状の件は先月けりがついていたんじゃないのか?」と、迫る。

顔を合わせて早々のジョンの詰問調にアンドリュー・ハーディング弁護士はひるんだ。ポケットからハンカチを取り出すと額の汗をふく。この小男の弁護士はいつも『不思議の国のアリス』の兎のように忙しがり、懐中時計を見たり、汗をふいたりするのが癖になっていた。ハーディングは肩をすくめて自分も困っているんだというジェスチャーをしながら弁解を始めた。

「だがな、スマイリーが気を変えたんだから仕方がないだろう」

「でも、この間の遺言状には、みんな満足していたはずよ」ジェシカが大儀そうに言った。

確かにジェシカの言うように一か月前の遺言発表の時は、なにも問題なく事がおさまったように見えた。その時はスマイリーを前にして、いまと同じメンバーが集まって発表があったのだが、そこでは、ハーディングが「弁護士冥利に尽きる」と言ったほどの見事な遺産分割がなされた。グリンは細かいことはわからなかったが、大雑把《おおざっぱ》に言って、スマイリーは財産を六等分した。ジョン、ウィリアム、ジェイムズ、ジェシカの四兄弟に妻のモニカ、そして、死んだスティーヴンの代わりにグリン、という六人で六等分――不動産などもまるでジグソー・パズルのように切り分けた配慮の行き届いた分配ぶりだった。相続人の中ではジョンに不満が残りそうだったが、彼はあとから参画したにもかかわらず霊園の支配人に就任できるという約束で納得したようだった。そのジョンが再び口を開いた。

「それで、遺言状はどんなふうに変わるんだ？」

「わからん」ハーディングは肩をすくめた。

「わからん？　きょうは改訂遺言状の発表で招集がかかったんじゃないのか？」

「そのはずだった。ここへ来る前にスマイリーのところへ寄ったんだが、新しいのはまだ書いていないと言ってた。これから、死ぬまでの間の楽しみにとっておくんだそうだ。そして、発表は死後にするんだとも――」

「畜生、俺たちを弄《もてあそ》んでるんだ」とジョンが吐き捨てるように言った。

ジェシカも溜め息まじりに言った。

「そうすれば、もっと丁重に扱ってもらえると思ってるのかしら。いままでだって、あの人には腫れ物にさわるようにしてきたのにねえ」

「遺言状で面白いことを思い出したぞ」ハース博士が第三者の気楽な態度で口を差し挟んだ。

ジョンがお義理で訊いた。「なんですか、面白いことって？」

「うん、百年ほど前にスコットランドのある富裕な夫人が風変わりな遺言を残したんだ。それによると、夫は彼女の肉体がこの世に存在する間だけ、その財産を管理できるとされた。夫人の死後、夫はすぐにジョン・ハンターという男を呼んだ。ハンターは著名な解剖学者の弟でな、新しい技術を持っておった。彼は夫人の遺骸の動脈に新発明の防腐剤を注入したんじゃ。そうして最上の衣装を着せられた夫人はガラスの蓋がついた容器に入れられ、弔問客をお迎えすることになった……」

「それが、エンバーミング——われわれの葬儀習慣の起源というわけですか」と、ジェイムズが引き取った。

「おお、これはプロフェッショナルを前に、余計な講義をしてしまったな。——ま、そういう説もあるということじゃ。少なくとも、古代エジプト人のミイラ——遺体の炭酸ナトリウム漬けより、われわれのやっとることに近いじゃろう」

「それがお父さんの遺言変更とどういう関係があるっていうの？」苛立ったジェシカが口を挟んだ。「いま世間では、人が死んでもまた甦るなんてとんでもないことがあるから、自分が死んでもエンバーミングなしにしておいてくれとでも遺言するつもりなのかしら？」

　このジェシカの発言は、周囲に新たな緊張をもたらした。当惑したような表情になったジョンがハーディング弁護士に訊いた。

「アンドリュー、親父の遺言状の内容はおくとして、遺言を残して死んだ者が――そのぉ……もし甦ったら、どうなるんだ？」

　ハーディングは眉根に皺を寄せて考えこんだ。

「ふむ、死者の甦りか。あれは確かにやっかいな問題だな。まず、相続というものはね、被相続人が死亡した時点で開始する。相続問題における死亡の考え方にはいくつかあって、例えば一定期間被相続人が失踪していて失踪宣告がなされた場合は、たとえ本人が生きていても死亡とみなされるし、また、死体がなくても災害などで亡くなったことが確実なら、いわゆる認定死亡ということにされる場合もある。だが、こうした特別な場合以外は、臨床死――つまり心臓や脳波の停止時刻、死亡診断書に書かれた死亡時刻が相続の開始時刻ということになる。われわれはいままで法的に、それを〝死〟と決めてきた。それがどうだ、今度の一件では臨床死の判定を受けた連中が次々に甦り、そしてどうやら生きている人間と変わりない意思能力もあるようなんだからな」

「生ける屍《リヴィング・デッド》――というやつか」

「そうだ。そいつがやっかいなんだ。生でも死でもない、ちょうどその間《はざま》の存在。こうした状況が今後もつづいて生ける屍が増えるようなら、全米の法律家の半数はセラピストの寝椅子に横になり、あとの半数は古い法律書を食いちぎりながら考え方を変えなきゃならんだろうな」

「どう変えるんだ?」

「そうだな、法的な死の認定を完全死――つまり肉体が朽ち果てるか灰燼《かいじん》に帰するかした時に限るとする、とかな。臨床上の死でなくて、誰にとっても文句なしの完璧な死滅でないと混乱は避けられないだろう」

「生ける屍に法的意思能力は認められないのか?」

「おいおい、わたしはミネルヴァ神じゃないんだぞ。生身の人間の弁護士だ。そんな難しいことには簡単には答えられんよ。生前と変わらぬ精神活動をしている死者もいるようだから、禁治産者扱いするわけにもいかんだろうし、彼らをにわかに法的無能力者と決めつけることはできんだろう……。だがいっぽう、彼らの肉体は死の過程にあり、数日後だか数か月後だかに朽ち果てることは決まっている。そういう者に法的意思能力を認めてよいものかどうか……。社会的混乱は避けられんからな。検死審問も当分、閉延・延期となっているし――」

「混乱するのは、法律家や医者ばかりじゃない――」と言いかけたところで、ジョンは気を変えたように応じた。「――ともかく、法的には、生者と死者のどちらに分があるか、わからないってことなのか？」

「いちばん面倒なのが、言うまでもなく遺産相続だろうな。時々、失踪や災害などで認定死亡とされた者がひょっこり帰ってきてトラブルが起こることがあるが、これからは、甦った死者が遺言を変えるなんて言い出した場合のことも考えなきゃならん。こいつは頭が痛い。生前の遺言を生ける屍が素直に認めれば問題はないのだろうがな」

法律談義に退屈したイザベラが口を挟んだ。

「ああ、難しいことはわたしにはわからない。――それで、ジョン、あなた、遺産は貰えるの？　貰えないの？」

悪意はなさそうだが、周囲に甘やかされた女特有の無神経な口ぶり。ジョンはあわてて口ごもった。イザベラはなおも言う。

「マーブルタウンのお家《うち》の支払いは大丈夫なんでしょうね。わたし、あそこに早く住みたいわ。バーリイコーン屋敷は、ほら、ちょっと古くて陰気っぽいでしょ。窓も小さいし。お腹の赤ちゃんにもよくないと思うの。そこへいくと、マーブルタウンのイタリアン・ヴィラは、窓もバルコニーも広くて光が溢れてる」

「あら、家を買ったの？」ジェシカが訊いた。

「ええ、結婚したら住むの。わたしたちの新居よ。遊びに来てちょうだい」イザベラは無邪気に答えた。

ジェイムズがジョンに向かって言った。

「よく、そんな金があるな」

すかさずウィリアムも長兄いじめに加勢する。

「そうさ、死人から巻きあげた金が、墓じゃなくて霊園領主個人の〝素敵な〟イタリアン・ヴィラに化けちまったってわけだ」

「おい、人聞きの悪いことを言うな」ジョンがウィリアムを睨みつけた。

「あれ、そうじゃないのかい？　あんたが霊園の金を私的に流用してるってことは、親父もご存知なんじゃないのかい？」

ジェシカが驚いて言った。

「まあ、それじゃ、お父さんが遺言を書き換えるっていうのは、そのことが原因で……」

ジョンはジェシカを無視して、ウィリアムに言った。

「おまえが、親父にあることないこと告げ口したのか？」

ウィリアムは笑って肩をすくめた。

「さあね。俺が言わなくても、あんたが霊園の金を自分の負債や住宅購入にあてていることは、みんな知ってるんじゃないのか」

「わたしは、霊園の支配人だ。そのことについては、この間、親父も認めたはずだ。わたしのやり方に口出しはさせんぞ」

「俺たちは、認めてないね」今度はジェイムズが反発した。「あんたは、ずっと葬儀屋稼業を嫌って、ほかの事業をやっていたのに、それがフイになると、のこのこ戻ってきて、この霊園を牛耳《ぎゅうじ》ろうとしている。あんまり虫が良すぎやしないか？」

ジョンはソファから立ち上がった。膝の上の猫が驚いて跳び降りる。怒れる葬儀屋は周囲を睨みまわして宣言した。

「これ以上、下らない話を聞いている暇はない。ともかく、わたしが霊園を継ぐことは決定してるんだ。さあ、それがわかったらお開きにしようじゃないか」

床に降りた猫はひと声鳴いてジェイムズのほうへ向かい、ソファの陰にもぐり込んだ。ジェイムズは跳びのいて猫をよけると、その尻尾をいまいましげに見送る。嫌っている相手の人格がペットにまで宿るとでも思っているのだろうか、彼の反応ぶりは尋常ではなかった。いっぽうジョンは、いつも猫を入れておくバスケットを開き、「スウリールや、スウリールや、ごめんよ」と猫の名を呼びながら床にかがみ込んだ。

その時、それまで馬鹿息子や馬鹿娘たちの話をぼんやり聞いていたモニカがほつれた髪をかき上げながら、ジョンの尻に向かって言った。

「みんな、大変だねえ。難しい話ばかりで。──それで、ジ、ジェ、イ、ス、ン、もお金を分けてもらえるのかい？」

「モニカ、だって、ジェイスンは……」

ハーディング弁護士が言いかけて、ジョンに目顔で制された。言っても無駄だというサインだった。モニカはそんなことなど意に介さぬ様子で、なおも言う。

「……それと、わたしの夫──スマイリーは、いつ死んだんだっけ？」

第6章　霊園改造計画

昔のえらい人の言葉に、ある社会を知ろうとすれば、その葬式の様式を観察していて、どんな種類の人間がもっとも壮麗に葬られるかを知るべきだというのがある。

――マーク・トウェイン
『バック・ファンショーの葬式』

1

資料室での集まりのあと、夕方から葬儀堂内にある会食堂で晩餐会が催されることになった。なんでも、ジョンが新しいビジネス上のパートナーとなる日本人を、その席で紹介するということだった。

　グリンは会食堂の奥にかかっている《最後の晩餐》の大きなモザイク壁画を眺めながら、ぼんやりと出席者の人数を数えていた。壁画の晩餐会の出席者は十三人だったが、こちらのほうは十一人だった。資料室にいたメンバーから、帰ってしまったハーディング弁護士とジェシカ夫婦、それにチェシャを除き、そこへ、霊園敷地内のカトリック教会の司祭マリアーノ神父と、くだんの日本人を新たに加えた計十一人。——プラス一匹も忘れちゃいけない、とグリンは思った。ジョンは柄にもない愛猫家で、猫の〝お笑いちゃん《スウリール》〟をいつもバスケットに入れて持ち歩いていたのだ。

　猫——といえば、チェシャはどこへ行ったんだろう、とグリンは訝《いぶか》った。まあ、あの娘の気まぐれはいまに始まったことではないし、いちいち気にしていたら身がいくつあっても足りないだろう。だが、彼女が自分を誘わずに勝手に消えてしまったのは許せなかった。グリンも、こういう席が苦手なことにかけてはチェシャに劣らなかったのだ。

　それからグリンは、ジョンの隣りの席についたばかりの日本人を見て、ますます憂鬱になった。首が肩にめり込んだようなずんぐりした体型。薄い唇から覗いた歯のところどころには金がちらついている。これで、肩からカメラをさげていたら、アメリカ人が手を叩いて喜ぶ典型的な風刺漫画の日本人ということになる。自分の身体にも半分日本人の血が流れているグリンは、彼が笑いものにならなければいいがと懸念した。そうしたグリンの気持ちを知ってか知らずか、ジョンはすこぶる上機嫌でその日本人を一同に紹介した。

「南《なん》賀《か》平《へい》次《じ》サンだ。わたしの新しいビジネス上のパートナーとなる人だ」

「へ？　あっかんべ《ナンカー》え・フェルジ？　妙な名前だねえ」

モニカが腑に落ちない様子で呟き、隣りのマリアーノ神父があわてて彼女を黙らせた。

ジョンは出席者をひとわたり南賀に紹介し、ウィリアムを除いては、みな初対面の挨拶をした。本来ならウィリアムのような男がいちばん南賀を馬鹿にしそうだったが、彼がとても気を遣いながら南賀に接しているのを見てグリンは意外に思った。ふたりの間には、どうやら感情を超えた利害が存在しているようだった。グリンが最後に「霊園で働いている者」という他人同様の紹介をされたあと、ジョンが言った。

「みんな、いい機会だから食べながら聞いてくれ。——話というのはほかでもない、わたしもそろそろね、このスマイル霊園の大きな改革をやろうと思ってるんだよ」

誰も訊き返そうとしないので、最年長のハース博士が仕方ないといった態度で口を開いた。

「ふむ、どういうことだね」

「ああ、ハース博士、ご心配いりませんよ。ちょっと、霊園の古臭いやり方を改革して、新しい事業を始めようと思うんです」

ハース博士は不作法にスープをすすっている南賀のほうをちらりと見て言った。

「それは、新たな墓地の開発ということかな」

「ええ、年とってからの親父はちょっと保守的すぎましたからね。わたしは、この霊園の評判を州内だけじゃなくて、全米、いや世界規模にしたいんです」

ジェイムズが口を挟んだ。

「ふん、独立祭はとっくに終わったっていうのに、ずいぶん大きな打ち上げ花火だな」

食事が始まる前からワインをがぶ飲みし、彼としては珍しくかなり酔っている。ジョンはジェイムズを無視して言った。

「ここにいる南賀サンと組んでね、霊園の東側の土地とトゥームズヴィルの再開発をするつもりなんです」

ハース博士は興味を惹かれて尋ねた。

「それはまた、大規模な話になりそうじゃないか」

「ええ。合わせて九百エイカー以上になりますか」

ジェイムズが皮肉っぽく言った。

「おい、おい、そんなに墓地ばかりつくってどうするんだ？　ジョンソン大統領を墓から叩き起こして、もう一度ヴェトナム戦争やりましょうって頼むつもりか？」

「いや、ジェイムズ、戦争じゃなくて、平和な経済交流さ。それもアメリカがいままでやってきたような損な輸入じゃなくてな、もっと得になる輸入……」

「まさか、それでミスター南賀と……」ハース博士が片眉を吊り上げて言った。

「さすが、察しがいいですね、博士。南賀サンのフジヤマ土地開発は、一昨年来、日本のコンピュータ会社がマーブルタウンにＩＣ工場を建てるのに、多大な貢献をされてましてね……」

南賀が待ってましたとばかりに妙な訛りのある英語で話に加わってきた。

「……ほいで今度は、生きとる者《もん》でのうて、死人さんのためにご奉仕《サーヴィス》させてもらおか、いうわけですわ」

ジョンがもっともらしい顔でうなずいた。

「南賀サンには、霊園の東側の土地を日本人専用の墓地として開発してもらい、トゥームズヴィルの町一帯の買収も進めてもらってる」

この発言に、晩餐会の出席者は騒然となった。ジェイムズは呆れ顔で隣りのウィリアムやマリアーノ神父の顔を見まわしながら抗議した。

「おい、おい、日本人は、商品の投げ売り《ダンピング》だけじゃ物足りなくて、死体の遺棄《ダンピング》までやろうっていうのか?」

南賀はジェイムズの強烈なあてこすりに動ずる様子もなく、神秘的な東洋スマイルを浮かべながら答えた。

「まあま、そういきり立たんと。ハワイの綺麗な島を丸ごと地上げしたり、ティファニー・ビル買《こ》うて顰蹙《ひんしゆく》もついでに買うたりするのより、まだ、罪が軽うおますやろ。なんせ、事は死人のことでっさかいな。狭い日本では、もう生きとるもんも、家持てんようになってましてな。いわんや墓においてをや、ですわ。人類みな兄弟と言いますやろ。それに死人に国籍などあらへんのとちゃいますか? 魂まで人種差別してもろては困りますわ。それそやさかい、アメリカの広い土地をちょこちょこっと可哀相な死人にも分けてもろて……」

ジェイムズが激昂した。

「なにが、ちょこちょこっとだ。世界有数の金持ち国家で自分の墓が建てられんなんて話が信じられるか。おまえら、死人をダシに今度は円《えん》の爆弾でパール・ハーバーをもう一度っていう魂胆なんだろう」

すかさずジョンがジェイムズを厳しく制する。

「頭の悪いアメリカ人の役はやめておけ、ジェイムズ。そんな役づくりじゃ、全米傷痍軍人会の慰問興行がせいぜいだぞ。なあ、ウィリアム？」

同意を求められたウィリアムは意外にも素直にうなずいた。

「ああ。少し言い過ぎじゃないか、ジェイムズ？」

ジェイムズは驚いてウィリアムをしげしげと見た。

「なんだ、ウィリアム、きょうはジョンの味方にまわるのか？」

ジョンはジェイムズの非礼を改めさせるのに躍起となった。

「ジェイムズ、おまえは南賀サンのことを勘違いしているんだ。彼は、日本で言われる悪《あく》辣《らつ》な〝ジアゲヤサン〟とは違う。もっと見識のある、葬儀産業にも深い理解を示しておられるかたなんだ。立派なご本も著わしておられる。南賀さんのペン・ネーム、ナンカー・フェルジは、おまえも聞いたことがあるだろう？」

「ナンカー……フェルジ？　あの『注文の多い葬儀店』のフェルジか？」

これにはジェイムズのみならずグリンもハース博士も驚いた。『注文の多い葬儀店』はいま全米でベスト・セラーになっている話題の本だった。この本には〈葬儀グルメのガイド・ブック〉という副題がついていて、その内容は、世界各国の葬儀社のサーヴィス度などを採点してコメントを付すという、いわば、ミシュランのレストラン・ガイドの葬儀社版といった体のものだった。

「それは、知らなかった。……どうも、ちょっといま神経が疲れていてな……すまなかった」

ジェイムズの顔には不快感がまだ残っていたが、口先だけはしぶしぶ謝った。彼とて、『注文の多い葬儀店』の著者にはあまり逆らいたくなかったのだろう。この本の中の葬儀店チェックはまさに重箱の隅をつつくような感があり、ひどく辛辣《しんらつ》なものでもあったのだ。

この本の意想外の影響力を物語る好例に、ロサンジェルスのフォーモスト霊園の神父の一件があった。同神父は、「その素晴らしく荘厳な大聖堂の雰囲気に比べて、フェルナンデス師のポリープ気味の声はよく聞きとれず、よしんば最前列で聞きとった者がいても、その退屈さ加減に五分以内に席を立ちたくなるだろう。残念ながら評価は（★★½）」と書かれて、あっさり馘首《くび》になっていたのだ。ちなみに、この本の「最高」は星五つだった。

ジョンはジェイムズの態度に満足げにうなずいた。「わかればいいんだよ。おまえも南賀サンとお近づきになることで、いっそう仕事に励みが出るっていうもんだろう？」

グリンはその時、ジェイムズの心のうちにある不安を想像してみた。

——もし、近々出版されるという『注文の多い葬儀店／アメリカ東部編』で南賀がこんなことを書いたとしたら——

「すべてにおいて葬儀美食家の要求を満たすかに見えるスマイル霊園において、わたしが唯一苦言を呈するなら、それは、エンバーミングの技術へのひと言ということになるだろう。このコメントを意外に思われる読者がいるかもしれない。確かに当園の主任エンバーマー、ジェイムズ・バーリイコーンの技術は第一級のものがある。だが、わたしは、最近の彼の仕事ぶりに危惧を抱いている。その防腐技術はともかく死化粧の仕上げに彼の心が感じられないのだ。遺体の顔のチーク・ルージュは生彩を求めるあまり田舎芝居の役者のようだし、会葬者を迎えるための首の傾げ具合にも卑屈なこびが感じられる。強い意志を備えた創造的な職人の魂に出会ったという感動がここにはないのだ。今後の期待もこめて、評価は（★★★）……」

——こんな評価を下されるのは、エンバーマーのプロ中のプロを自認するジェイムズにとっては、背中にナイフを突き立てられるに等しいことだろう。彼に対する評価は常に五つ星でなければならないのだから。

2

気まずくなった一座の空気を感じとったハース博士が、彼独特の衒学的流儀でその場をとりなそうとした。

「まあ、日本のお客人ばかりを責めても詮なかるまいて。アメリカ人だとて、チャールストン踊っとった頃の大金持ちは、ヨーロッパで解体した古城を海を越えてアメリカへ運び込み、顰蹙を買っとったんじゃからな。どこの国でも金を持ち過ぎた連中は、妙な考えを起こすものなんじゃろう」

ジェイムズは力なく肩をすくめて、もうどうでもいいんだというポーズをとってみせた。

確かに、葬儀業界の目の上の瘤《こぶ》みたいな人物を自分の味方に引き入れたジョンの経営手腕はたいしたものかもしれないとグリンは思った。南賀の存在が承認されたことを見てとると、ジョンはますます勢いづいて話をつづけた。

「まあ、これは日米戦争じゃなくて、ギヴ・アンド・テイクといったところだ。土地が欲しい日本人と金が欲しいアメリカ人との間のな。それに、新しく開発する土地のすべてを日本人の墓に使うわけではない、五百エイカー以上は宿泊施設を備えたレジャー・ランドとして役立てようと思ってるんだ」

「レジャー・ランド？」ハース博士は呆気にとられ、一同もそれに呼応してざわめいた。

「そうですよ、博士。以前教えてくれたでしょう、昔はみんな墓地で楽しくやってたんだって。踊ったり、商売したり……」

ハース博士はぼんやりとうなずいた。

「ふむ。中世ヨーロッパではそういうことがあったらしいな。市《いち》が立ったり、舞踏会が開かれたりな。おかげで、ルアン公会議では、墓地で踊ることや、百面相や香具師《やし》の興行を禁止することを決めざるを得なかったという記録があるほどじゃからな。それに、ヴィクトリア朝のイギリスでは、教会の資金集めのために、床板一枚隔てた納骨堂の上で舞踏会が催されもした。——そのことが出ている文献は先日おぬしにも貸したはずじゃな」

「ええ。そうなんですよ。結局は、生者あっての死者なんだ。この社会はやっぱり生者のためにあり、生者が自分たちの都合を優先させて死者を支配していくものなんですよ。どんなに偉い人でも、死んでしまえば、生者たちの支配と評価の下に甘んじなければならない。——死とはね、死者の自己評価に対する生者の観点の勝利なんだ。だからね、わたしはもっと生者たちの都合のいいように、この霊園を改革していきたいと思うんです」

「それに、レジャー・ランドというのが大きく寄与するということなのかな？」

「もちろん。生者たちは死が忌むべき敗北であることを知っているんだ。本当の天国も快楽もこの地上にあるということをね。博士、彼らの死者に対するアンビヴァレントな気持ちに気づきましたか？　生者たちは死者を愛しながら憎んでいる。いや、もっと正確に言うと、死者の生きていた時の思い出は愛し、いつまでも記憶にとどめようとするが、冷たく朽ち果てゆく死体のことは忌み嫌い、忘れようとする。だから、防腐処理やら死化粧やら、死の隠蔽《いんぺい》に躍起になるんじゃないですか？　それだけじゃない、わたしは霊園にいて、そうした生者たちの気持ちが別の行動にも出ていることに気づいたんです」

「ほう——というと？」

「生者の連中は、日ごろ死者のことは忘れていて、一年のうちの特別な日——命日や母の日や万聖節、あるいは自分勝手な願いごとのある時には墓参に来る。そして、家族連れの墓参はたいていレジャーと抱き合わせなんですよ。この片田舎の霊園に、なぜ州のほうぼうから墓参客が集まってくるかわかりますか？　彼らはみんな、墓参のあとに親父の造った霊園内のヨーロッパ風庭園や近くのスプリングフィールド瀑布《ばくふ》で遊んでいくことを楽しみにしているんですよ。そうして彼らは、忌わしい死を忘れて帰っていくんだ。だからね、わたしは、生者にもっとお金を落としていってもらおうと思っている。死者からは生前契約で金が入ってはいるが、この世にいない敗者からはそれ以上取りようがない。これからは勝利のうちにこの世の楽園を謳歌している生者から、もっといただこうと思うんです」

さきほどから仔牛の脳ミソのフライを切り刻むことに専念していた南賀が、ここでまたジョンの尻馬に乗った。

「バーリイコーンはんの言うとおりでんがな。日本でも事情はおんなじ。土地不足で墓地はどんどん郊外に追いやられるいっぽうですし、こりゃレジャーと抱き合わせでもない限り生きとる者《もん》には酷ちゅうもんですわ。せやから、ここに日本人の墓地造るちゅう話はごついええアイディアやと思いますわ。土地不足に悩む日本の死人予備軍の連中には、こんな宣伝文句はどうでっしゃろ——『アメリカの霊地——ピルグリムの父祖《ファザーズ》たちが千年王国を夢見、最後の審判を想ったニューイングランド——を、あなたの安息の地とされてはいかがでしょうか？　日本の京都と変わらぬ美しい紅葉の霊園が永劫《えいごう》の時を約束してくれるでしょう』——生きとる者《もん》には、『墓参とあわせたアメリカのルーツ探し、ニューイングランドの地にアメリカの夢を追ってみてはいかが？　北東部のディズニーランドといわれるスマイルランドの極楽コースターも大好評！』——ってな宣伝もできますわな。うまくツアー組めば、鴨《かも》が円《えん》しょってぎょうさん来まっせ」

一同は南賀の毒気にあてられたようになって顔を見合わせるばかりだったが、常に感情にとらわれないようにしているハース博士が、そこで冷静な質問をした。

「その計画の良否はともかくとして、法律的に許されるのか、住民たちの反応がどうか、そういったことが問題になると思うんじゃが」

ジョンが即座に答えた。

「その点は大丈夫。南賀サンが議会方面に〝ネマワシ〟といわれる高度な政治学的ロビー活動をしてますからね」

それまで黙っていたモニカが、突然思わぬ角度からこの計画に異を唱えた。

「わたしは、異教徒が霊園を侵犯するのは嫌なんだがねえ……」

南賀は驚いて老婆のほうを見た。顔に狼狽《ろうばい》の色が表われる。彼は商売の悪どさを突かれるよりも、宗教感情の面から非難されることのほうが痛いようだった。

「へへ、そう言われるとどうも……。でもね、日本人の墓造るちゅうても、そんなぎょうさんな土地買い占めようちゅうのとちゃいまっせ。日本の死人は火葬で小そうなってしまいますんでな。墓の敷地はアメリカ人の半分から三分の一で済みますのんや。な、可愛いもんでっしゃろ。日本人は生きとる時から、狭いとこ住むのんに慣れてまっさかいな、アメリカさんには、さほど大きな迷惑かけませんよって」

「情けない……」ウィリアムが思わず呟《つぶや》いてしまった。

この独り言を聞きとがめたジョンはウィリアムに向かって諭すように言った。

「気にすることはない、ウィリアム。南賀サンの言うとおりだ。うちが火葬をとり入れてもいいとわたしは思っている。アメリカの葬儀のやり方も変わっていくんだ。ジョージア州じゃあ、会葬者が車から一歩も出ないドライヴスルー式の葬儀がけっこう受けてるっていうじゃないか。カリフォルニアのほうじゃあ、礼拝堂を載せた大型ヨットで水葬をやったり、セスナで遺灰を撒く空葬が流行《はや》っている。これがアメリカ流儀ってもんだろう。アイディアをしぼり、競争に打ち勝っていく、そうした葬儀のアイディアはな、葬儀演出家《フューネラル・ディレクター》のおまえがやらなきゃならんのだぞ、ウィリアム」

「悪いが、ジョン、それは無理だね。俺はもう、この霊園の仕事にはうんざりしてるんだ。ちゃんとした演出をやりたいんだ。初めっから涙にくれてる観客と、ひと言も台詞《せりふ》を言わない冷たい体の役者を相手にするのは、もう沢山だ。俺は今度のチャンスをものにして、霊園を出ていくつもりだ」

「今度のチャンス？」

ウィリアムははっとして、自分が喋り過ぎたことを悟った。だが、もう後戻りはできない。

「あ、ああ。ブロードウェイでちょっとしたミュージカルを演出することになっている。PRマンのジム・フィルダーが持ってきた話さ。もうすでに事は動き始めているんだ」

「なんだ、まだ大学時代の夢を追ってるのか。ミュージカルだと？　演劇なんかじゃ食えんぞ」

「食えなくたっていいさ。たとえ野たれ死にしたって、いい芝居が残せればいい」

「おいおい、いま言ったばかりじゃないか。ものごとの評価ってのは生者が下すもんだぞ。そんな考え方で成功するもんか。青くさいことを言うのはよせ。どんな偉そうなことを考えてたって、死んでしまえばお終いさ。悪いことは言わん、親父が望んだように、バーリイコーン一族の一員として霊園で働くんだ」

そこでウィリアムは切り札を切った。

「今度の件ではミスター南賀もバックアップしてくれるはずなんだ」

今度はジョンが意表をつかれる番だった。

「どういうことなんだ?」

「彼に俺が演出するミュージカルのスポンサーになってもらおうと思ってる。あんたをミスター南賀に引き合わせたのは俺だったよな。俺は、あんたが彼と付き合いを始める前から、ずっとその交渉をしてるんだ」

「本当なんですか?」ジョンは南賀のほうを見て訊いた。

南賀はわざともったいぶった口調になって、

「そう、うちの会社のいい宣伝になるかもしれないとは思っとりますが……」

「じゃあ、ウィリアムに金を出すつもりなんですか?」

「そらまあ……まだ、はっきりしたご返事をするわけにはいきまへんが、ウィリアムはんの才能に興味は持っとります——と、きょうのところは、それくらいでご勘弁していただくゆうことで……」

ウィリアムは溜め息をついた。彼が南賀を丁重に扱う裏には、こうした利害の綱曳き状態があったのだとグリンは悟った。ジョンはワインを飲みほしてひと息つくと、改めて話の舵をとった。

「ちょっと、葬法の話に戻そうじゃないか。わたしはね、霊園の火葬炉もあと二基ほど増設して、火葬も大いに採り入れていこうと思ってるんだ」

「日本人以外にもそれを用いるつもりか？」と驚くハース博士。

「ええ。火葬法というやり方はいい。そう、アメリカ人たちの葬儀も火葬にすべきなんだ」

話が自分の守備範囲に入ってきたので、さっきからわれ関せずといった風で食事に専念していたジェイムズがあわてて口を挟んだ。

「それじゃあ、エンバーミングをやめるつもりなのか？」

「ジェイムズ、誤解するな。なにもわたしは、ジェシカ・ミトフォード女史にかぶれて葬儀の簡素化運動の旗を振ろうというわけじゃない。むしろ逆さ。わたしはいま、スマイル霊園の利益だけを考えている。だから、エンバーミングや遺体展示をやめて、すぐ火葬炉に送り込もうというわけじゃない。その部分はそっくり残すさ。なんといっても、アメリカの葬儀料金の大きな部分を占めている目玉商品なんだからな。わたしが考えているのはアメリカ式葬儀プラス火葬ということだ」

「それじゃ火葬料金も別に請求するのか？」

「もちろんだ。従来どおり、エンバーミングと高級マホガニー製の柩《ひつぎ》、霊安室の料金はいただく。それプラス火葬費用と……そうそう、柩も灰になってしまうから、遺灰を入れる高価な東洋の壺かなんかも必要になるな。どうだろう、南賀サン？」

「へえ、そらもう、グッド・アイディアですわ。それに、どうでっしゃろ、逆に日本人にもエンバーミングや遺体展示を勧めてみては？」

「日本人は気に入るかな？」

「大丈夫ですわ。日本人は葬式ん時に、たった一日しかレンタルしない祭壇に一万ドルぐらい平気で払いまっからな。それに、神さんに初詣して、葬式は仏教で、結婚式やクリスマスはキリスト教ってな節操ない国民でっさかいな。そらもう、宣伝次第でいくらでもやりよりまっせ。アメリカはんの言うことならどないなことでもな」

それを聞いたジェイムズが呆れを通り越してむしろ愉快そうにグリンに訊いてきた。

「おい、フランシス、日本人てのは、本当にそんなふうなのか？」

グリンの中に半分流れている日本人の血には南賀の弁護に立つ気など毛頭なかったのだが、とりあえずはフェアな発言をしておくことにした。

「確かに、ほかの国に比べたら日本人の宗教観には柔軟すぎるところがあるかもしれない。だが、宗教対立で子供が血を流す国よりはましだと思う」

グリンとしては、これが精一杯だった。ジェイムズはパンクの風体《ふうてい》からは思いもよらない答えが返ってきたのできょとんとした。確かに、ツンツン頭髪に「宗教観」という文句はそぐわないかな、とグリンは心の中で苦笑した。

いっぽう、信仰の話となると黙っていられない者がもうひとりいた。モニカだった。彼女は急に夢から覚めたようなしっかりした厳しい口調になって言った。

「日本人の信仰心の薄さなど、どうでもいいことさ。それよりもね、わたしらがなぜ東洋の野蛮な葬法を受け容れなけりゃならないのかってことを、誰か教えておくれ」

最近は老化のせいか、時々あらぬことを口走って周囲を困惑させるモニカだが、彼女の唯一の関心事――信仰のことに限っては、まだ意識が曇っていないらしい。普段はそんなモニカを相手にしないジョンが、愉快そうな表情になって言った。

「ほう、野蛮な葬法ねえ」

モニカは毅然として言い張った。

「そう、野蛮どころか、呪われた葬法だよ――火葬ってやつはね……」

第7章　棺桶暴走列車

罪深い葬儀屋が嘆く
孤独なオルガン弾きが泣く
銀色のサックスが言う、
──俺があんたを拒絶すべきだと

──ボブ・ディラン
《アイ・ウォント・ユウ》

1

チェシャは葬儀堂の廊下をローラー・スケートで流しながら、すっかり上機嫌になっていた。

葬儀堂内でローラー・スケートを転がすことがこんなに気持ちいいとは——彼女にとってこれはちょっとした発見だった。これまで、霊園内の庭園や墓地で転がしてジョンにひどく怒鳴られたことはあったが、葬儀堂内で試みるのは初めてだった。ここは大理石敷きの床が多いから、その上を転がるローラーの感触も格別で、気持ちがいいのだろう。それに、ホールに林立するぐにゃぐにゃとねじれた珍妙な柱の間を通り抜けたり、堂内の無宗派礼拝堂の長い身廊部《しんろうぶ》をいっきに走り抜けて、牧師の目を白黒させるのも面白い。チェシャは、辛気《しんき》臭い晩餐会などバイバイしてよかったと思った。おなかがすいたら、あとでグリンに頼んでマーブルタウンまで出かけ、ピザでも買ってくればいい。

チェシャは口笛で調子はずれの《ライク・ア・プレイヤー》を吹きながら、次はどこへ行こうかと思案した。チェシャがスマイル霊園に来たのは、ひと月以上も前のことだったが、その間にパリへ遊びに行ったりしていて、葬儀堂内でまだ足を踏み入れていないところが沢山あったのだ。気味悪い遺体とご対面するのはごめんだが、それでもなお、堂内の廊下のそこここにある秘密めかして閉ざされた扉は、彼女を不思議の国へ誘う魅力的な入口のようにも映るのだった。

チェシャは葬儀堂の西側の廊下の煉瓦《れんが》色の高価な絨毯《じゆうたん》に大陸横断鉄路のようなローラ

ーの跡をつけたあと、華麗な体重移動で東側の廊下へとまわり込んだ。こちらにはまだ未踏査の地域が沢山ある。しばらく滑っていると、《セレクション・ルーム》と表示がある扉が見えた。なにを選ぶところなのか興味を惹かれたチェシャは、脚に急ブレーキをかけて停まると、扉を開けて、中に入ってみることにした。

そこは、さまざまな形や色の柩を陳列して、遺族が選定できるようになっている部屋だった。チェシャはおずおずと部屋の中央に進みながら、その種類の豊富さに圧倒されていた。部屋の中央にはキャスター付の棺架に載ったお馴染みの人気製品マホガニー製ツーピース蓋の柩や、ちょっと古い型だが安価で庶民的な六角形棺が並べてある。四方の壁にも、古代エジプト博物館もかくやと思われるほど大小さまざまな柩が立てかけてあったが、いちばん奥の壁面には、宝石を嵌《は》め込んだ最高級の品がガラス・ケースの中に陳列されていた。

チェシャは、それらの柩のひとつひとつの蓋を意味なくノックしたり、時に開けたりしてみたが、好奇心をひととおり満足させると、今度は別の感情が頭をもたげてきた。考えてみたら、これほど沢山の柩に取り囲まれてひとりでいたのは生まれて初めてのことだった。——それに気づいた時、チェシャは急に怖くなって、首をすくめながらあたりを見廻した。部屋の中央の六角形棺は、以前テレビの深夜劇場で観た吸血鬼映画の柩に似ている。

もし、あの柩の蓋が開いて、中から黄色い牙を覗かせたドラキュラ伯爵でも出てきたら……。いや、ちっぽけな鼠が這い出てきただけでも彼女は震えあがったろう。

――もうだめだ。これ以上ここにいることはできない。

チエシャは廊下へ通じる扉へ向かった。

チエシャが扉のノブに手をかけた時、廊下をこちらのほうへやってくる誰かの話し声と足音が聞こえてきた。ここで見つかってはまずいと、とっさに彼女は思った。つかまってジョンに言いつけられでもしたら、今度こそローラー・スケートを没収されてしまうだろう。チエシャはあわてて扉のそばの棺架に載っている立派な大理石の柩の陰にしゃがんで身をひそめた。

「……それはそれは、急なことで大変でございましたね」

チエシャが柩の陰から覗くと、何度か見かけたことがある葬儀堂職員のポンシアという男が、客らしい肥《ふと》った男をつれて部屋に入ってくるのが見えた。ポンシアは蠅のように前で両手をもみ合わせ、気取った調子で柩の説明に及んでいる。

「まず、柩《カスケット》を選ばれてから霊安室《スランバー・ルーム》を決められるのがよろしいかと存じます。そうですねえ、亡きお父上のような社会的地位のお高い方には、思いきって豪華なものがよろしいかと……」

ポンシアは白い歯を見せながら部屋の奥のショウ・ウィンドウまで行くと、ひときわ華麗に輝く柩を指し示した。

「《王家の眠り》でございます。当霊園きっての高級品、外装は金箔張りで、取っ手ももちろん金製、さらに蓋の部分には本物のルビーとエメラルドを嵌め込んでございます。機能的にも防水、防湿はもちろん、鉛の内棺が放射能さえ遮断して……」

「放射能……？」と肥った男。

「ええ。最近は、その方面のことにも神経をつかわれる方が多うございまして。ともかくも、故人《ラヴド・ワン》のご安息を第一に考えるのが当霊園のポリシーでございますから。その点、《王家の眠り》の内張りはシルクを使用しておりますので、お父上もゆっくりお休みに……」

「それで、いくらなの？」

「えー、ご奉仕価格で二万九千八百ドルほどで……」

「二万……いらない。それ、パパの趣味じゃない」

客のつれない返事にもめげず、ポンシアは次の柩を選定するために部屋を横切った。彼らは次第にチェシャが隠れているほうへ近づいてくる。

「――それでしたら、これなどはいかが？　イタリアの著名なカー・デザイナーが特別にデザインした《天国ラリー》です。この流れるようなフォルム。お洒落ですよね。居住性、も考慮した設計思想で入《はい》り心地抜群、きっとご遺体にもご満足いただけるものと……」

客はポンシアの説明に耳を貸さず、チェシャが陰にひそんでいる柩を指差して言った。

「あれは？」

「さすが、お目が高い。さきほど届いたばかりの最新型、《ネプチューンの舟出》でございますね。総大理石の素晴らしいお品。海神《ネプチューン》の装飾が施された脚部が凝っておりまして……しかしながら、そちらのお品は、かつての海運王が特注されたご予約済みの品ですので、ちょっとお買い求めいただくわけには……。それでしたら、同タイプの《オデュッセイアーの旅路》のほうがよろしゅうございますよ」

客はあきらめきれないような顔つきで大理石の柩をしばらく眺めていたが、ポンシアの勧めに応じてそちらのほうを向いた。チェシャは急に笑い出したいような衝動に駆られて、あわてて口を塞いだ。子供の頃やった隠れ鬼でも、彼女はいつも笑い出して見つかってしまうのだった。だが、笑いをおさえるために口を塞いだ手は、すぐに、別の役目を果たすことになる。

声なき笑いに肩を震わせていたチェシャは彼女の防波堤になっている柩が、その時ほんのわずか揺れたのに気づいた。彼女はしゃがんだ姿勢のまま、ポンシアたちから目の前の柩へと視線を移す。白い大理石の柩の蓋と本体の間に、ほんの半インチほどの黒い筋が入っていた。黒い筋は、もちろん隙間だった。柩の蓋がひとりでに半インチも持ち上がったのだ。チェシャは目を剝いて、白い柩に走った黒い筋を見つめた。何者かが柩の蓋を内側から持ち上げているのだろうか。黒い筋は次第に広がっていき、蓋が持ち上がるにつれて、柩の内側のシルクの内張りも覗き始めた。

「どうしようかな、ボクはマホガニー製の《安息スペシャル》でいいと思うんだけど、ママがなんて言うか、聞いてこないと……」

客とポンシアは自分たちの背後の柩に起こった異変に気づかずに、商談に専心している。チェシャは奇妙なジレンマに襲われた。声をあげれば自分の存在が見つかってしまう。しかし、彼女の喉の奥では声になる一歩手前の悲鳴がブレイクダンスを始め、いまにも跳び出しそうな勢いになっていたのだ。

そうこうしているうちに柩の蓋は九十度近くまで開き、チェシャはどうしてそういう事態になったのか知ることになる。痩せて青い血管が浮き出た手が、柩の蓋を内側からゆるゆると押し上げているのだ。手で塞いだ彼女の口の奥で喘《あえ》ぎ声が喉を突きあげた。客とポンシアはまだ気づかずに話し込んでいる。とうとう柩の蓋は開ききり、蓋を持ち上げていた手とは別の手が柩の縁《ふち》を握りしめた。そして、柩の中に潜んでいた者の上半身が徐々に姿を現わし始めた。

チェシャはそいつの顔をこわごわの薄目でちらりと見た。少し髪が薄くなり始めた痩せた中年男で、明らかに死化粧を施されているらしい妙に白っぽい顔の目は閉じられている。耳には銀色のピアスが光っていた。その男はチェシャのほうに顔を向けると、突然ぱちりと目を開いた。

そこまでが限界だった。

チェシャは弾かれたように跳び上がり、死人も目を醒ますようなけたたましい悲鳴をあげた。驚いて振り向くポンシアと客。ここにめでたく、お互いの存在を知らなかった《柩展示室《セレクション・ルーム》》の四人が顔を合わせ、パニックの第一幕が切って落とされた。

まず、ポンシアと客が柩の中に起き上がった男とチェシャの姿を認め、喘ぎ声をあげる。すると、意外なことにチェシャと顔を見合わせた柩の中の死人もチェシャに倍するような悲鳴をあげた。それを恐ろしい自分への威嚇の咆哮《ほうこう》と受け取ったチェシャは、震えあがって柩の陰を跳び出し、ポンシアと客のほうへ突進した。ところが、ポンシアと客にしてみれば、チェシャも柩の男と変わらぬ脅威の存在だった。突然現われたひどいパンク姿のこの娘を、墓場から甦った恐ろしい死者の仲間だと彼らが勘違いしたとしても、誰も責めることはできなかったろう。

ポンシアは跳びのき、いっぽう、肥った客はあまりの恐怖に子供のように目をつぶり、迫り来る化物女に向かって太い両腕を突き出した。これがまるでスモウの〝両手突き《もろてづき》〟という技のようにチェシャの胸に当たり、強烈なカウンターを喰った彼女は、いま来た方向に逆にはね返されることになる。バランスを失ったチェシャは両腕を扇風機のようにぐるぐる回しながらローラーを滑らせて後退し、彼女の偉大なヒップが大理石の柩の尾部《フイッシュテール》にまともに激突した。

運の悪いことに、柩をのせた棺架はキャスター付きのものだった。チェシャと柩は、ぶつかった体勢のままぴったりくっついた二両編成の列車のように、そのまま床の上を勢いよく滑り始めた。

ちょうどその時、薄情者のポンシアは自分の客を見捨てて、ひと足先に逃げ出さんものと、扉のところへ駆けつけていた。彼はノブを掴み、急いで扉を開ける。しかし、それが事態をさらに悪化させることになった。次の瞬間、部屋を出ようとしたポンシアをはねとばして先に廊下に跳び出したのは、勢いあまったチェシャと柩の二両編成の暴走列車のほうだったのだから……。

2

会食堂では葬法をめぐる話がつづいていた。ジョンの誘いにのったモニカは、まるで説教壇の上にでも立っているかのように、姿勢を正して話し始めた。

「……そうです。火葬はいわば、忌むべき呪われた葬法。聖書にある例は土葬ばかりで、火葬は呪われた者だけになされているのです。レビ記にこうあります。『人がもし、女をその母といっしょに娶《めと》るなら、それは破廉恥《はれんち》なことである。彼も彼女らも共に火で焼かれなければならない』――と。また、主が彼らに命じなかった異なった火皿を捧げたアロンの子ナダブとアビフは焼き尽くされました……」

急に話の方向が、現世的欲望から古《いにしえ》の信仰の世界へと変わったので、一座に当惑の空気が漂った。しかし、ジョンはあくまでも真正面から対応する構えだった。

「ふむ、わたしは元来無宗教と言ってもいいような人間だが、商売柄、聖書ぐらいは勉強していますよ。だがね、モニカ、あなたの言う例は、みな火葬でなく火刑の例じゃないんですか？――聖書で思い出したが、ついでに言えば、レビ記に『淫行で身を汚した祭司の娘は火で焼かれなければならない』というのもありましたな」

ジョンは明らかにモニカの過去、スマイリーとの不倫関係をあてこすっていた。グリンはジョンの生みの母のローラがそのことを苦に自殺していたことを思い出した。ジョンの心の裡《うち》には、まだ過去がわだかまっているのかもしれない。モニカはジョンの強烈な反撃に動揺しながら、やっと言った。

「……う、首を切られてベテ・シャンの城壁に磔《はりつけ》にされたサウル王が火葬にされた例も侮辱のため――」

「サムエル記ですか。あの時火葬を実行したヤベシュ・ギルアデの村人はサウル王を侮辱するために焼いたわけではない。むしろ、そうすることによって、ペリシテ人が王の墓を暴いてなぶりものにするのを防いだんだ。――そうですよね、マリアーノ神父？」

ジョンは自分の事業を実行に移す時に必ず起きるであろう宗教論争のシミュレーションをここでしているのだ、とグリンは思った。そのために、哀れな継母とカトリックの司祭が仮想敵にされているのだ。マリアーノ神父は急な指名に驚き、モニカとジョンの顔を見比べていたが、意を決してモニカに助け舟を出した。

「聖書の枝葉末節の解釈に拘《こだわ》れば、いろいろな説が出てくるでしょう。わたしはそんなことより、もっと根本的なことを考えたい。ともかく、人の身体は主がお創りになった神聖なもの。それを焼き尽くしてしまうのは信者の感情に反するでしょう。罪といえども、主の創造された身体を汚すことはできない。身体は霊魂と同様に贖《あがな》うものであり、聖霊の宮として聖別されているのです」

モニカは神父の言葉に励まされ、態勢を立て直した。

「そう、最後の審判の時、身体は栄光のうちに復活するのです。ダニエル書にこうあります。『地の塵《ちり》の中に眠っている者のうち、多くの者は目を醒ますでしょう。そのうち永遠の生命に至る者もあり、また恥と限りなき恥辱を受ける者もあるでしょう』――と。身体なしに、いったいどうして復活できるというのです？　イエスにしてみても、処刑の三日後に香料を携えた女たちが墓を訪ねた時、そこが空虚だったのは、イエスが身体と共に復活したからなのです」

「身体復活のためのイエスの現場不在証明《アリバイ》じゃな」

ハース博士が悪戯好きの子供のように混ぜ返した。モニカはすでに一座のほかの人間に関心はなく、憑《つ》かれたような目をしながらジョンとのやりとりに集中した。

「あなたは可哀相な人ね、ジョン。異教徒の火葬主義者《クリメイショニスト》。あなたは、使徒トマスのように、復活したイエスの身体の磔刑《たつけい》によってできた穴に手を差し入れなければ、信じられないと言うのね！」

ジョンはモニカの剣幕にいささか辟易《へきえき》し、まともな宗教論争は避ける方向に戦術を転換した。

「ふん、審判に復活か。復活は科学的に証明されるようなことではない。復活証言は、復活という歴史的事実の証明でなく、結局、復活の真理を信じる、ということなのだろう。『信じる者はさいわいである』――か。結構だ。大いに信じなさい。だがね、わたしはわたしで、自分の信じることをさせてもらうよ。わたしは、異教徒でも火葬主義者《クリメイショニスト》でもない。ただ、科学と経済というものを信ずる才気に溢れた経営者になりたいだけだ。重ねて言うが、火葬を採り入れるのは霊園繁栄のためだ。この周辺の土地開発も今後そうはできないだろう。火葬法は土地節約のためにもいい。それから、衛生という点からも、遺体を焼き尽くすことは社会に益するんじゃないかな」

モニカは頭《かぶり》を振りつづけ、隣りのノーマンは心配そうに彼女の顔色を窺っている。南賀は満悦顔で仔牛の肉の焼け具合を確かめるようにフォークを突き立てていた。

そこで、調子に乗り過ぎたジョンは、この晩餐会でも最も波紋を呼んだことを口にする。

「だからね、わたしは、親父が亡くなったら火葬に付そうと思うんだ」

座が騒然となり、モニカが猛然と反発した。

「なにを言うの、ジョン！　許しませんよ。カトリック信者に対するひどい侮辱……」

「いやいや、親父も、もともとは無神論者だったんだ。死期が迫って少々信心深くなったように見えるが、結局あれも演技、親父一流のパフォーマンスさ。それに、病に倒れて間もない頃、親父は自分で火葬でも構わないというようなことを言っていた。親父だって霊園の行末を案じているんだ。スマイル霊園の領主が火葬を採用したということになれば、州の葬儀社協会も右へならえさ。これほど効果的な宣伝はない。スマイル霊園が進取の精神を示すんですよ。ね、ハース博士、あなたは歴史をよくご存知だ。わたしの曽祖父がどんなに進歩的だったか、みんなに話してやってくださいよ」

ハース博士は困惑しながら答えた。

「……うん、確かに、トマス・バーリイコーンは英国火葬協会の立て役者じゃったがな」

「そうでしょう。イギリスの火葬普及には、もともとバーリイコーン家がひと役買っていたんだ。だから、今度は、アメリカの葬儀法の改革にわたしが乗り出すんですよ」

「スマイリーを火葬に付すことは、わたしが許しません！」モニカが頑固に言いつづける。

ジョンはこれ見よがしに肩をすくめて溜め息をついた。

「あくまでも信仰に拘るんですか。それじゃあ聞きますが、カトリック信者以外の者も含めてアメリカ国民の九十五パーセント近くがエンバーミングや遺体展示なんてことをしているのはどういうわけですか？　聖書に、『死せる者は死化粧をし生者の前にその身を晒《さら》すべし』――とでも書いてあるんですかね。これだけの人種が集まり、さまざまな宗教がひしめいている国で、混乱もなく共通の秩序ある葬儀が行なわれているのは、葬儀社のよき指導があるからじゃないですか。この国は誰か強い者が引っぱっていかなければ駄目なんだ。アメリカ人の死の儀礼を司宰《しさい》するのは大統領でも教会でもない、葬儀社こそが先頭に立ってやるべきなんです」

ジョンは不退転の決意でこの場に臨んでいるようだった。モニカは反駁できないもどかしさに歯がみしてマリアーノ神父のほうを見たが、今度は助け舟は出なかった。すべての反論を予想したようなジョンの熱弁の前に、もともと力を持たないふたりのカトリック信者は敗北したようだった。もはやとどまるところを知らないジョンは、さらに駄目を押した。

「そうそう、復活話で思い出したが、火葬のメリットがもうひとつあるのを忘れていた。ほら、近ごろ死人が甦るなんてとんでもない事件が起こっているだろう。あれが本当だとすれば、スマイル霊園の火葬導入は実にタイムリーだと言わねばならないぞ——」

ジョンはひと呼吸おいてから言った。

「——なにせ、死人が甦っていちばん困るのは、生者——つまり、遺族と葬儀屋自身なんだからな。ともかく、いまがチャンスなんだ。わたしはこれから執務室にこもって、夜を徹して素晴らしい霊園改革の計画を練るつもり——」

その時、ジョンの背後ですさまじい悲鳴が谺《こだま》した。

3

驚いて後ろを振り返るジョン。彼の後方には廊下に通じる扉があった。悲鳴はその扉の向こうから聞こえてきたようだった。悲鳴につづいては、なにやら動物が唸るような声や激しく争うような物音も聞こえてくる。扉の向こうの廊下か、あるいは廊下を隔てた別の部屋で何か異変が起こったらしい。一同が騒然となる中、ちょうど廊下へ出ようとしていたボーイのひとりが、いちはやく駆け寄り、その扉を勢いよく引き開けた。

小さな偶然の積み重ねが得てして大きな事故を引き起こすことがある。この一件でほぼ時を同じくして同じ行為をなしたボーイと対面する部屋のポンシアとの間には、なんの示し合わせもなく、ただ神の御業《みわざ》としかいいようのない偶然――絶妙のタイミングがあるだけだった。だが、そんな説明は、もとより無神論者であり、このトラブルの最大の被害者でもあるジョンの納得するところではなかったろう。

ともかくも、その神の御業によって扉から突入してきたのは二両編成の暴走列車だった。

いきなり、先頭の白い大理石の柩だけを目撃した会食堂の一同は、これがどういうことか理解できず、ただただ啞然《あぜん》とするばかり。その暴走列車の仕組みに最初に気づいたのはグリンだった。柩と棺架に後ろ向きで寄りかかるかたちで、髪をふり乱したチェシャの姿が見える。彼女はなんとか体勢を立て直そうとして脚をふんばるのだが、足元のローラーはますます滑るばかり。そのどたばたが結果的に棺架を後押しする強力な機関車の役目を果たしていたのである。

棺架のキャスターとチェシャのローラーからなる雷鳴のような音は会食堂に響きわたり、暴走列車はテーブルに迫ってきた。テーブルの連中は悲鳴をあげたり、椅子から腰を浮かしたりの大騒ぎ。だが、暴走列車の進路のまさに真正面にあたっていたのはジョンの席だった。当のジョンは、腰を浮かせて後ろを振り向いたまま、信じられないといった面持《おも》ちでポカンと口を開けている。

ジョンがようやく事態を把握したのは、堅い大理石棺の角《かど》が彼の尊大な顎をきれいにヒットしたあとだった。眼鏡が派手にふっとび、蛙のような呻《うめ》き声を発したジョンは隣りの南賀の席へ倒れ込む。ちょうどデザートのチョコレート・ケーキを平らげようとしていた南賀は、そのままケーキの山に顔をめり込ませた。

いっぽう、棺架はそのままジョンの席に激突し、そのショックで今度は棺架から柩が跳び出した。白い大理石の暴走列車はすさまじい勢いで皿やグラスを蹴散らしてテーブルの上を滑ってゆく。

転がったグラスの最後の一個が床に落ちて派手な音をたてたのと同時に、長いテーブルの中ほどまできた柩がようやく止まった。

「チェシャ、いったいどうしたんだ……」

グリンはすぐに棺架の下にへたり込んでいるチェシャのもとに駆け寄ったが、ほかの連中はテーブルの上に突然投げ出された柩のほうに気をとられたままである。そうした周囲の期待に応えるかのように、柩の蓋が内側からゆっくり持ち上がった。最初に痩せた手が見え、次に柩の中に潜んでいた者が徐々に上半身を起こし始める。どよめく会食堂内。だが、その騒ぎは、ジェイムズの発した冷たい調子のひと言でいっきに鎮静化した。

「おい、ウォーターズ、今宵は棺桶に乗って電車ゴッコか？」

4

あまりの騒動に気分が悪くなったモニカが、マリアーノ神父とノーマンを伴って退出したあと、この事件の裁判が始まった。

ウォーターズは柩の中に坐り込んだまま、さめざめと泣いていた。両頬を伝う涙が筋となってせっかくのメイクをだいなしにしている。ゲイの霊園職員はしゃくりあげながら言い訳をした。

「ううっ、……その、きょうは、週給カットでむしゃくしゃした気分を晴らそうと思って、マーブルタウンで恋人のジミーとデートすることにしてたんです。それで、しっかりお化粧して、地下のエンバーミング・ルームでルンルンしているうちに……」

「どうしたんだ?」顎をさすりながらジョンが詰問《きつもん》する。

「ほら、ここんとこ忙しかったでしょ、それで疲れが出て、すっごく眠くなっちゃって……、そうしたら、《柩展示室《セレクション・ルーム》》に戻す予定になっていたあの素敵な柩《カスケット》が目について、あの羽毛入りのシルクの内張りを見てるうちに我慢できなくなって、小一時間ぐらいならいいだろうと……」

「――で、中で眠ったわけか?」

ウォーターズは鼻をすすりながらうなずいた。

「よく柩《カスケット》をベッド代わりにしてるのか?」

「い、いえ、暇な日の昼休みの時なんかに、ほんのたまにです。ほんと、ほんのたまぁに……」

「呆れはてた奴だ。――それで、どうした?」

「それで、つい熟睡しちゃって、そのまま次のシフトの連中が《柩展示室《セレクション・ルーム》》へ運び込んじゃったらしいんです。次に目醒めた時は、《柩展示室《セレクション・ルーム》》だったってわけで……、その時、あたし、ちょっと寝ぼけてて、急に対面したチェシャを、変わったメイクしてるもんだから……そのぉ、化物と勘違いしちゃったんです。彼女のほうも同じように勘違いして悲鳴をあげて……それからはもう、棺架が勝手に動き出すやらなにやらで、わけがわかんなくなって……」

ジョンは判決を下した。

「週給の三十パーセント・カットは二週にわたってだ。それから――」レンズが砕けた眼鏡をつまみ上げて、「こいつの弁償もちゃんとしてもらうぞ」

ウォーターズはうらめしそうにうなずくと、大きな音をたてて鼻をかんだ。

晩餐会で示した威光を失ったジョンはすっかり不機嫌になって、やたら周囲の者にあたり散らしていた。イザベラはわざとらしくジョンの顎にキスをしたり、氷で冷やしたりして機嫌をとり結ぼうとした。そんなふうにされながら、ジョンは誰か眼鏡を探してくるようにと無理難題を言い始めた。弱視に近いジョンは、仕事をするのにどうしても眼鏡が必要だとごねたのだ。あいにくスペアの眼鏡は調整に出していて手許になかった。そこで、イザベラが提案した。

「二階の資料室の引き出しに、確か、お父様のスペアの眼鏡があったじゃない？　あれを試してみたら？　確か、視力もそんなに違わなかったんじゃない？」

ジョンはその提案にうなずいた。早速イザベラが席を立つ。彼女が急いで取ってきた眼鏡をかけたジョンの顔を見て、グリンはちょっと妙な気がした。

——誰かに似ている。ジョンの付け鼻じみた大きな鼻とこれまた付け髭じみた四角い髭、それにスマイリーが昔使っていた丸いべっこう縁の眼鏡を組み合わせると、まるでドラッグ・ストアで売っている子供向けの鼻と髭付の変装眼鏡じみて見える。さらに言えば、もしこれでジョンの頭に髪を加えたら、昔の喜劇映画に出てくるインチキ紳士グルーチョ・マルクスみたいにも見える。……いや、違う。もっと身近なところで、あの顔を見たような気がするのだが……。

しばらく考えてグリンは思い当った。いまのジョンに頭髪を加えれば、葬儀堂のホールにかかっている肖像画の中の二十年前のスマイリーの顔にそっくりになるのだ。スマイリーの優雅な顎の形に比べて、ジョンのそれは尊大な性格を反映したように少しいかつかったが、いまは氷を包んだタオルで隠されている。

ジョンは父親の眼鏡をかけて、その威光まで借りたかのように、きっぱりと宣言した。

「わたしはこれから執務室で徹夜仕事だ。誰も邪魔しないように。晩餐会はお開きだ」

顔見知りなはずのウォーターズに驚かされ、化物女扱いされたあげく、ジョンにローラー・スケートを没収されてしまったチェシャは、ふくれっ面で言った。

「なによ、威張っちゃってさ。スマイリーじいちゃんより先に、あいつが棺桶に入りゃいいんだわ」

そして、会食堂を出ていくジョンの禿げた後頭部に向かって、思いきりあかんべえ《ナンカー》をした。

第8章　お茶と強情

十五世紀という時代におけるほど、人びとの心に死の思想が重くのしかぶさり、強烈な印象を与え続けた時代はなかった。「死を想え《メメント・モリ》」の叫びが、生のあらゆる局面に、とぎれることなくひびきわたっていた。

――ホイジンガ
『中世の秋』

1

「まったく、死人のほうがましさ」マーサが聞こえよがしに毒づいた。「――あの男のノロマぶりときたらね、ほんとに、墓ん中の死人さんに手伝ってもらったほうが、まだましってもんだよ」

台所でまくしたてているバーリイコーン家の料理女マーサの声は居間のほうまで聞こえてきた。台所で朝っぱらからつまみ食いをしてきたチェシャが、口をもぐもぐいわせながら居間に入ってきて、グリンに言った。

「また、マーサのノーマンいびりよ。ケーキの材料が足りなくなっちゃって大騒ぎ。彼に取りにやらしてさ」

ノーマンはほとんど小学生程度の用事しかできない。周りの者は、最初それを戦争で記憶を失ったせいだと思っていたが、近ごろはもともとその程度の知能だったのではという見方も強くなっていた。そういうわけで、ノーマンの仕事はもっぱら墓掘りのような単純なものか、モニカの身のまわりの世話に限られていた。ところが、バーリイコーン家の使用人のロッコが、親戚の不幸のために、きのうから二週間の予定でイタリアへ発ったので、ノーマンが彼の分までマーサにこき使われているのだ。

そうこうしているうちに、台所のほうでなにか物を落とす大音響がした。チェシャは音に合わせて大袈裟に跳びはねると、嬉しそうに叫んだ。

「ヤッホー、やったー」

つづいてマーサの金切り声。

「あらら、なにやってんだか。サヤエンドウの缶て言ったでしょ。ほんとに忙しいんだからね。やり直し！」

「マーサ鬼軍曹はお茶会の準備でおおわらわなのよ」チェシャが言った。「──あ、そうそう、ジョンも呼ぶようにって、マーサに言われてたんだ」

お茶会というのは、スマイリーが毎週土曜日の朝に行なう、イギリス流の〝十時のお茶〟の習慣で、その時バーリイコーン家にいる者は、全員が参加することになっていた。いま居間にいるのは、この家の部屋を借りて寝泊まりしているグリン、ハース博士、イザベラ、チェシャと、自宅はマーブルタウンにあるのだが葬儀堂への出勤ついでにたまたま立ち寄ったジェイムズだった。ジョンもバーリイコーン邸に住んでいるのだが、昨夜から葬儀堂の支配人執務室で徹夜仕事をしていて、まだ居間にいる誰とも顔を合わせていなかったので、イザベラが執務室へ電話をして、お茶会が始まる旨を伝えることになった。霊園を実質的に動かしているのはいまやジョンであることは間違いなかったが、まだ、スマイリーの命令は絶対だったのだ。イザベラは受話器をおくと、言った。

「すぐ行くから、先に始めててくれって」

一同が二階のスマイリーの部屋に向かい、最後になったグリンも階段を昇りかけたところで、背後からマーサの声がした。

「モニカ様にも声をかけてくださいな。わたし、お茶の用意で手がまわりませんから」

グリンは、これでも俺は一応バーリイコーン家の「お坊っちゃま」なんだぞと、マーサの人遣いの荒さを嘆いたが、自分の風体を考えるとやっぱり「お坊っちゃま」もないもんだと思い直した。鬼軍曹には逆らえない。グリンは、途中でモニカの部屋へ寄り、扉をノックした。

中からの返事は意外にもマリアーノ神父の声だった。部屋へ入っていくと、長椅子に腰かけた神父が、目を瞬《しばたた》きながら首筋を揉んでいる。

「神父、昨夜はここに泊まったんですか？」

神父は欠伸を嚙みころしながらうなずいた。「ああ。モニカが心配だったものでな。誰も見舞いに来んし、そのままずるずるとな」

神父は別に皮肉をこめて言ったわけではなかったが、グリンは少し罪悪感に駆られた。いろいろ騒動があったとはいえ、バーリイコーン家の人々は誰ひとり、身体の悪い老婆を顧みなかったのだ。グリンはきまり悪そうに訊《き》いた。

「で、モニカは大丈夫なんですか？」

「ふむ、きのうは心臓の具合が悪いと訴えていたがな。痛風は関節をやられるだけじゃなくて心筋梗塞の合併症の危険性もあるとジョンが以前言っていた。気をつけんとな。あの人は頑固な医師嫌いだから、誰にも触らせようとせんのがいかん。まあ、けさは元気に起きて、うるさいぐらいだがな」

神父の言葉を裏づけるかのように、続き部屋の奥のほうから古いスタンダード・ナンバーの《誰も奪えぬこの想い《ゼイ・キャント・テイク・ザット・アウエイ・フロム・ミー》》を歌うモニカの歌声が聞こえてきた。

「♬あなたの帽子のかぶりかた
　あなたのお茶のいただきかた
　そんな思い出のすべてを
　だーれもわたしから奪えぇぇない……」

扉が開いて、車椅子に乗ったモニカが現われた。後ろには従者のごとくノーマンが控えている。いつにも増して綺麗に化粧をし、肥ってだぶついた顎を震わせて歌う彼女は、すこぶる上機嫌だった。脚さえ悪くなければ、ジンジャー・ロジャースのようにステップを踏みかねない陽気さだ。夫との週一回のお茶の時間がよほど嬉しいんだな、とグリンは思った。だが、マリアーノ神父は水を差すように言う。

「モニカ、浮かれるのはいいが、あとでジョンに診《み》てもらわなければいけませんよ」

モニカのご機嫌顔に影が差した。「あの人は、不愉快です」

マリアーノ神父はあわててとりなした。

「ああ、昨夜はちょっとひどかったな。カトリック信者としての屈辱よりも、彼が亡くなってもいない父親のことをああいう言いかたをしてはいけないと思う。だが――」

「増長してるの、あの人は」モニカに怒りが甦ってくる。「そんな力もないくせに。スマイリーの真似をしているだけなんだわ。父親の椅子に坐り、父親の眼鏡をかけ、父親の言葉の受け売りをして、威張っているだけなのよ。父親のようには永遠になれないだろうに。あの人に霊園を任せられるもんですか。ジェイスンのほうがよほど――」

「ジェイスンって言ったって――」グリンが口を挟もうとしたが、マリアーノ神父に遮られた。

「いけません、モニカ。怒りに囚われては。わたしが改めてジョンを諭《さと》しておきます。彼を赦《ゆる》すのです。それが信仰に生きる者の真の姿だったでしょう？」

モニカはしぶしぶうなずいた。

マリアーノ神父は「また祈りにいらっしゃい」と言ってそこで辞去し、グリンたちはスマイリーの部屋へ向かった。

2

スマイリーの寝ている部屋に入るたびに、グリンはイギリスの田舎や大学町などで見かける典型的なヴィクトリア式の書斎を思い出していた。そうした類《たぐい》の部屋にはたいてい、背表紙が茶色のバドミントン文庫が並ぶゴシックの本棚があるのだろうし、マントルピースの上にはパイプ掛けとセピア色に変色した昔のラグビー・チームの写真があったりするのだが、取り分け、「お祈りのあとで、わたしの書斎に来なさい！」——というあの厳粛な書斎の雰囲気がここにはあったのだ。

実際に、ここはもともと書斎だったそうで、「見知らぬ病院なんかで死ぬのは厭だ。最期《さいご》ぐらい自分の好きな部屋で迎えたい」——というスマイリーのわがままに従ってベッドを運び入れているということだった。モニカの部屋と並ぶ邸の東側の部屋で、朝の陽光がよくあたり、窓からは、墓地や葬儀堂の西ウィング、火葬場などが一望のもとに見渡せた。普通の家なら、墓地の眺望などとんでもないというところだが、スマイル霊園の墓地はヨーロッパ風庭園に仕立て上げられていたので、あまり生々しい死の実感には結びつかなかった。夜はともかく、いまのように朝日の下で眺めると、色づいたサトウカエデや緑の灌《かん》木《ぼく》、そして色とりどりの供花の間で、さまざまな形の墓石が陽光を受けて輝き、それはそれで、なかなか美しい風景となっていたのだ。

自分で決めた「死の部屋」の中で、スマイリーはさきほどから目を細めて窓の外の景色を楽しんでいた。サイド・テーブルの上でポータブル・テレビがつけっぱなしになっている。番組は、第九チャンネルの朝のニュース・ショウだった。キャスターが湖の俯瞰《ふかん》映像をバックに喋っている。

「……pH値の異常に低いこの酸性雨の影響は大きく、レズリー湖の魚のほとんどが死滅の危機に瀕しているということです。なお、週末の酸性雨予報は……」

スマイリーはゆっくり一同のほうを向いた。番組は次のニュースを伝える。

「……オゾン層破壊によるものと思われるカナダの皮膚癌発生の統計についてオンタリオ大学のライリー教授は、HIV患者の発症率と比較して……」

一同は、霊園領主の前でかしこまって待った。番組が次のニュースを伝える。

「……州南部でまた新たな死者甦りの事件が発生しましたが、前回の疾病対策センター《CDC》の対応の是非をめぐって論議が……」

スマイリーはテレビのスイッチを切って、軽い溜め息をついた。窓から差し込む陽光がベッドのシーツを白雲のように輝かせているので、スマイリーは重病人というよりも、なにやら雲の上に寝そべる気楽な天国人のように見えた。老人は痩《や》せた顔を輝かせて言った。

「よく来てくれたな。気持ちのいい朝だ。この肺臓の中の癌のやつも、きょうは機嫌よくしているようだよ。……ところで、ジョンはどうした？」

「きのうから執務室にこもりきりで。さっき電話したので、もうすぐ来ると――」

イザベラが言いかけたところで、扉をノックする音がした。現われたのはジョンだった。一同は部屋に入って来た彼の姿に注目した。ジョンの頭には見慣れない鬘《かつら》がのっていたのだ。ジョンはベッドをL字形にかこむソファのいちばん端のひとつに坐ると言った。

「すみません、徹夜をしたもので、着替えをしてて遅くなりました。――それから、これ、お父さんの好物。きのうイザベラに買ってきてもらったんです」

ジョンは抱えていた包みをあけ、四角い缶をテーブルの上においた。蓋を開けると縦横《たてよこ》に仕切られた中に白い粉砂糖をまぶしたチョコレートが行儀よく並んでいる。

ジョンの姿を目にしたモニカが和らいだ表情になって、声をかけた。

「まあ、ジョン、あなたに会えて嬉しいわ。笑って会えるだろうとは思っていたけど、やっぱり思ったとおりになった――」

ジョンはスマイリーの前で昨夜の話題を蒸し返されたくないのか、急いでモニカの言葉を遮った。

「ええ、わたしも、こうして、あなたに笑顔で会えて嬉しいですよ」

「わたしも、これであなたの真の姿がわかったわ。きのうは、あんなことを言ったけれど、罪のない、いい子だってことがわかった」

「なにかあったのか？」と、スマイリーが訊いた。

「いいえ、別に」言下にジョンが否定した。「それよりお父さん、チョコレートはいかがですか？」

まさに、ジョンは父親の前で「いい子」になっていた。きのうのジョンの言動は空威張《から》りで、実は偉大な父親に対するコンプレックスの裏返しなのではないかと、グリンは密かに分析した。

「おお、ラム酒入りのやつだな。それはありがとう。——時に、どうしたんだ、鬘なんて久しぶりじゃないか、それに、その服や眼鏡はわたしのじゃないかね」

ジョンは少しあわてた様子で言った。

「執務室にあったのを、ちょっとお借りしたんです。服に酒をこぼしてしまったもので……」

「なんだ、また飲んだのか？　それで宿酔《ふつかよい》みたいな顔をしてるんだな？」

「……ええ、まあ」

ジョンは神経質そうに顔をなでた。顎のところには昨夜の騒動の名残りの大きな絆創膏《ばんそうこう》が貼ってある。

ジェイムズが軽蔑した口調で言った。

「まさに、ジョン・バーリイコーンそのものだな」

それを聞きとがめたジョンが不快そうに、

「その下らないジョークは子供の頃から聞き飽きてる。もう少しましな口を利けんのか」

それは確かにバーリイコーン家の者なら、ジョンならずとも誰もが少なからず悩まされているジョークだった。バーリイコーンとは大麦粒のこと。つまり、アルコール飲料の原料となるものだ。それで、酒のことを擬人化して〝ジョン・バーリイコーン〟と呼ぶことがある。グリンの本名はフランシスだったから、からかいは一、二度で済んだが、そのものずばりの名前のジョンはさぞや厭《いや》な思いをしたことだろう。——それにしても、そんなジョンがアルコール依存の悪癖に染まるとは皮肉なものだな、とグリンは思った。

スマイリーがジョンの風体のことをなおも訊いた。

「じゃあ、鬘のほうはどういう風の吹きまわしなんだ?」

落ち着きを取り戻したジョンは肩をすくめて言った。

「いえ、わたしも、いよいよこの霊園のトップに立って切りまわさなきゃなりませんからね、やっぱり風采《ふうさい》というものに気を遣おうと思いまして」

「そうしていると、まるでお父様のミニチュアという感じね」と、イザベラが言った。

確かに、きのうグリンが想像していたことが現実となっていた。目の前の親子の頭髪と髭の恰好《かっこう》はほぼ同じ。高齢のスマイリーのほうはすでにごま塩と化していたが、暗がりならふたりの見わけはつかないかもしれない。それに眼鏡もスペアの同型のもの。ジョンのほうのレンズに少し色が入っているくらいの違いだ。

グリンはひとり行儀悪く窓敷居に坐っているチェシャのほうを見た。案の定、彼女はジョンが眼鏡をかけるのにいたった経緯《いきさつ》が暴露されるんじゃないかと、びくついている様子だったが、スマイリーがそれ以上追及する前にマーサが紅茶を持って現われたので、なんとか事なきを得た。

ソファとベッドの間のテーブルに、ティー・ポットやカップを置くと、マーサ鬼軍曹が宣言した。

「きょうは、忙しいんでね、セルフ・サーヴィスで願いますよ。お茶はポットに入ってます。みなさん、ご自分でお入れになって下さい」

と無愛想に言って、マーサはさっさと立ち去った。一同はしぶしぶ自分で給仕した。手近に砂糖壺があったグリンは自分のカップに砂糖を入れたあとジョンに渡した。ジョンはモニカに渡し、窓敷居から降りてきたチェシャが次に壺を受け取り、自分だけ特別注文したミルクに砂糖を入れようとしたところで、イザベラがからかった。

「あんた、ダイエットのほうは大丈夫なの？　ママみたいに気をつけてないと——」

痛いところを突かれたチェシャだったが、彼女は黙って従うようなタマではなかった。

「へへんだ。平気だよ。それにね、あたしはダイエットや歯列矯正器に血道をあげてる女の子見ると、ひっぱたきたくなる。きっと少女時代のママとあたしは親友にはなれなかったろうね」

そう言ってチェシャは、わざと山盛り三杯の砂糖をカップにぶち込むと、窓敷居に戻った。そんなチェシャも、さすがにチョコレートをつまむのは遠慮したが。一同がそれぞれの飲み物を手にして一段落したところで、再びスマイリーが口を開いた。

「さて、きょうの楽しきお茶会談義のテーマはな、〝死について〟ということにしようと思うんだがな……」

一同は当惑して顔を見合わせた。臨死者を前にしてとても語れるような話題ではない。ところが当の死に臨んでいる老人がそれを言い出したのだ。スマイリーは周囲の戸惑いなどは意に介する様子もなく、にこやかに話をつづけた。

「ほほっ、葬儀屋一族ともあろうものが、〝死〟の談義にひるんではいかん。わしのほうは大丈夫だ。自分の死についてもう覚悟はできておる。いまは目前に迫ったその死をしっかりと見つめ、できればそいつと戯れてみようとさえ思っている。わしは思いどおりにやってきた人生のしめくくりとして、最後に自分の死をも支配してみたいんだ。そこで、まさに生を謳歌している諸君と、人間の死生について語り合うのも面白いのでは、と思ってな。――さあ、誰から口火を切ってもらおうか？　ジョン、おまえから、どうだね？」

ジョンは急な指名に宿題を忘れた生徒のような表情をして、

「い、いや、急に言われても……、そういうことはまず、専門家のハース博士にでもお願いしたら……」

と、逃げた。

スマイリーはハース博士のほうを見て、目顔で促す。ハース博士は素直にうなずいた。ふたりの間には永年の友情による阿吽《あうん》の呼吸があるようだった。

「うん、まあ、スマイリーは言い出したらきかん強情な男じゃからな。普通ならこんな話はできんところじゃが、まあ、人間誰しも、いつかは考えねばならんことじゃし、その〝いつか〟がスマイリーにとって〝いま〟だと言うのなら、話し合ってみてもよかろうとは思うが」

スマイリーは頑として言った。

「わしは、葬儀屋だ。死を考えることを恐れていては商売にならん。それにわしは、いま話すことを望んでおるんだ」

「そういうことじゃ。――じゃが、ひと口に死といっても、問題は複雑多岐にわたり、こんなお茶会ではとても話しきれん。そこで、わしはまず、最近話題になっていることに対するわしなりの想いをお喋りしてみようと思うんじゃ」

「……死者の甦りだな」スマイリーは察しがよかった。

「うむ。そうじゃ。――それにはちょっと昔の話からせにゃならん。中世末に〝メメント・モリ〟という言葉が流行してな……」

「〝メメント・モリ〟？」グリンが訊き返した。

「そうじゃ。〝死を想え《メメント・モリ》〟――ラテン語の宗教用語でな、『汝は死すべきものであることを忘れるな』という意味じゃな。昔は象牙の髑髏《どくろ》彫刻などにこの文句を彫って食卓に置き、常に死を念頭におく縁《よすが》としたという」

「その文句は、わが霊園のモットーのひとつでもあってな」とスマイリーが言いながらサイド・テーブルにあったものをグリンに手渡した。「それは、スマイル霊園二十周年の時に造らせた品。一族の者はみんな持っておる」

それは大理石の文鎮だった。古い六角形の棺桶の形で、蓋にあたる部分には、例の笑った唇の霊園シンボルが浮き彫りになっている。裏を返すと確かに〝memento mori〟と刻みこまれていた。グリンはそれを眺めながら言った。

「日本でいう〝ショギョウムジョウ〟のようなものか」

ハース博士は嬉しそうに眉を吊り上げた。

「ふむ、そうじゃ。パンク族をやらしておくのは惜しいくらいの物知りじゃな。——それで、どうしてそんなことが言われたかというとな、当時のヨーロッパに、死というものがはびこっていたからなんじゃ。ホイジンガの言う中世の秋——十三世紀後半にはペストが大流行し、ヨーロッパの人口の五分の一から三分の一が奪われた。それだけではない、農業は低成長期に入り、貴族文化も華麗な死に向かい、十五、六世紀には戦争も頻発した。要するに、ヨーロッパの人々の身近に〝死〟が影を落としていたわけじゃな。そんな当時の人々の想いを象徴するものはいろいろ残されているが、その中でも最も強烈なものに、〝トランジ〟というものがある。グリン、おぬしは葬儀堂の霊安室《スランバー・ルーム》——《黄金の眠りの間《ゴールデン・スランバース》》に飾られた〝トランジ〟の模倣像を見たことがあるかな?」

グリンはまだそこへ行ったことがなかったので頭《かぶり》を振った。

「あそこには当時のフランスの君主フランソワ・ラ・サールの墓の彫像の模倣品が飾られておる。その彫像は横たわった死体の身体をミミズや蛙がついばんでいるという無残なものでな。これは死体が腐り滅び果てていく過程を表わした墓彫刻——腐乱死骸像で、つまり——〝死の変容《トランジ》〟と呼ばれておる」

「ミミズ……蛙……腐り滅びる死体……」チェシャが身を震わせた。「げえっ、なんでそんな気持ち悪いものを……」

「だからな、さっきも言ったろう。そうした強烈な腐りゆく遺骸像を造って、当時の人々は〝死を想え《メメント・モリ》〟を唱えたんじゃよ。そのことの裏には、もちろん、死が横溢《おういつ》していた時代への不安といったようなものがあったろう。だが、それ以外にも、肉体の罪——つまり官能偏重の享楽生活に対する罪の意識もあったに違いない。……そう、敬虔《けいけん》な信心、諦念と情念——実にさまざまな死に対する想いが、このおぞましき像に交錯していたに違いないのじゃ」

ハース博士は、そこでひと息ついて紅茶をすすった。グリンはその紅茶を飲むという行為がひどく奇妙なものに思えてきた。自分たちは爽やかな朝の陽光がそそぐお茶の時間に、朽ち果てゆく死体の話をしている。

——こいつは、なんて気狂いじみたお茶の会なんだろう……。

その時グリンは、『不思議の国のアリス』に出てくる気狂いお茶会の場面を思い浮かべていた。

「さて、現代においても、われわれは中世に劣らず氾濫する死の只中にいると、わしは考えておる。毎日、テレビで大量に流される死——世界のどこかで継起しつづける戦争、飛行機や列車の事故、殺人、環境破壊、不治の疾病、飢餓……。そして、二十世紀文明全体の行き詰まりというのもある。時代が死に瀕しているのじゃよ。中世の秋ならぬ二十世紀の秋に、いまさしかかっているところなのかもしれんのだ。じゃがな、われわれが中世人たちのように〝死を想え《メメント・モリ》〟を念じて心の準備をしておるかというと、それは、いささか心もとない」

「というと?」スマイリーが興味を惹かれた様子で訊いた。

「もう一度言うがな、われわれはテレビという電気の小匣《こばこ》を通して、いまや人類史上かってなかったほど大量で頻繁な死に接しておる。くる日もくる日もな。こんな状況の下で、死はどんどんフィクションと化していく。人々は〝死〟をテレビというパンドラの匣の中に隠蔽《いんぺい》し、酸鼻《さんび》を極める死体と白い歯の美女が奨めるコマーシャルの洗剤とが、まるで同じ製品であるかのごとく同じ画面の中に並列して置かれることになるのじゃ」

「見る側の感性の問題じゃないのか」とグリンが反論した。

「テレビ世代らしい物言いじゃな。確かにそうかもしれん。しかし、その感性というやつがまた問題となるんじゃ。テレビの吐き出す大量の死は——いいか、毎日なんじゃぞ。毎日、毎日、フィクション化され、他の大量の消費材と同じ棚に並べられた死を見せられていたのでは、逆に感性の鋭い人間は防禦《ぼうぎょ》にまわらざるを得ないだろう。すなわち彼は、麻痺してしまうんじゃよ。そうしてな、現代人たちは、日々、死を見つづけはするが、死を想うことはしなくなってしまうのじゃ」

「すると、死者の甦り事件は……」とグリンが言いかけたところでハース博士が性急につづけた。

「そう、あれこそが——現代の〝トランジ〟像だとわしは思っておる。甦った死者は、生者の前で次第に腐りゆく死の変容《トランジ》を見せ、文明を過信し享楽に浮かれているわれわれ生者たちが、実は執行猶予中の死者でしかないことを教えているんじゃなかろうかと——」

突然スマイリーが笑い出した。

「甦る死者は〝死を想え《メメント・モリ》〟の金言を伝える使者か。面白い。科学よりも文学の香りのするヴィンセントらしい考え方だ。いや結構。——それはそうと、〝死を想え《メメント・モリ》〟の時代にはいろいろと面白い文献があってな、わしは十五世紀の大ベスト・セラー『往生術《アルス・モリエンディ》』というものを読んだばかりだよ。わしもいよいよ執行猶予ゼロの身だから、その準備というわけでな」

「『往生術《アルス・モリエンディ》』？」ジョンが興味を示した。

「ああ。いわば、よき死に方が書いてあるハウ・トゥ本さ。その中に面白い箇所があったぞ。悪魔が死にかけている人間に仕掛ける五つの誘惑の罠《わな》——なんてことが書かれているんだ」

「誘惑の罠……なんです、それは？」

「信仰への疑念、己れの罪に対する絶望、この世の財貨への執着、魂の救いについての懐疑、そして、己れをもって徳高しとする傲慢——の五つだ。どうやら興味を持ったようだね、ジョン。おまえの死に対する考え方を聞かせてくれないか？」

「わたしの？　いや、わたしの死に対する感想は、実は昨夜晩餐の席で喋ったのであまり繰り返したくないんです……」

そう言っていったん口をつぐむジョン。なにかを警戒するような態度で顔を強張らせている。しかし、スマイリーがほかの者に話を振ろうとしないので、仕方なく、再び口を開いた。

「——まあ、わたしは、ハース博士のような高級な論でなくてね、ただ、死は敗北であり、死んだ者に対する生者の観点の勝利でしかないと思うだけでね。だからこそ、わたしは医療技術者——モーティシャンではなく、医学部を出て医師になる途《みち》を選んだ。その意味では、『往生術《アルス・モリエンディ》』の中の、この世の財貨に対する執着などというのは、別に悪魔の誘惑だとは思えない。わたしだったら、たとえ死んだとしたって財貨には執着するでしょうからね……」

それに、己れをもって徳高しとする傲慢――もな、とグリンは心ひそかに思った。

「……わたしはね、さっきの下らんジョークじゃないが、自分の姓名がそのまま題名になっている本を以前読んだことがありましてね」

「ジャック・ロンドンの『ジョン・バーリイコーン』か」とハース博士が再び博識なところを見せた。

「ええ、ジョン・バーリイコーン――つまり酒を飲みながらの想いをロンドンが綴《つづ》った一種の瞑想録です。その中に、死についての想いを語った部分があってね、主人公が馬に乗り、秋の燃えたつような紅葉が美しい葡萄園《ぶどうえん》を散策するんです。すると、突然、自分が所有したこの素晴らしい不滅の土地を、死滅していく自分が永久に所有できるわけがない――ということに痛切に想い至るんです。この気持ちはわたしにはわかる……」

「つまり、素晴らしきスマイル霊園への痛切な想いということ、か？」それまで黙っていたジェイムズがぽつりと皮肉を言った。

そこで、ちょうどいい機会だとばかりに、スマイリーが尋ねる。

「そう言うジェイムズは、どういう考えなんだ？」

エンバーマーはあわてて肩をすくめた。

「わたしは、やめときますよ。毎日遺体を扱っているのは機械的にやってるだけのことでね。なにも考えてませんよ」

グリンはジェイムズが嘘をついているなと思ったが、スマイリーはそれ以上は追及せず、今度は矛先をモニカに向けた。

「モニカはクリスチャンだから、それなりの死への想いはあるだろう」

モニカは周囲の話があまり理解できないふうにぼんやりしていたが、ゆっくり口を開いた。

「……わたしもね、あんまり難しいことはわからない。だけど、さっきのね、ヴィンセントの言っていた死者の甦りについては当り前のことだと思ってる」

「というと？」

「いや、聖書にちゃんと書いてあるからね。一度死んでも、最後の審判の時には甦って、神の裁きを受けることになるのです。だから、身体は大切にしなきゃね。きのうの晩も言ったんだけど――」

「モニカ、きのうの話はやめにしませんか」

ジョンがあわててモニカを遮った。晩餐会での父親に対する暴言が露顕することを恐れているのだな、とグリンは邪推した。だが、モニカはきのうの対立はすっかり水に流したといった様子で言った。

「おお、そうだねえ。おまえともこうして仲直りしたことだし、ここは、こんなお婆ちゃんじゃなくて、もっとお若い方にでもね」

こうして、イザベラにお鉢がまわってきた。しかし、イザベラは、その整った容貌とは裏腹に、頭の中身のほうはあまり整っていないようで、「わかんない」という投げやりなひと言で一蹴《いっしゅう》した。

次はグリンが喋る番だった。彼もその生いたちから、死について考える機会は同年齢の連中に比べてはるかに多かったはずだが、いざ人に語るとなると、どこからどう喋っていいのかわからない。

「……俺は……わからない。〝死〟についてはよく考えることがあるんだけど、俺には問題が大きすぎて、複雑すぎて、どうしても摑みきれないんだ、ただ――」

「ただ――?」スマイリーが励ますような微笑を見せた。

「ただね、俺はいつもなにか満たされなくて、いつもなにか不満があって、それがどこからきてるかっていうと、俺の中にもうひとり別の俺がいるからなんだ。わかるかい? こいつはとっても苦しいことだ。俺がどんなに頑張っても、どんなに追いかけても、もうひとりの俺は常に一歩先を行っているような気がするんだ。もうひとりの俺が俺を追い越さなくなる時は、俺が完全に俺自身になる時は——死んだ時しかないんじゃないかと……」

「人は死体で完全になるか」ハース博士がますます感心して言った。「言ってみれば——実存主義的パンクなんじゃな、おぬしは」

スマイリーも遠くを見るような目つきで、「なるほど、若い者らしい想いだ」と呟いた。

そう言われたグリンは、今度は逆にスマイリー自身の話も聞いてみたくなった。

「スマイリー、あなたは、どう考えているんです？」

「おお、わしか。わしもいろいろ考えてはおる。病床のつれづれに想うことは、死とか、生命の永遠といったことばかりなのでな。——死にゆく者がどんなことを考えておるか、ご参考までにお話ししておこうか」

スマイリーはのろのろと紅茶をすすってから、語り始めた。

「……こうして、寝たきりでいるとな、窓の外の生命の営みや四季の移ろいがよくわかるようになるんだ。例えば、いまの季節はもういないが、夏の間は、色とりどりの声でわしを楽しませてくれたアオカケス《ブルー・ジェイ》などという奴がおった。わしはその啼《な》き声に耳を傾けながら、この同じ啼き声は、三百年前にこの地へ渡ってきたイギリス人の植民の長《おさ》が聞いた啼き声かもしらんし、あるいは、半世紀前にこの地へ移ってきたイタリア人移民の石工《いしく》が聞いた蹄き声かもしらんと思ったのだ――」

この時ハース博士は、スマイリーがキーツがかつて書いていたことの受け売りをしているなと思ったが、それは指摘しないでおくことにした。彼のこうした受け売り癖はいまに始まったことではない。

「――つまり、こういうことだ。三百年前のイギリス人も、半世紀前のイタリア人も、個としては死んだが、種は、人類は、鳥類は、連綿としてつづいているということなのだ。わしはね、いつしか、自らの孤高な個体の死を人類の永続性へ転化することによって、心の安らぎが得られるということを悟ったのだ」

「永続性への転化？」グリンが訊き返した。

「そうだよ。人は、生の永続性ということを考える時、どうしても狭い個体の死にとらわれてしまいがちだが、それはいかん。まず、個の永遠などあり得んというところから考えてみるといい。もし個が永続性を獲得したら、どうなる？　この地上はそうした傲慢な個で溢れかえり、結局、種は絶滅してしまうことになるだろう。個の死滅があって、初めて種の、――人類の永続性が得られるんだよ。

こうして病床から窓の外を眺めていると、四季の移り変わりがよくわかってね。いまは、黄金色に色づいたサトウカエデの葉が、灰色の墓石になにかを語りかけているような気がしてならん。——それはめぐりゆく四季の再生産の過程の物語であり、輪廻転生《りんねてんしょう》の物語でもあろう。四季の中で繰り返される豊穣《ほうじょう》は必ず死を媒介として可能なものとなるのだ。言葉を換えて言えば、死は豊かな再生を約束するものでもあるのだよ」

ここでスマイリーは言葉を切り、一族の者たちを見渡した。

「——だから、わしの死は、個人の死であるいっぽう、バーリイコーン一族の繁栄と永続の約束でもあるのだ。わしの父のヘンリーも、祖父のトマスも、きっと死の床で鳥の蹄き声を聞きながら、そんなことを想ったことだろう。——時にイザベラ、おまえのおなかには、ジョンの子が宿っておるのだったな？」

不意に声をかけられたイザベラはどぎまぎした。彼女は一族の繁栄に寄与できる生理的能力を持ってはいるが、それに哲学的意味づけをすることなど思いも寄らない。それでもスマイリーは満足そうに言った。

「大切に育ててくれ。わしの死後にその子が生まれるのは象徴的なことだ。わしの死が、再生に、一族の豊穣に繋がるということなのだからな……」

スマイリーが話し終えると部屋の中は静まりかえった。死にゆく者の悟りきった境地に、部屋の中の一同が心うたれているように見えた——ただひとりを除いては。そのたわけ者は高尚な哲学論を吹きとばす大欠伸をして、その場の雰囲気をぶち壊しにした。スマイリーがその者に声をかけた。

「おや、すまなかったな、チェシャ。おまえさんにもなにか意見があるのかな？」

チェシャは窓敷居から勢いよく跳び下りると、とうに空になったカップをテーブルにおいて、言い放った。

「失礼しちゃうわね。わたしだって、とっておきの話があるんだから」

チェシャはママより少しはましかもしれんな、とグリンは思った。

「それでは、わたしも、人間の寿命の話をしてあげよう。小さい時、ブルゴーニュのおばあちゃんから聞いたんだけどね」

そう言ってチェシャは直立不動の〝語り部《べ》〟の姿勢になると、話し始めた。

「昔々、神様が生き物の寿命をお決めになった時のこと。最初に来たロバに、神様は三十年の寿命をやると言いました。するとロバは重たい荷物を背負って三十年も生きるのは厭です、と言いました。そこで神様はロバに十八年だけおやりになりました。

次に犬が来ました。神様は同じことを言いましたが、犬君も、三十年なんて長すぎます、年老いて歯をなくして、隅っこでうーうー唸るなんて厭です、と言いました。そこで神様は十二年だけおやりになりました。

次に来た猿も三十年はいらないと言いました。へんてこな道化をして人間に笑われるのがそんなに永くちゃかなわないと言うのです。そこで神様は十年だけおやりになりました。おしまいに人間が来ました。同じことを神様が言うと、人間は『短いですねえ！』——と言いました。三十年頑張ってやっと家を建てて、これからという時にお終いというのじゃつまらないと人間は言うのです。

そこで神様は、ロバの十八年をあげようと言いました。それでも足りないと人間は言います。つぎに犬の十二年。それでも足りない。そこで猿の十年も神様はあげてしまいました。

こうして、人間は七十年生きることになったのです。でも、人間の本当の寿命は三十年です。それを過ぎたとき人間は、ロバの十八年で重荷を背負い、犬の十二年で歯なしになってうーうー唸り、最後の猿の十年で、鈍くなって、馬鹿なことをして、子供たちに笑われるようになってしまいましたとさ……」

すかさずスマイリーが訊いた。

「それで、その話からおまえさんが得た教訓というのは、なんだね？」

チェシャは、得々として言った。

「決まってるじゃないか。——だから、あたしは最初の三十年間をあくせくしないで、面白おかしく過ごすのよ！」

爆笑が部屋を包み、それを潮に、スマイリーの強情から始まったこの気狂いじみたお茶の会はお開きということになった。

みなが三々五々、退出するなかで、ジョンだけがスマイリーと話があると言って居残った。最後にグリンが部屋を出ようとしたところで、スマイリーが呼びとめた。

「このチョコレート、持っていかんか。自分で頼んだのはいいが、もうわしはこういうのは受けつけんようになっていてな。チェシャは、やっぱり肥るからいらんと言っておった。だから、お前、自分の部屋で食べるといい」

グリンは、誰ひとりつままずにセロファン包装さえはがされていないチョコレート缶を受け取った。

そして、自室に帰り、その中の二粒を口にした。

——そのあと、グリンは死ぬことになる。

第9章　主人公が死んだら物語はどうなるんだ?

ふつう死者に表われる徴候はすべて表われていた。顔の輪郭は一般の例に洩れず、痩せ衰え、落ち凹んでいたし、唇はふつうの死者と同じく大理石のように蒼ざめ、目はすっかりつやを失っていた。体温はまったく無く、脈搏も止まっていた。

――エドガー・アラン・ポオ

『早まった埋葬』

1

死んだ瞬間のことを思い出すたびに、グリンはジョン・レノンの《レヴォリューション

9》のことを連想した。あの白いアルバムに収められていた前衛音楽《アヴアンギャルド》は、人の声やテープの逆回転やさまざまな効果音などを脈絡なくコラージュした、異様な音の絵画のようなものだったが、グリンが死ぬ瞬間の記憶というのも、ちょうどそんなふうだったのだ。

死ぬのかな——と思った時、グリンはまず、ひどくつまらないこと——一昨日切れた時計のバンドを買い替えなきゃあ——が頭に浮かんだ。それから、まるで《レヴォリューション9》みたいに、彼の人生のいくつかの場面が次々と、そして脈絡なく去来した。それらの場面は、人間の曖昧な記憶というには、あまりに鮮明でディテイルのはっきりしたものだった。

——両親といっしょに行った動物園のラクダの檻《おり》にかかっていた《エサをやってはいけません》の看板、小学校の入学式の時マイクの前に立った校長のデカ鼻に浮いていた汗、蒼白く痩せ衰えた祖母の顔と点滴の管、バスケットボールの試合の時いつもはいたお気に入りのシューズについていた兎の形をしたしみ、血に染まった母親の手袋、初めて寝た女の子がしていたブラジャーの馬鹿げた花模様、オートバイ免許の試験問題でどうしても解けなかった一問……。

人間は死ぬ瞬間、走馬燈のように全人生を繰り返すといわれているが、グリンの死の記憶もそうした全生涯のコラージュに終始した。そして最後に浮かんできたのは、死ぬ直前の場面だった。

——それは冷たい光だった。狭い部屋の冷たい蛍光灯の光とそれに照らし出されたタイルの床。

光はしだいに輝きを増し、タイルの目地はぼやけ、しまいには視界全体が光に呑み込まれてしまった。拡大する光はさらにグリン自身をも呑み込み、彼はなんの映像もない白い世界に放り出された。そこでグリンは初めて恐怖を覚えた。光に包まれた彼の身体はどこかへ移動を始めていたのだ。グリンは自分がひどく狭い坑道のような場所を通って限りなく滑り落ちて（昇って？）いくように感じた。住み慣れた世界でなく、どこか別の未知の世界へ連れ去られる不安にグリンは身悶えした。なにも聞こえなかったが、あるいは、叫び声をあげていたかもしれない。

そのあとはずっと楽になった。やはり身体は光に包まれていたが、その光はさきほどまでのような強烈なものではなく、もっと柔らかで優しいものだった。日本の祖母の部屋にあった障子紙と呼ばれる独特のスクリーン・パネルを通して感じたような、繊細で自然な、人の心を落ち着かせる光。

すっかり安心したグリンは、その茫洋とした世界の中で、しばらく微睡《まどろ》んだような状態で過ごすことになる。

しかし、そうした平和は長くはつづかなかった。グリンが無理やり目醒めさせられた原因は、やはり光だった。今度の光は、それまで彼を優しく包んでいたものとは全く違った、人工的な光だった。肌を焼かれるような刺戟《しげき》的なやつ。罪を白状しろと容疑者にあてられる取調べ室の脅迫めいた光だった。

気がつくとグリンは、薄明の窖《あなぐら》のような世界から、再び狭い坑道を滑り落ちていた。彼の身体の向かう先には、さっきから自分を責めさいなんでいる強い光の源《みなもと》があるに違いないと直感し、グリンは再び身震いした。そこにあるはずのものが彼にはわかっていたのだ――その強い光の彼方には苦痛と緊張《ストレス》の世界が待ち受けているはずだった。

――なぜそんなところへ行かなきゃならないんだ……。

グリンは抗《あらが》った。その光の彼方へ出ていくことは、〝死〟を意味していた。

――〝死〟? 俺は死んだはずじゃなかったのか?

そう思った瞬間、苦痛の光がグリンの全身を包み込み、彼のストレスは頂点に達した。

グリンは恐れと怒りの叫び声をあげた。

……光はバスルームの天井の照明が発したものだった。人工的な冷たい光。ゆっくり寝返りをうつ。目の前に蓋の開いた便器が見える。その下には白いタイル張りの床が広がり、だらしなく伸ばした自分の左腕のあたりまで不愉快な吐瀉物《としゃぶつ》が広がっていた。グリンはその左腕を曲げ、目醒めた時の無意識の習慣に従って腕時計を眺めた。午後六時。……自分はどのくらいの時間、ここにこうしていたのか。

徐々に記憶が戻ってきた。グリンは自室のバスルームで失神し、床に倒れ、ずっとそのままになっていたらしかった。彼は力なく横たわったまま、自分の部屋に戻ってからの行動を思い返してみた。

お茶の会が終わって自室へ戻ったのが午前十一時ごろ。それからグリンは、古いお気に入りのアナログ・レコードをかけて、ニューヨークで手に入れたマリファナを吸った。きょうは霊園の仕事を手伝わなくてもいい日だったのだ。そんなことをしているうちに、グリンはふとスマイリーから貰ったチョコレートを食べてみようという気になって、缶の上にかかっていたセロファンを破り、二粒ほど口にした。

それからしばらくして、気分が悪くなった。最初は安いマリファナ煙草のせいかと思っていたが、不快感は胃の痛みになり、グリンはあわててバスルームへ駆け込んだ。そこで、胃の激痛、嘔吐、下痢が入れ替わりに彼を襲った。もう吐くものがないというほどに吐いてもまだ胃がつきあげる最悪の不快感。喉が渇《かわ》き、食道が焼けつくように痛み、声さえ出なくなる。グリンは怯《おび》えた。このままでいると自分は死に至るかもしれないという予感が頭の中に谺《こだま》した。そうしているうちにも手足が冷え、痙攣《けいれん》してくる。グリンはやっとのことで便器から立ち上がり、助けを求めるために扉に向かおうとした。その時、グリンは自分の吐瀉物に滑って床に転倒し、後頭部をしたたかに打った。そして、そのまま意識を失った……。

目醒めたグリンが最初に考えたのは、ともかくジーンズをはき直してジッパーを上げようという、いたって日常的な気遣いだった。羞恥心が先にたったのは身体の不快感が去っていたから——ということに彼が気づいたのは、便器に手をついて立ち上がってからだった。酷い苦しみは嘘のように消えていた。しかし、そのいっぽうで、自分の身体が自分のものでないような奇妙な感じもある。こうした時のお定まりで、自分は夢を見ているのではないかと周囲を見回してみる。だが、足元には自分自身の醜い吐瀉物が依然として広がり、これがまぎれもない現実であることを物語っていた。

グリンはバスルームから出ると、ベッドに横になった。リピート・ボタンを入れていたためにずっと回りっぱなしだったレコードが、もう何回目だかわからないヴェルヴェット・アンダーグラウンドの《シスター・レイ》のささくれ立った演奏を吐き出している。手近のサイド・テーブルにはチョコレート缶とマリファナ煙草の燃えさしの入った灰皿があるのが見えた。グリンは手を伸ばしてレコードを止めてから、寝返りをうってみた。

突然グリンは、自分の心臓が止まっていることに気づいた。

こうして脇を下にして横たわっている時、グリンはいつも枕につけた耳元に脈搏《みゃくはく》の響きを感じて、ひとり勝手に動きつづける心臓という臓器の不思議さに感嘆したものだった。――世の中には力を加えなきゃあ動かないものばかりなのに、人間の心臓は不自然にもひとり勝手に動いている……。しかし、いまや、彼の耳元で脈搏の響きはなかった。グリンは驚いてベッドの上に起き直ると、腕の脈をとってみたり、胸に手をあててみたりした。だが、何度やってみても、彼の心臓が動いているという徴候はみられない。

次に、普段は全く意識していなかったことだが、グリンは自分が呼吸をしていないことに改めて気づいた。肺臓はピクリとも動いていなかった。やろうと思えば、それを膨らませたり、しぼませたりはできるのだが、まるでフイゴを操作しているようで、ちっとも息をしているという感じがしない。さらに、手で鼻と口をおさえてみたが、いつまで経っても少しも苦しくならないのだ……。

あわててベッドから降り、壁の鏡を覗き込んでみる。間抜けた表情の血色の悪い顔がこちらを見返していた。眉を動かしたり口をぱくぱくやってみたりしたが、一応意思どおりの動きをするものの、なにかおかしい。物を見たり、触れたり、音を聞いたりはできるのだが、それらの感覚が自分のものでないような感じがする。どこか自分の身体とは別のところに、自分の身体の動きや思考を司《つかさど》っているものが存在するような――そう、ちょうど自分が出演している映画を観ているか、あるいは、とてつもなく鮮明な夢の中にいるような……。

それから、しばらくの間、グリンは自分が夢を見ているんだということで折り合いをつけようとした。だが、いつまで経っても、バーリイコーン邸の自室のベッドにひとりぽつんと坐ったグリンの身には夢らしいことは何も起こらなかった。窓から緑色のドラゴンが鼻を突っ込んでくることもなかったし、自分が坐っているベッドがＵＦＯと化して飛翔することもなかった。時計の長針がひと回りしたところで、グリンはこんな退屈な夢などないという結論に達した。

――これは、まぎれもない現実のことだったのだ。

2

「ときにグリン、おぬしはフグ、フグは好きかな?」

ハース博士は好奇心を顕《あらわ》にした視線を向けて、グリンを上から下まで眺めながら訊いた。

ふたりはいま、マーブルタウンのセント・ナタナエル病院の一室にいた。もう夜もだいぶ更《ふ》けている。

この病院で、グリンはハース博士の診察を受けた。いや、正確には検屍を受けた、と言ったほうがいいかもしれない。自室を出たグリンはすぐハース博士のもとへ行き、簡単な診察のあと臨床死の宣告を受けたのだ。ハース博士はグリンに疾病対策センター《CDC》へ連絡して精密な検査を受けるよう勧めたが、彼はこれを拒否した。自分が死者として完全に認知されるのが恐ろしかったのだ。これは奇妙だがもっともな心理でもあった。自分が重病だということを認めようとしなかったり、隠そうとしたりする者は多い。死んだことが生者たちに知られるのは一種の羞恥であり恐怖だった——そんなふうにグリンは感じていたのだ。

ハース博士は妥協案を出した。グリンの死の秘密は守るから、ハース博士の教え子が院長をしている病院で、ハース博士のみの手によって極秘裡に検査をするのはどうかというものだった。それにはグリンは承諾せざるを得なかった。そしていま、ひととおりの検査も終わり、博士は唐突な話題を彼の前に持ち出してきたというわけだった。

「フグ?」グリンはハース博士の奇妙な質問に戸惑った。「——日本にいた時は何度か食べたけれど、近ごろはぜんぜん口にしてないな」

それがどうしたんだというようにハース博士を見るグリン。ハース博士は嬉しそうに目をきょろつかせて言った。

「うん、おぬしが、『俺はゾンビになってしまったのか』と訊くからじゃ。言葉は正確に使おうじゃないか。ゾンビとはハイチやアメリカ南部でヴードゥー教の呪術師がつくり出した生ける屍《リヴィング・デッド》のことをいう。その際、呪術師は、テトロドトキシン——日本ではフグのものが知られているが、ハイチではある種のヒキガエルやイモリから抽出される最強の神経毒——を使うんじゃが……」

グリンは目を剝いた。

「ヴードゥー？　呪術師？　このニューイングランドの片田舎で？　まさか……」

「ああ、わかっておる。ある量のテトロドトキシンの作用によると、たとえば、瞳孔の対光反射が失われたり、呼吸困難になったり、体温が下がったりと、ヴェテランの医師でも臨床死と見まごうような症状を呈することになる。だがな、それは、あくまでも仮死状態に陥《おちい》るということで、本当に死んどるわけではない。墓から甦ったハイチのゾンビや火葬場で息をふきかえした日本のフグ中毒患者などは、甦ったあとはちゃんと生命現象を回復させておる。ハイチの呪術師が神経毒を民衆に用いる目的は、意志力が低下して意のままに操れる生ける屍状態の奴隷を造り出すことにあったのじゃ。ところが——」

「——ところが、俺の場合は、本当に死んでいるというわけか？」

「どうも、そうらしいな」

ハース博士は事もなげに言った。同情するよりも、むしろ面白がっているふうでさえある。

「おぬしの呼吸は停止し、聴診器をあてても心臓搏動は聴こえない。瞳孔の対光反射もなし——これは間脳の神経細胞が死んどるってことじゃな。念のために調べた脳波も平坦化しとった。大脳もアウト。これらの状態が不可逆的に六時間以上もつづいている。見事な臨床死じゃ。これなら、ヒポクラテスだろうが疾病対策センター《CDC》の主任医師だろうが、金のリボン付の死亡診断書を書かざるを得んじゃろうよ」

ハース博士はジョークを交じえながら実に楽しげに話す。瞳もパラノイアックに落ち着きがない。これでお喋りの代わりにコートの下から警笛《クラクション》でも取り出して鳴らせば、本当に映画の中の狂気じみたハーポ・マルクスそのものじゃないかとグリンは思った。老博士は、自分の知り合いが死んだというのに、口笛を吹きかねない陽気さで喋っているのだ。

「やっぱり、死んだのか……」グリンは呆《ほう》けたように呟《つぶや》いた。

「ふむ。近ごろ、アメリカ中で何件も死者の甦り事件が起こっとるんでな、わしも、疾病対策センター《CDC》のバーナード博士とは情報交換をしとったんだが、まさか、自分の知り合いの者がそんなふうになるとはな」さすがに口笛は吹かなかった。「——が、まあ、気を落とすことはないて。死んだからといって、どうということはない。もともと人間の生死の境なんて曖昧なもんなのじゃからな……」

それからハース博士は、死学者《タナトロジスト》らしいおかしな角度からグリンを慰め始めた。

「ヴードゥー教のゾンビの例を出すまでもなく、人間の生死判定は実は意外に難しいものなのじゃ。いくつかの例をあげてみようか？　ミュンヘンには死体仮置場にあてられていた壮大なゴシック建築があって、死体の安置室と中央管理室の間にはベルのコードが引かれていたそうじゃ。そこの監視人はな、そうした処置が無駄でないほど、たびたびベルで呼ばれたらしい。また、教会で葬式をしている最中、柩の中から賛美歌のコーラスに和する声が聞こえてきたり、検屍解剖のとき突然死者が起き上がって医師の喉につかみかかった――とかいう話は古今東西枚挙にいとまがない……」

「でもそれは、仮死者が多いということで、俺のケースとは違うんじゃあ――」

「まあ待て。わかっておる。もう死んでおるんじゃから、あわてずにじっくり話を聞いたらどうじゃ。――ときにグリン、おぬしは、生命の定義は知っておるかな？」

知らなかったので、グリンは頭《かぶり》を振った。

「そう、知らないのも無理はない。『生きている』ということはどういうことか、どんな偉い学者でも納得いく説明をすることはできんじゃろうからな」

そう言って、ハース博士は机の上のぶ厚い書物を開いた。

「ドーランドの医学事典には、生命の定義が『生命現象の集合体』とある。生命現象とは、さっき言った、呼吸とか反射とかいったようなことじゃな。いまのところ人類の生死の判定は、この生命の現象があるかどうかを目標にしておる」

「じゃあ、生命そのものの有無を医学的に認識することはできないのか？」

「到底不可能じゃろう。死の定義を尋ねると、たいがいの生物学者から『生の欠如』という答えが返ってくる。しからば生の定義はと問うと、現役の生物学者の数ほども答えが返ってきて、しかもなんらその本質を明らかにしていないというのが実情じゃな。そのうえな、彼らの生の定義には、たいていその本質に迫る重要な言葉が欠けておる……」

「なんですか、それは？」グリンは次第にハース博士の話に惹きつけられ始めていた。

「死じゃよ。生命のない物質から生命が発生したという事実にもかかわらず、彼らは死という言葉で生を説明しようとしない。自然界においては、死とは平衡状態のことであり、生命活動に必要な外からの補給がなくなった時すべての生命が達する自然な状態なのじゃよ。だからな、論理的に言えば、生の定義は『死の欠如』ということになろう」

「論理的というより、逆説的な話だ」グリンは言葉を弄《もてあそ》んでいるようなハース博士の話に少し苛立《いらだ》った。

「はは、怒ることはない。逆説も馬鹿にしたものではないぞ。ゼノンも師父《ファザー》ブラウンもこの飛び道具で隠微夢中《いんびむちゅう》の中から真相を摘抉《てきけつ》していたんじゃからな。ともかくな、わしが言いたいのは、そんなふうに、いまの科学では生命の秘密が解明されておらんのだから、従って、生死の判定も曖昧だということなんじゃ。生と死との間には、いくつもの段階があって、明確に境界線を引くことは難しい。医師は社会の要請によっていくつかの生命現象の欠如を臨床死の条件としておるが、それはあくまで臨床上のこと。心臓や脳波が止まっても、残生現象——つまり、身体を構成する個々の細胞はまだ生きていたりする。死とはそんなふうに曖昧で流動的なものなんじゃ。生者たちが自分の都合で決めつけている場面さえある。ある高名な科学者が言ったように、それは心の問題なのかもしれん。ロメオの心の中でジュリエットが死んだ時が、生物学的にどうであれ、ジュリエットが死んだ時なのだ」

「しかし、身体が完全に朽ち果ててしまったら、それはやっぱり真の死なんだろ？」グリンは言いたくないことを口にした。

「それはそうじゃ。臨床死に対する絶対死。完全な生物学的崩壊——腐敗し果てたり、灰になったものまで生きているとは、わしも言わんさ。それこそ、自然な美しき平衡状態じゃな」ハース博士はうっとりと目を細めた。「——それにしても不思議なもんじゃな、わしらの生命は、どこから来てどこへ行くんじゃろうな。誕生の前と死んだ後の永劫《えいごう》とも思える無生命の平衡状態のことを考えると、たかだか数十年の生命ある期間が逆にひどく奇妙で不自然なものに思えてくる……」

「誕生と言えば――」グリンは思い出しながら言った。「俺の死の瞬間の記憶は、なにか誕生の瞬間と似ているような気がした……」

「ふむ、よく、最初の死に似た経験は出生だなどと言われるな。おぬしの話にあった、生の世界と死の世界を繋ぐ通路となった坑道のようなものは産道を思わせるし、死の窖《あなぐら》世界は子宮のようでもある。甦ったおぬしが悲鳴をあげたのは、さしずめ産声《うぶごえ》ってとこかな。生まれたばかりの赤ん坊が泣くのは肺で呼吸をするためと言われているが、あれは、苦痛とストレスに満ちた生の世界へ放り出されたことに対する怒りと恐怖の叫びだと断ずる心理学者もいるようじゃ。無生命の安らぎの世界に対する一種の惜別の歌とも、わしには思えるが」

「死ぬ瞬間には人生のいろんな場面も浮かんできた。重要なことからひどくつまんないことまで」

「〈スクリーン・メモリー〉と呼ばれている現象じゃな。登攀《とうはん》中の転落事故などで急速に生命が脅かされた時に、そういうことが起こると報告されておる」

「どういうことだったんですか、あれは？」

「ある精神医学者に言わせると、死んでいくという恐怖に対する情緒的な防禦なんだそうだ。未来を奪われた瀕死者が、それから気を逸らすために、過去のつまらんことを思い出したりするんじゃろう。いずれにしても、迫りくる死に怯えた緊急時なら、アドレナリンが血圧を上げ、グリコーゲンの還元が極端に促進されるから、脳が超過勤務となって、なんらかの精神的超脱状態を引き起こしても不思議は——」

グリンは話が本筋から逸れてしまったような気がして、舵を戻すことにした。

「それで結局、俺はどういう状態になっているんですか？」

ハース博士は目を瞬いて、大袈裟《おおげさ》に驚いてみせた。

「お、おお、そうじゃったな。問題はおぬしの生死についてじゃった。——そう、それは生ける屍《リヴィング・デッド》となったと言うよりほかはないんじゃが……。なにせこれは生物の四十億年にわたる歴史の中でも最大級の矛盾なんじゃからな。生命の秘密さえわからないいまの科学の力ではとても解明はおぼつかんじゃろう。ただ——」

「ただ？」グリンは藁にもすがりたい気分だった。

「ただ、さっきも言ったように、バーナード博士ともいろいろ情報交換をしてな、わしなりの仮説めいたものはあるが」

「どういう仮説ですか？」グリンは必死だった。

ハース博士はグリンをはぐらかすかのように腕時計を見た。

「おお、もうこんな時間か。……もうええじゃろう。わしらは今夜、四十億年分の仕事をしたような気がする。少し疲れた。明日にせんか。いまおぬしがどういう状態になっているかの仮説をこねあげるよりも、おぬしがなぜ死んだかをつきとめるほうが先じゃからな。明日になれば、おぬしの吐瀉物の分析結果も出るじゃろうし」

「博士、お願いだからだれにも知られないように――」

「大丈夫じゃ。うまく誤魔化《ごまか》すからな」

ハース博士は調子よく受け合ったあと、腕組みして首を傾《かし》げながら言った。

「……ところでグリン、おぬしは、症状から診て――どういう種類の毒にやられたんじゃろうな？」


バーリイコーン邸に戻ったグリンは、自室のベッドに横たわって、眠れないまま、いや、もはや眠る必要がないまま考えた。

人はみな、自分のことを人生という物語の主人公だと思い込んでいる。社会的な相互関係では脇役にまわる人も、自分の内なる世界では常に主役なのだ。主役には多少辛いことがあっても、いつかはハッピーエンドが訪れるだろうし、ましてや、物語の途中で死ぬことはない。そう思い込みながら人間たちは生きている。グリンも、いままでなんとなくそう思い込んで生きてきた。

ところが、それは大きな誤りだった。主役が途中で死に、舞台から転げ落ちることもあるのだ。

主人公が死んだ物語はこのあとどうなるのだろう——とグリンは思った。

第10章　四つ辻《クロスローズ》カフェと愚者の毒

おいらの死体は
ハイウェイっ端《ぱた》に埋めていい
ベイビー、おいらが死んじまったら
どこへ埋めようと気にしやしないぜ

——ロバート・ジョンスン
《おいらと悪魔《ミー・アンド・ザ・デヴィル》のブルース》

1

「このままじゃ死んじゃうよ、腹ぺこでさ」

部屋に入ってきたチェシャのひと言はグリンにとって皮肉なものだったが、それでも外出を決意するきっかけにはなった。

十一月二日、日曜日の朝、つまり、自分が死んだ翌朝、グリンは、当然のことだが、世界一の不幸者になったような気分だった。

グリンの憂鬱のタネは、内面的なものばかりではなかった。一晩経って身体の異変に気づいたのである。明け方になって、脚に薄い桃色の斑が現われた。それは次第に紫色がかった赤色を増し、範囲を拡げ始めた。指で押さえると色はあせたが、これが死斑と呼ばれる忌わしきものであることに間違いはなかった。血液循環が停止し、血液が身体の低位に集まってきているのである。グリンは慄《ふる》えあがった。精神状態は生きている時とほとんど変わりないのに、肉体のほうは確実に死に始めていたのだ。

ベッドから跳び降りたグリンはバスルームへ行き、自分の顔を覗き込んだ。血の気のない蒼白な死者の顔がこちらを見返していた。死後の筋肉硬直がある間も、それが解けてからも、手や脚はなぜか自在に動いた。だが、その感触はどこかおかしく、操り人形にでもなったような感じだった。死後硬直が解けたあとは、頬がゆるんで笑い顔のようになるといわれていたが、その点だけは、もともとひきつり笑いを浮かべたような地顔だったので目立たない。ともかくグリンは、これで名実ともに〝象牙色の嘲笑《アイヴォリー・グリン》〟となったのだ。

グリンは顔に化粧をして、顔色の悪さを誤魔化すことにした。パンク族の男の子が化粧をしても、周囲はまたかと思うだけで格別の疑念は抱かないだろう。グリンは自分の間抜けた嘲笑顔《グリン》とパンクの風体《ふうてい》に、この時ばかりは感謝した。

化粧を終えたところで、今度は乾燥のために眼が混濁し始めていることに気づいた。目薬をさし、昔ルー・リードがしていたみたいな、細くぴったりした広角度のサングラスをかけてみた。これなら、周りの連中が見ても、なんとか死者とは気づかれずにすむだろう。ちょっとキレたパンク野郎がいると思って視線を逸らすだけだ。

そんなふうにグリンが鏡の中の自分に合格点を与えたところで、チェシャが部屋に乱入してきて、食事に行こうと提案したのだった。気まぐれの変わり者と見なされているチェシャとグリンは、バーリイコーン家の食事の席にはめったに声をかけられなかったのだ。

「オーケー、行くか」

グリンはチェシャの提案を受け容れることにした。ハース博士は早々ときのうの分析結果をマーブルタウンの病院へ見に行ってしまって、不在だったし、このまま部屋に閉じこもっていて世界が自分にのしかかってくるのを待っていても仕方がない。ただし、チェシャにはなるべく触れないように気をつけようと思った。もう自分の体温は十度以上も下がって、手は大理石彫刻のように冷たくなっているだろうから。

ピンクの霊柩車に乗り込み、ステアリングに手をかけたところで、グリンは苦笑した。

——この霊柩車も因果なものだ。ハーレムのチンピラにかっぱらわれてピンクに塗りたくられただけじゃ済まなくて、今度は後ろに積み込むはずの死人に運転席を占領されることになるとは。

そんなふうに思ったら、自分を客観化できたようで、少し気が楽になった。

車を出したところで、サイド・ミラーに、駐車場のベンツが映った。ちょうどジョンが猫のバスケットを抱えて乗り込もうとしている。その様子を見てチェシャが毒づいた。

「いけ好かない奴。先週買ってきたあのブタ猫のほうが、あたしよりも可愛いんだわ。これでママに赤ちゃんが生まれたら、あたしはのけ者にされて、シンデレラみたいにボロを着て床をブラシで磨く役をやらされるんだろうね」

グリンはとにかく喋って気を紛らわせることにした。

「その可能性大だな。——ところで、ジョンはどこへ行くんだ?」まだ声は出ている。

「マーブルタウンでホテルに泊まり込んで新計画の仕事をまとめるんだそうよ。おじいちゃんになにかあったら知らせてくれ、ですって。自分の父親より金儲けのほうが大事なんだね、あの人は」

「きのうもそう言ってたじゃないか。そういう人生観なんだろ」

「あたしはね、あいつ、なにか企んでいるんだと思う。きのうからママのことも避けて、ひとりでこそこそやってるみたい。おかげで、ママも落ち着かなくて」

「おまえのママもなにか後ろめたいところがあるんじゃないのか?」

「うーん、多分ね。ママは隠しているけど、娘のあたしは薄々感づいてるんだ……。おっと、それよりも、メシ、メシ。腹ぺこなのよー」

一一三号道路をマーブルタウン方向に行く途上に道路が交差するところがあって、その少し先に、《カフェ・クロスローズ》という店がある。ガソリン・スタンド兼カフェのアメリカにはよくある類《たぐい》の店だ。ふたりはまだ一度も入ったことがなかったが、けさはその店に行ってみることにした。

四つ辻を過ぎたところで血に染まった墓石のように立つ赤色のガソリンの給油ポンプが見えてきた。グリンは不意に、四つ辻には不吉な死に方をした者や早死した者の霊がとどまっているという迷信があるのを思い出した。いまの自分にふさわしい店だと思った。

車を降りたふたりは店の中へ入っていった。外観だけでなく中身もよくある類の店だった。入ってすぐ右手がカウンターで、その向こうでは赤い鼻の親父が鉄板の上にハンバーグ種《だね》を叩きつけている。壁のポスターは五年前に新発売された清涼飲料のものだし、その壁際に据えられたジュークボックスの曲も、たぶん大半が五年以上前のヒット・ソングばかりだろう。

カウンターにはふたりの男が坐っていた。ひとりはTシャツの袖を肩までたくしあげた粋《いき》がったニキビ面のティーンエイジャー。店の親父と下品な冗談を言い合いながらビールを飲んでいる。もうひとりは、いかにも他所者《よそもの》といった感じで遠慮がちに隅に坐り、コーヒーをすすっているスポーツ・ジャケットの男。店の外にはグレイのポルシェと趣味の悪い紫色に塗った年式の古いトランザムが停まっていたが、彼らのうちどちらがどちらに乗ってきたかは、バンパーとボンネットの区別もつかない老婆でも言い当てることができるだろう。

グリンとチェシャの背後でドアベルが鳴ると同時に、店主とニキビ面が振り向いた。彼らは入ってきたパンクのカップルが気に入らなかったらしい。それまでの笑い顔が排他的な無表情に変わった。店の奥では不細工な顔つきの猫までが彼らを胡散臭《うさんくさ》げに見返す。ふたりはいくぶん居心地悪さを感じたが、踵《きびす》を返して出ていくほどの事態でもないと思い、カウンターに坐った。店主は黙ったまま後ろを向いて再びハンバーグを焼き始めた。ふたりは彼の背中に向かってそれぞれほしいものを注文した。

「チーズ・バーガーとバナナ・シェイクね」とチェシャ。

「ビールをくれ」とグリン。——なにも食べたくない。飲み物も同じことなのだが。

店主は背を向けたままうなずいた。グリンの隣りではニキビ面がなにか言いたそうに薄笑いを浮かべている。田舎ではよくある反応だ。グリンはこれ以上のトラブルはご免だったが、いつもの習慣で、覚悟だけはしておくことにした。

注文したものがカウンターに並ぶのを待って、ニキビ面が話しかけてきた。

「おまえら、あのふざけた車に乗ってきたのか?」

そらおいでなすった、とグリンは思った。

「ふざけた車ってのは、外にとまってるプリンス色《カラー》のポンコツ車のことか?」

ニキビ面は意味がわからなくてポカンとしていたが、そこへ赤鼻の店主が割り込んできた。

「ガスが言ってるのは、あのいやらしい色した霊柩車のことよ。あんなもの乗りまわして、このあたりで悪さをする気じゃあるめえな?」

ニキビ面のガスがわが意を得たりとばかりに店主に加担して言った。

「そうさ、ビルの言うとおりさ。このあたりはニューヨークの裏通りとは違うんだ。鼻に粉つけてる野郎がうろつくようなところじゃねえ。それとも——」

店主のビルがあとを引き取った。

「——それとも、女でもかっさらいに来たのか」

グリンとチェシャは、それまで自分たちの風体のおかげで、ずいぶんいろいろな迫害を受けてきた。グリンなどは、エリザベス女王の便座を盗んだ嫌疑をかけられたことさえあった。だが、誘拐犯に擬せられるというのはちょっとひどすぎる。憤慨したチェシャが猛烈に抗議を始めた。

「冗談じゃないよ。あたしらそんなんじゃ――」

「待てよ」グリンはチェシャを制した。ここ三か月の間に、三人の若い女性がマーブルタウンから失踪しているという話は彼も知っていた。グリンは店主に尋ねた。

「また、女がいなくなったのか?」

「ああ、おとといな。例のハロウィーンの晩さ。暗くなっても外をウロチョロする子供が多いから、町の連中も神経をとがらせてたんだがな、やられちまった。ヴァイン通りの女子高生だよ。可哀相に、ひどい目にあって……」

「発見されたのか?」

「左腕だけな」

店主の言葉にチェシャがフライドポテトを喉につまらせる。店主は構わず話をつづけた。

「けさ早く、トゥームズヴィルで図書館をやってるカーペンターが発見した。ノックス山のブナの林の中でな。スプリングフィールド瀑布からそう遠くないところだ。発見されたのは腕だけだったが、指に嵌まっていた指輪からその女子高生だとわかった。それでまた大騒ぎよ。トゥームズヴィルに奴が帰ってきたって……」

「奴って……？」

「ジェイスンさ」

今度はグリンが驚く番だった。だが、店主は彼の表情には気づかない。

「ジェイスン・バーリイコーンよ。奴の話はこのあたりじゃタブーになってるがな。……もう古い話になっちまったが、あれはもう二十年も前のこった。ちょうどいまごろの季節――ジョンソンやニクソンがヴェトナムにしこたま爆弾をプレゼントして、誰が世界一強いか教えていた頃のことだ。このあたりで、やっぱり四人ほど女がいなくなった」

「その話、俺も親父から聞いたよ」ガスがお気に入りのテレビ番組の話でもするように言う。「そん時も、ノックス山の茂み ん中で、女のバラバラ死体が出たんだろ、なあ」

ビルは重々しくうなずいた。

「ああ、あの時もひどかった。女たちの身体はチェーンソーかなんかで刻まれていた」

「犯人は、捕まったの？」チェシャが恐る恐る訊く。

「いや。だが目星はついた。いちばん最後の、ハロウィーンの日に起きた事件の直前に被害者のひとりと一緒にいた男が目撃されていた。そいつが――」

「ジェイスン・バーリイコーンというわけか」とグリン。

「そうだ。奴はこの向こうのスマイル霊園のスマイリー・バーリイコーンの息子でな。当時、従軍神父になってヴェトナムへ行っていたんだが、あっちで神経をおかしくしてな、自宅で療養中だったんだ」

ビルはグリンたちがバーリイコーンの身内だということを知らない様子だった。

「本当にジェイスンがやったのか？」

ビルは戸惑いの表情を見せながら答えた。

「いや、それは……奴に決まってるさ。目撃証言で大騒ぎになった直後、奴は逃げ出しやがった。大掛かりな捜索が行なわれ、山狩りもされたが、ジェイスンの行方は知れなかった。発見されたのは、一か月後さ」

「捕まったのか？」

「ああ。死体だったがな。ノックス山の洞《ほこら》の奥で腐乱死体で発見された。それでジ・エンド。事件は証拠なしのままウヤムヤさ。だが町の連中はジェイスンが犯人だと信じてる。そこへ、今度のことだろ。みんなは、奴が甦ってきやがったんじゃないかって言い出してね。ハロウィーンのジェイスンが甦って――」

チェシャがグリンの袖を引っぱって、小声で囁いた。

「ねえ、ジェイスンて、いつもモニカばあちゃんが言ってる、あのジェイスンのことじゃあ……」

それをビルが聞き逃さなかった。

「おい、おまえら、バーリイコーン家を知ってるのか？」

チェシャは状況を読むということを知らなかった。グリンが止める間もなく、彼女は得意げに言ってしまった。

「そうだよ。あんたらみたいな貧乏人と違ってね、ここにいるグリンさんは、大金持ちのバーリイコーン家のお坊っちゃまなんだからね」

これを聞いたビルはますます意地悪い表情を浮かべて言った。

「ほう、それはそれは。スマイリー・バーリイコーンにこんなヤクザな孫がいたとはな。――まあ驚かんがね。奴のところは死人で儲けるばかりじゃなくて、次々に死人をつくり出しているような家だからな。ジェイスンだけじゃなく……」

「どういうことだ？」とグリン。

「フランクを死に追いやった」

「フランク？」

「ああ、フランク・オブライエン。トゥームズヴィルで古くからやってる不動産屋だ。俺とは永年の友だち同士でな。ところが、きのうの晩、自動車事故で亡くなっちまった」

「それがバーリイコーン家のせいだっていうのか？」

「そうだ。車はスプリングフィールド瀑布近くの断崖から落ちて、一応は事故死ということになっているが、あれはジョン・バーリイコーンが殺したようなもんさ。フランクはスマイリーの代から霊園と契約して墓地用の土地を扱っていたんだが、息子のジョンが事業を引き継いでからは折り合いが悪くなってな。この間も、ジョンはフランクとの契約を更新せずに、胡散《うさん》臭い日本人の土地開発業者と契約しやがった。フランクはひどく気落ちしてたと思う。霊園との仕事は奴にとっていい実入りだったからな。車で断崖からダイビングしたくなったとしても不思議はない」

「あら、それは言いがかりじゃない」チェシャがグリンに代って反駁《はんばく》した。「そのフランクって人がもたもたしてたから契約を逃がしちゃったってことでしょ」

「いや、あのバーリイコーン家の連中は、昔から虫が好かん。スマイリーとジョンはよく似とる。死人をめぐる金儲けを冷酷に抜け目なくやるうえに、生きている女にもちょっかいを出すときてる。スマイリーの前妻のローラが旦那の女癖の悪さに傷ついて自殺したのは、おまえらも知ってるだろ？」

その話はジョンから聞いたことがあった。ジョンもジェイムズも、いまだにそのことが心の底の傷として残っているらしい。グリンはふと、自分の父親が家を出たのは母親の自殺があったからかもしれないと思い当った。――だが、もう過去のことなどどうでもいいという気もいっぽうでしていた。自分にはもう将来がないのだから、自分にはもう人生がないのだから、どのような過去であれ、いかなる影響も及ぼさないだろう。

ビルはそんなグリンの想いなど知る由《よし》もなく、厭味な言いがかりをつづけた。

「息子たちのほうだって似たようなもんさ。いちばん上のジョンも、現に身持ちの悪い女優くずれの女を霊園に引っぱり込んで悦に入ってる。ジェイムズは死化粧が唯一の生き甲斐という超変人だし、ウィリアムは三文芝居に入れあげる放蕩《ほうとう》息子だ。息子ばかりじゃないぞ。スマイリーの後妻のモニカにしたって、教会のためなら自分の命を質に入れるのも厭《いと》わないカトリックの狂信者ときてる。俺はな、いまにあの一家には遺産騒動でも起こって、スマイリーの奴が、誰かに一服盛られても不思議はないと――」

「いい加減にしなよ！」

グリンより先にチェシャの癇癪《かんしゃく》が爆発した。

「この店はさ、猫肉のまずいハンバーグのほかに、言いがかり舌《タン》を挟んだハンバーガーも売りつけるのかい？　それにね、あんたがいま言った、身持ちの悪い女優くずれの女ってのはね、あたしのママなんだよ！」

チェシャの剣幕にビルは気圧《けお》されて口をつぐんだが、ガスのほうは馴染みの店の主人に加勢しようと、立ち上がって睨《にら》みつけた。だが、一瞬にして、その威圧的な表情はコミック・ブックのオチの一齣《こま》におさめるにふさわしいものとなってしまう。チェシャがマスタードとケチャップがたっぷりついたチーズバーガーをガスの鼻面に押しつけて、恐ろしい力で突きとばしたのだ。ガスはよろよろと後退して壁ぎわのジュークボックスにしたたか頭をぶつけ、その場に尻餅をついた。

「出てってくれ」ビルが通告した。

ビルはガスが起き上がる前にいまいましいパンク・カップルに出ていってもらいたかった。そうでなければ必ずや不良同士のさらなる争いが始まり、店内が爆弾テロにあったような状態になりかねない。

パンク族のふたりは言われなくてもそうするつもりになっていたので、すみやかに出ていった。霊柩車に乗る直前、チェシャは紫色のトランザムのボディにコインで優美なラインの疵《きず》をつけることを忘れなかった。

いっぽう、店内では、カウンターの隅にいたスポーツ・ジャケットの男が密かに心の中で舌打ちをしていた。

——つまらんところへ来てしまったものだ。こんな片田舎のカフェで土地の不良とパンクスの喧嘩に遭遇するなんて、ついてないな。

男は自分の住んでいる町の裏通りでこの手の争い事を、毎日いやというほど目撃していた。

しかし、そのいっぽうで彼らのやりとりに全く興味を惹かれなかったというわけではなかった。というのは、男は、くだんのスマイル霊園で三日後に行なわれる葬儀に参列するために、はるばるやってきたのだから。

――葬式か。葬式というより茶番劇といったほうがふさわしいかもしれん。ともかく、自らが蒔《ま》いた種《たね》がとんだことになってしまった。俺も酔狂な男だ。……まあ、いいか。この顚末《てんまつ》はいずれどこかでコラムにでも書いて、あわよくば本にして出版するという手もあるかもしれない。そうなれば、俺がこんな片田舎まで出てきたことも無駄ではなくなる。店の親父の話にあったトラブルの多い霊園だって、話の舞台としちゃあ、案外読者の興味を惹くかもしれん……。

男は想いにふけってひとりほくそ笑んだ。憤慨して出ていったグリンたちが、もし、この時点でこの男と接触し、彼の素姓と目的を知り得ていたら、あるいは、バーリイコーン霊園をめぐる奇妙でこんがらがった事件は、もう少し早く解決していたかもしれない。しかし、グリンたちはそんなことを知る由もなかったし、男のほうも思いもかけない不運から、ついにスマイル霊園には足を踏み入れずに終わってしまうことになるのである。

男は潮時だと思って立ち上がった。金を払うついでにビルに訊いた。

「そのスマイル霊園とやらは、ここから近いのかい？」

ビルはまだ腹にすえかねるといった感じで目を剝いて言った。

「なんだ、あんたも霊園に行くのか。――あそこへは、ここからは二マイルぐらいだ」それから声を潜めて、「だがな、気をつけたほうがいいぞ。マーブルタウンの連中が噂してるんだ。失踪した女たちが見つからないのは、あの、ばちあたりのスマイル霊園から這い出てきた死人が、自分の墓へ引っぱり込んだからなんだってな……」

2

「愚か者の毒、じゃったよ」ハース博士は肩をすくめながら言った。

グリンは耳慣れぬ言葉に戸惑いながら訊き返した。

「愚か者の毒？」

外出から戻ったグリンは、ハース博士の姿を見つけ、彼からその後の話を聞くために葬儀堂の資料室まで同行していた。

「ああ、おぬしの吐瀉物から発見された。亜砒酸《あひさん》――つまり、砒素《ひそ》の化合物じゃ。以前は鼠捕りや農薬用に使われた。もっとずっと以前、中世ヨーロッパでは、もっぱら人間の毒殺用に重宝がられていたがな。十七世紀の頃になると、〝トッファナ水〟とかいうて化粧水として売られてもいた。女性が好んだ毒でな、有名なブランヴィリエ侯爵夫人やフローベルのボヴァリー夫人の話などは――」

グリンはあわてて遮った。

「その愚か者の毒が、俺の身体にあったわけですか？」――ここで毒殺史の講義を聞いている暇はない。

「ふむ。亜砒酸――愚か者の毒というのは、検出が容易で、発見されやすいから、そう呼ばれとるわけでな。髪の毛なんかにも残留してよく発見される。じゃから、最近はこれを用いる馬鹿な殺人者は滅多にいないはずなんじゃがな。おぬしが自分で嚥《の》んだのでなければ、誰かが一服盛ったことになるが……」

グリンは驚いた。自分で毒を嚥むわけがない。

――すると、俺は誰かに殺されたというのか？

「きのうは、朝食は食べなかった。話したとおりだ。部屋に帰ってチョコレートを二粒口にしただけだ」

「ああ。きのうおぬしがそう言ったから、残りのチョコレートも分析してみた。じゃが、なにも出てこなかったよ。チョコレートは全部で十二個入っていて、残りの十個を検査したが、どれからも亜砒酸は発見されなかった」

「だが、食べた二個には入っていたのかもしれないんだろう？」

そう言った時、グリンの頭に、さっきのカフェのビル親父の言葉が浮かんでいた。

――遺産騒動で一服盛られても不思議はない……。

「誰かが、その二個に毒を仕込んだんだろうか？」

ハース博士は身を乗り出した。

「チョコレートの入っとった缶のセロファンに異常はなかったか？」

「わからない。多分なにも細工はなかったように思うけど、そんなこと初めから疑ってかかる奴はいないだろ？」

「ふむ、もっともだ。あれは確かジョンが持ってきたものだったな」

「ああ、しきりにスマイリーに勧めてた……」そこで、思いきって言った。「俺はさっき、四つ辻の向こうのカフェで言われてきたんだが、まさかジョンが遺産を狙ってやったことじゃ――」

「さあ、どうかな……」ハース博士は思わぬ話の展開に眉をひそめた。「ジョンは金に困っとったようだが、まあ、こんなことを言うのは申し訳ないが、少し待っとれば遺産が入る身じゃ。分配にも不満がなかったようじゃしな」

「だが、遺言状が改訂されるかもしれないと弁護士が言ってたじゃないか」

「おお、そうじゃったな。それで焦ってか？　どうも考えられんな。奴も一応医師の資格は持っておる身じゃ。それが、すぐ足がつくような砒素なんぞを使うかな。それに、仮に二個のチョコレートに仕込んだとしても、その特定の二個を確実にスマイリーに食べさせるのは難しかろう。お茶会でそんなふうに仕向ける気配はなかったようじゃし、もっとも、なにか、凄いトリックを考えついていたなら話は別じゃがな」

「亜砒酸とはどんなものなんです？」

「無味無臭の白色粉末じゃ。冷水には溶けんが、温水にはよく溶ける」

グリンははっとした。

「白色粉末……それじゃ砂糖と見わけがつかないんだ」

「混ざってしまえばな」

「チョコレートには砂糖がまぶしてあった。――それから、紅茶にも砂糖を入れた。……そうだ、俺は紅茶も飲んでいた」

ハース博士は考え込んだ。

「紅茶か……その可能性もあるな。段階的に考えてみよう。まず、ポットの紅茶はみな同一のものから自分でめいめい注いでいた。その順番は……」

「よく思い出せないが、ばらばらだったと思う。少なくとも順番を采配した者はいなかった。カップ選びにしても、誰かがコントロールしたということはなかったと思う」

「そうじゃったな。それじゃあ、ミルクを入れたのは？」

「俺は入れなかった」

「じゃあ、除外しよう。残るは砂糖壺か」

「それは確か、手近にあったんで俺が最初に入れ、ジョンに渡した」

ハース博士は記憶力をふりしぼった。

「ジョンは確か砂糖を入れた。次のモニカもだ。それから――」

「チェシャもこれ見よがしに山盛りで入れた。ダイエットの話が出て、次のイザベラは入れず、その後、残りの連中がみないらないと言ったので、再び俺のそばに砂糖壺を置いた」

「確か、そうじゃった。わしは砂糖はいらんと言った。あとのジェイムズ、ノーマン、そしてスマイリーもそうじゃったと思う。おぬし、砂糖を誰かに入れてもらったわけじゃあるまいな？」

「それはない。自分で入れたんだ。ということは……」

「どうも解せんな。ジョンもモニカも、きのうの午後は、中毒で苦しんどるというようなことはなかった。モニカには昼食どきに会うてるし、執務室に戻ったジョンも午後早々に見かけとる。チェシャだって山盛りで砂糖を入れたのにぴんぴんしとる」

「中毒どころか、かえって食欲旺盛になってる」

「――となると、砂糖に砒素が混入したってことも考えにくいな。飲み物は確かに全員が飲んだはずじゃな」

「ああ。マーサが空《から》になっているカップを重ねているのを見た。みんな飲んだと思う」

「すると、やっぱり、おぬしだけが食べたチョコレートが怪しいってことになってしまう。じゃが、どうもわしには解せんぞ。なにに毒が仕込まれたにせよ、おぬしが明確に仕向けられて口にしたのでない以上、確実性のない犯罪ということになるな」

グリンは少し考えてから言った。

「しかし、それは、俺が最初から狙われていたとしての話だろ。ジョンは、最初、スマイリーにチョコレートを勧めていた。しかも、そのチョコレートはジョンの手許に一日おいてあったものだ」

「なるほど、そうすると、ジョン＝チョコレート＝スマイリー――という線が一応でてくるな。しかし……どうも腑に落ちんな。ともかく、ほかの可能性も含めてよく調べてみんことにはのう。ここは警察にでも頼んで――」

グリンはあわてて遮った。

「それは絶対に厭だ。俺が死んだことがバレてしまう。それだったら、自分で探るよ。自分のことだものな」

グリンは両親が死んでから自分のことは自分でやる精神だった。いま肉体は死んでいるが、どうやら精神のほうはまだ生きているようだから、その主義は変わらない。だがいっぽうで、グリンはもはや手遅れなのではとも思った。ほかの可能性といっても、お茶の会から一日経っている。調べるにしても、もう食器類は洗われてしまっているだろう。

しばらく方策を考えていたが、いい案が浮かばないので、ともかくもグリンは台所へマーサを訪ねることにした。

3

台所で沸騰している鍋を前に奮闘しているマーサのそばに立ったグリンは、さてなにを聞こうかと思案した。食器棚を見ると、案の定、きのうの茶器が洗い済みの状態で置かれている。グリンは思いきって核心に迫ることにした。

「きのうの朝、お茶の用意をしている時に、ジョンがここへ来なかったかい?」

マーサは振り向くと、グリンを睨みつけた。

「この忙しいのに、なに言ってんだか。ジョン・バーリイコーンも、バプテスマのジョン(ヨハネ)も、逆立ちしたジョン・F・ケネディも、だあれも入ってこなかったよ!」

グリンはマーサの剣幕にひるんだ。探偵仕事も楽じゃない。相手は取りつく島もないし、これ以上なにを訊いたらいいかもわからない。小説の中の名探偵たちはいったいどんなふうに仕事をするのだったっけ……。グリンはふと、マーサが毒殺者だったら、ということを想像してみた。マーサだって、スマイリーの前の遺言状の中で、納屋にある銀食器を貰えることになっていたじゃないか。だが、すぐにグリンはその考えを否定した。台所で頬を赤くしながら立ち働いているこの女は、口は悪いが根は善人で、とてもそんなことなどやりそうにない。

グリンは自分に名探偵の素質がないことを悟り、それ以上訊くのをあきらめて台所を出ようとした。その時、チェシャが現われた。彼女は台所に入るなり冷蔵庫を開けて、アイス・キャンディを取り出して舐め始めた。グリンは彼女にもきのうのことを確かめてみることにした。

「チェシャ、おまえ、きのうのお茶会で自分が特別注文したミルクをちゃんと飲んだのか？」

チェシャはキャンディを舐めるのをぴたりと止め、マーサと同じような目つきでグリンを睨《にら》んだ。

「うるさいね、あんたまで。ああ、飲んだよ、飲んだよ、飲んだよ！　なにを飲んだって、なにを食べたって、あたしは絶対に肥りませんからね！」

また怒鳴られてしまった。グリンは心の中で嘆いた。——こっちは殺されたっていうのに、なんて仕打ちなんだ。こんな情けない目にあうなんて、やっぱり俺は物語の主人公じゃあないのかもしれん……。

第11章　それぞれの秋、もの想う秋

……われわれはただ、あらゆる生命の目標は死であるとしかいえない。

――シグムンド・フロイト

『快感原則の彼岸』

1

……また殺したくなってきた。

彼は帰りの途々《みちみち》、そんなことばかりを考えていた。彼がそんな気分になっているのも、いま治療《セッション》を受けてきたばかりの精神分析医だか心理療法師《サイコセラピスト》だかが全くあてにならなかったからだ。

──あいつは下らん質問ばかりして、ちっとも、俺のことを理解してくれん。きのう見た夢の話をしたり、自分のいまの身体の具合を話したってなんになるんだ？

しかし……まあいいか。結局のところ、自分の悩みの原因──忌わしいあの出来事については誰にも喋りたくないんだから。たとえ喋っても、誰も理解してくれないだろうから。ましてや、あんな馬鹿な医者になんて話すもんか。あいつのところへ行くのは、どうしても気持ちを抑えられなくなった時だけ。その時、ほんの少しだけ上っ面《つら》を喋って……少しだけ楽になって、また、仕事をすればいい。

仕事？　彼は言葉の意味を考えてみた。──あれは仕事というより使命といったほうがいいだろう。いや復讐かな。それとも、スポーツ？　ともかくも、それを果たすことで、俺は重荷から解放されるのだ。

それにしても、ハロウィーンの晩は危なかった。まさかと思ったが、とんだ騒ぎに巻き込まれるところだった。これからは気をつけなくちゃ。マーブルタウンで使命を果たすことは当分やめにしよう。もっと近くでやればいいんだ。ちょうどおあつらえむきの標的もあるし。

また彼の中にあの衝動が昂まってきた。

……ああ、またやりたくなってきた。こんなに後を引くとは……ここ数か月の衝動のぶり返しは、さすがに、ちょっと尋常でないかも……。

彼は次の犠牲者のことを考え、ポケットの中の凶器をそっと握りしめた。

2

スマイリー・バーリイコーンは死にかけていた。しかし、そのことについての恐怖は、もはや感じていなかった。

スマイリーはベッドの上で身体をわずかに傾け、出窓のほうに顔を向けた。窓の向こうには、色づいたサトウカエデの繁る丘陵と、その斜面に静かに眠る墓石の数々が一望のもとに見渡せた。霊園がいちばん美しく平和に見える季節。

死ぬにはいい季節だな、とスマイリーは思った。もう少しするとニューイングランドにも雪の季節が訪れ、鼻を赤くした墓掘り人たちは凍りついた地面に呪いの言葉をあびせながらシャベルを突き刺さねばならなくなる。そんな時に死ぬ奴は最高に間の悪い奴だ。いまだったら、墓穴に降ろされた柩《ひつぎ》の上に紅葉がはらりと舞い落ち、無骨者の墓掘り人だって十四行詩《ソネット》のひとつも詠じたくなるような自然の演出もされようというのに。

自然の演出——そう、それがいちばんだとスマイリーは思った。葬儀屋として、いままでいろいろな死の演出をしてきた。だが、人間の浅薄な知恵や財貨によって、いかに盛大な儀式をつくりあげたところで、一葉の色づいた落葉を恵む自然の力には敵《かな》わないのだ。スマイリーは自分自身の死に臨んで、ようやくそのことを悟ったのだった。

スマイリーがこうした静かな心境に到ったのはごく最近のことだった。彼とて大方の臨死者と同じように死に対する反応の諸段階を経ていたのだ。

もう永くは生きられないと医師に宣言されて、最初にスマイリーの心をとらえたのは、死に対する拒絶――「そんなはずはない」という想いだった。この想いは次第に心の中で膨れあがり、「どうしてこのわたしが」という怒りや挫折感となってはじけ散った。スマイリーは動揺し、周囲の者にあたり散らしたりさえした。そうしていながら、いままで信仰していなかったはずの神や自分自身に誓約をたて、死と一種の取り引きをしようともした。だが、しばらくして、恐怖と消沈がすべてを呑み込み、スマイリーは自分の死を認めざるを得ない状況に追い込まれた。そして最後に――

受容の時がきた。スマイリーは突然、死を受け容れ、自己への信頼を回復したのだった。自己への信頼を回復してからのスマイリーにとって、関心事はひとつだけだった。それは、自分の意志によって、最高のタイミングを逃さず、人生の幕を引くということだった。彼は若い時からタイミングを摑むことにかけては絶対の自信を持ってきた。それが彼の生涯の成功の秘訣でもあったのだ。

死ぬにはいい時だな――と、スマイリーは再び思った。いろいろな意味でも、いまはいい時なのだ。それは神や自分の子孫たちとの約束を果たす時でもあった。そして彼は永劫《えいごう》の仲間入りをするのだ。スマイリーはストア派哲学への共鳴を言葉にしてそっと呟いた。

「賢者は生きられるだけ生きるのでなく、生きなければならないだけ生きるのだ……」

3

ジョン・バーリイコーンは、マーブルタウンのホテルの一室でもの想いにふけっていた。机の上にはハース博士の資料室から借りてきた古びた革表紙の本が開いてある。彼はさきほどからその本に載っている挿画を眺めていた。

それは、とても奇妙な絵だった。横長の画面は上下半分ずつに区切られた構図の断面図になっていて、上部には教会の礼拝堂が描かれ、床板一枚隔てた下部には地下の納骨堂が描かれていた。明るい礼拝堂では着飾った男女がひしめきあい、ダンスにうち興じている。ところが、薄暗く陰気な地下納骨堂では柩の中の骸骨が虚ろな目で階上の騒ぎを見つめている――という対比。なんとも皮肉めいた生者と死者の二重構造が、そこにはあった。挿

ジョージ・クルックシャンク「イーノン礼拝堂墓所またはダンスホール」

画の下のキャプションには――

「《イーノン礼拝堂墓所またはダンスホール》――一八八〇年代の文献より。ヴィクトリア朝期、財政難の教会は、しばしばダンス会場を提供したが、その地下には納骨堂がふんぷんたる異臭を放っていた」とある。

ジョンは挿画から顔を上げると、小さくうなずいた。

――そう、世の中とはこういうもの、人の生死とはこういうものだ。常に生者は死者に優先する。死者が自らの処遇について生者に異を唱えることはできない。死とはとどのつまり、〝わたし〟の人生が、そっくりそのまま他者の支配下におかれてしまうということなのだ。

だからこそ、葬儀屋という商売が成り立つんだ、とジョンは改めて思い知った。死者がなにも決められないなら、誰かがその待遇を決めてやる必要がある。その基準はしごく簡単だった。死者が生前どんなことを考えていたかなんてことは関係ない。どれだけの財産を残せたかこそが問題なのだ。ジョンは葬儀屋としてこの一年、そういう例をいやというほど見てきた。どんな高邁《こうまい》な思想が頭の中にあっても、死んでしまえば、他人はそんなことは知る由もない。そんな曖昧なものでは墓石は買えないし、墓が建たなければ、死者はただ忘れ去られるのみなのだ。

ふとジョンは、自分自身はどれだけの財産をイザベラに残せるのだろうかと考えた。

イザベラ——彼女のことを考えると拝金主義のジョンもいささかロマンティックな気分にならざるを得なかった。ウィリアムに彼女を紹介されてから、ジョンは人生観をいくぶん修正せざるを得なくなった。イザベラは彼が想い描く理想——完璧な容貌を持った相手だった。それまでは、女は金儲けのついでのほんのつまみ喰い、と思っていたが、彼女に会ってからは考えが変わった。そして、イザベラが妊娠してからは、さらに大幅に人生観を修正せざるを得なくなった。

自分の子供——そのことを思うと、ジョンはたまらなく切ない気持ちになった。それは、かつて経験したことのない不思議な気持ちだった。ジョンはイザベラよりもむしろ、この自分の初めての子供のほうを深く愛していたのかもしれない。子供が安楽に暮せるだけの金を摑まなけりゃいけない。それがいまや、父親になりつつあるジョンの人生最大の使命のように思えた。

そこまで考えたところで、今度は、自分の企みが、どうかうまくいきますようにと、ジョンは柄にもなく神に祈った。本来は無神論者だったはずだが、ここはどうしても祈らざるを得なかったのだ。

その時、テーブルの下のバスケットの中で猫のスウリールがにゃあと鳴いた。きのうから入れっぱなしで、だいぶ苛立《いらだ》っているのだ。

「おお、スウリールちゃん。すまないね。もうおまえよりも、イザベラのお腹の赤ちゃんのほうが大切なんだよ。だが、おまえも悪いようにはしないからな……」

そう言いながらジョンは、あることを思い出し、顔を曇らせた。胸のポケットから折りたたんだ三枚の紙を取り出して、溜め息をつく。それは、先日、葬儀堂のファイルから抜いてきた三通の火葬申込書だった。ジョンはその表面を指先で叩きながら、再びバスケットの中の猫に話しかけた。

「スウリールちゃん、スマイル霊園にはね、どうやらひどい殺戮者《さつりくしゃ》がいるみたいなんだよ。おまえも気をつけなきゃあね――わたしもいろいろ大変なんだが、これだけは、片をつけておくつもりだ……」

ジョンは電話の受話器を取り上げた。

4

イザベラ・シムカスはやっとのことで抱擁を解くと、何事もなかったかのように、冷静な態度で唇のルージュの乱れを直し始めた。それとは対照的に、ウィリアム・バーリイコーンは、あわてて彼女から離れると、押し殺した声で抗議した。

「おい、誰かに見られたらどうするんだ」

イザベラは眉をほんの少し上げ、からかうような口調で応じた。

「あら、いつも自分のほうから誘ってくるくせに。きょうは、喫煙を見つかった中学生みたいにあわてるのね」

「きみは、もうすぐジョンと結婚するんだろ。そうなれば、もういままでのようなわけにはいかなくなる。それに、きみのお腹にはジョンの子供もできているんじゃないか」

イザベラは唇の上にルージュと一緒に嘲《あざけ》り笑いも塗ったような表情になった。

「舞台演出家としては、陳腐な台詞《せりふ》ね。それは別れの言い訳? 赤ちゃんのことなんか持ち出して、葬儀屋なんか手伝ってると、すっかり野暮天になってしまうのね。昔のあなたは、そんなふうじゃなかったのに……」

そう言われて、ウィリアムはあることを思い出した。イザベラの言った「舞台演出家」というひと言が、彼がいま、なにをおいてもしなければならないことを思い出させたのだ。

その時、彼の想いに反応したかのように電話が鳴った。ウィリアムはイザベラには取り合わずに受話器に向かった。

「ああ、わたしだ。うん、例の交渉はうまくいっているか？　もう少しだから押してみろ。こちらのほうは大丈夫だ。葬儀のほうは手配したしな。うん。それじゃあ、頼んだぞ。また、電話をするから……」

ウィリアムは受話器をおいてから思わず苦笑した。

――とんだ演出家があったもんだ。こんな茶番劇を演出しなけりゃならんとはな……。

しかし、少ししてから彼は思い直した。どうせ、いまやっている仕事だって同じようなものだ。葬儀演出家《フューネラル・デイレクター》として毎日悲しみの茶番劇を演出しなければならんのだから……。

とにかく、やるだけのことはやって、遺産を貰ったら、この気の滅入《めい》るような仕事からさっさとおさらばしよう。

ウィリアムは再び笑みを浮かべたが、今度は皮肉なものではなく、なにかを決意した者の笑いだった。

無視された恰好になったイザベラは、怒るでもなくウィリアムの後ろ姿を見つめていた。ウィリアムがなにか企みごとを始めたらしい。そうしたウィリアムの姿を見るのがイザベラは好きだった。この人はなにかに熱中している時がいちばんいい。——それが舞台の演出であれ、悪い企みであれだ。

イザベラは自分の心が揺れていることに気がついて驚いた。イザベラは昔の恋人であるウィリアムに紹介されたジョンの財力と商才を見込んで結婚を決意した。だが、もし、スマイリーが亡くなって、ウィリアムもそこそこの遺産を受け継ぐのだとしたら、そして、彼がヘレンと別れるとしたら、話はちょっと違ってくる。イザベラは、自分のお腹をそっとおさえながら、いまさらながらに、心の中の天秤計《てんびんばか》りが揺れ動くのを感じていた。

——ひょっとしたら、まだ、間に合うかもしれない……。

「死」という言葉が彼女の頭に去来した。

5

ふたつの「死」の影が、ジェシカ・オブライエンの頭の中を彷徨《ほうこう》していた。

そのひとつは、生々しい肉体の死。——彼女の義父のフランク・オブライエンが、昨夜遅く、スプリングフィールド瀑布近くの断崖から自動車もろとも転落して、即死してしまったのだ。遺書もなにもなかったが、それは事故というより、むしろ自殺だったのではないか——というのが事情を知る者たちの見方だった。

昨夜、ジェシカたちが出席しなかったバーリイコーン家の晩餐会の席上で、ジョンが南賀とかいう厭味な日本人と組んで土地開発をやると宣言したと、ウィリアムが知らせてきた。電話を取った義父の顔が死人のように蒼ざめたことをジェシカはよく覚えている。ジョンに再契約の意思がないことは、すでにわかっていたが、それがいよいよ現実となったことが義父にショックを与えたようだった。それから彼は、お定まりのようにウィスキーをあおり、ほんのわずかしか残されていない「胆力」に火を点けたあと、「スマイリーにもう一度掛け合ってみる」と言って、家を出ていった。

本来なら、ジェシカが実家であるバーリイコーン家にフランクの復権を掛け合ってやるべきなのだろうが、彼女にそんなことをする気はさらさらなかった。スマイリーが首を縦に振ったとしても、ジョンが承知しなかったろうし、それ以前に、ジェシカ自身に義父を援護しようという気持ちがなかったのだ。ジェシカはオブライエン家を見限っていた。この家に未来はない、彼女の結婚にも未来はない——そう、思い込んでいた。

それが、ジェシカの頭の中を彷徨する、もうひとつの「死」の影だった。

「ねえ、きみ、……父さんの葬儀は……やっぱり、スマイル霊園でやることになるんだろうねえ……」

ジェシカは、呼びかけた相手を改めて見た。弱虫のいじめられっ子のフレディ。ジェシカは苛立って、ぴしゃりと言った。

「あら、あなた、ずいぶん寛大な心をお持ちなのね。自分の親を殺した相手に葬儀を頼むなんてね……」

フレディは顔を真っ赤にして、弱々しい顎をもごもごやった。

「でも……仕方ないじゃないか……スマイル霊園で葬儀をしなければ、世間がなんと言うかわからないし……それで、葬儀に呼ぶ人たちのことなんだけど——」

ジェシカは夫の話をうるさそうに遮った。

「ああ、好きにすればいいわ。あなたのほうで、陽気なアイルランドの酒飲みの親戚でもなんでも呼んだらいいじゃない」

「そ、そんな言い方しなくても……」

ジェシカは夫から顔をそむけた。

こうしたやりとりこそが、ジェシカの頭の中を彷徨する、もうひとつの死の影だった。

――「間違った結婚」という死。

ニック・テイラーとの恋愛につまずいたことが、失敗の始まりだった。貧しかったが優秀だったニックとの付き合いがつづいていれば、いまごろ、ジェシカも平穏で満ち足りた生活を楽しんでいたことだろう。だが、彼女の独善的な性格を嫌ったニックは、彼女のもとを去り、ボストンの大学に入学してしまった。そして、従順だが凡庸極まりないクラスメイトのある娘と結婚して、いまではボストンで弁護士をしながら仲睦まじく暮らしているという。そのことを思うと、ジェシカは悔しさで、いつも歯がみするのだった。ニックに去られた彼女は、元のボーイフレンドへの当てつけに、金があるだけの不動産業者の息子フレディと付き合い、なんとなく成り行きで結婚してしまった。この感情に駆られた行動は、ジェシカ生涯の誤算だった。弱虫フレディは、もとより夫としての魅力に乏しい男だったし、オブライエン家の財産も中に入ってみるとさほどでもなかったのだ。――そして、今回の、スマイル霊園からの絶縁とフランクの死。残されたフレディは父親がいなければ鉛筆を削ることもできない男だから、これから先、オブライエン家が坂道を転がり落ちるように零落していくことは、明らかだろう。

ジェシカは、いまや、沈没しかけた船からいち早く逃げ出そうとする鼠のような心境で、あれこれと考えをめぐらせていた。

——わたしは、「間違った結婚」という死の影から、なんとか逃れなきゃあならないんだわ。そう、フレディと離婚するのよ。なにか理由を探して、きっかけをつくって、この男から逃れなきゃあ。資産があるうちに慰謝料をたんと巻きあげて、こんな田舎にはさよならして、ニューヨークやボストンのような大都会で暮らすんだわ。死から甦ったように、そこで新しい生活を始めるんだわ、自分にふさわしい相手も見つけて……。

——でも、それには、お金がいる。慰謝料だけで足りるかしら。……いや、ちょっと待って、わたしには、ほかにもお金が入る予定があった。慰謝料なんかアテにしなくても、いいかもしれないんだわ……死にかかっているバーリイコーン家の当主——父さんのほうは、いったいわたしにいくら残してくれるつもりなのかしら？

「ねえ、きみ、聞いているのかい」

ジェシカは夫の声に夢想を破られて、再びうんざりする相手に向き合った。

——わたしが出ていくと、この男は困るでしょうね。父親がいないとなにもできない人だから。その時になったら、きっと必死で引きとめようとするに違いないんだわ。でも、一度決めたら、わたしの気持ちは揺るがない。わたしは、断固としてこの家を出て行ってやるんだ。

——たとえ、息子の窮状を見かねた父親が死から甦って、親子ふたりでわたしを押さえつけたとしても……。

6

ジェイムズ・バーリイコーンは作業台の上に置かれたゴムびきの袋のファスナーを開け、中から死体を取り出す仕事に専念していた。

数分間の苦闘の末、ようやく出てきた死体を見て、ジェイムズは、ほうというふうに唇をすぼめ、縁なし眼鏡をおさえた。いっぽう、隣りで作業を手伝っていたウォーターズは、その様子を見て、奇異の念を抱いた。

——死者に対して常に冷静に振る舞うジェイムズがいつもと違う反応をするのは、死体の状態がいかにも無惨なものだからだろうか……？

ウォーターズがそう思うのも無理はなかった。確かに、その死体の状態は、まれにみるひどさだったのだ。身体の数か所には打撲の跡があり、右上腕と左大腿骨は骨折して、それぞれあらぬ方向を向いていた。頭部は比較的きれいだったが、首は皮一枚残してようやく胴と繋がっているという始末。スマイル霊園には時々こうした無残な事故死者が運ばれてくるが、この死体はアカデミー特殊メイク賞ものの一体だった。

だが、ウォーターズの臆測はまったくの的はずれだったと言わねばならない。ジェイムズは、死体を扱うことにかけてはベテランだったのだ。外科医が手術室でいちいち吐き気を催していたら仕事にならないのと同じように、エンバーマーも死体に対して無感動でなければ務まらない。それに、彼がかつてヴェトナムに遺体処理のために赴任した時は、さらに悲惨な死体さえ日常的に目にしていたのだ。

ジェイムズがいつもと違った反応をした理由《わけ》は、その死体がよく知った男のものだからだった。死者は、生前スマイル霊園とビジネス上の付き合いがあり、彼の腹違いの姉ジェシカの義父でもある、不動産屋のフランク・オブライエンその人だった。オブライエンは、きのうの夜遅く、霊園からそれほど遠くないスプリングフィールドの滝へ向かう途中の断崖から車ごと転落し、事故死していたのだ。

オブライエンの死が実は事故ではなく、自殺によるものではないかという噂は、ジェイムズも耳にしていた。父スマイリーに代わって霊園の実権を握ったジョンに再契約を拒否されたのを悲観したオブライエンが、自ら転落したというのである。

しかし、オブライエンの死がもし自殺だったとしても、ジェイムズは特に心を動かされることはなかった。彼自身の死生観からすれば、人が自ら命を絶つということは、ごく自然なことだったのだ。

ジェイムズは死体を見ながら思った。

――この宇宙にあって、生命を持つということのほうが、むしろ平衡状態に反する不自然なことなのだ。そう、人はみなそれを知っている。そして、その平衡状態を目指す〝死の本能〟のようなものを、誰もが持っているのだ。あとはただ、きっかけさえあれば……。

ジェイムズはそこまで考えてきて、ふと、オブライエンの死のきっかけについて想いをめぐらした。

――霊園の実権を握ったジョン。

これにはジェイムズもいささか閉口していた。事業に意欲を失って霊園内の仕事を各部署の責任者にまかせきりにしていたスマイリーと違って、ジョンはいろいろ嗅ぎまわって、ちとうるさすぎるきらいがある。それほど権勢欲のないジェイムズは、ジョンが霊園の支配者になっても仕方ないと思い始めてはいたが、自分の領域に鼻を突っ込まれるのは愉快でなかった。

「どうします、主任《チーフ》、縫合にしますか、それとも先に洗浄を済ませますか？」

ウォーターズに呼びかけられて、ジェイムズははっと我に返った。そうだ、ぼんやりなんかしていられない。ここ二、三日はやらなければならないことが沢山あるのだ。早いところこの仕事を片づけてしまおう。

「そうだな、この状態じゃあ、縫合を先にしといたほうがいいかも――」

そう言いかけたジェイムズは、ウォーターズが自分の言葉に耳を傾けていないのに気づいた。助手の視線は、さっきから死体のほうに釘づけになっていたのだ。

ウォーターズは死体の顔を覗き込んだまま、押し殺した声で言った。

「主任《チーフ》、い、いま、死体が目を開けたみたいなんですが……」

7

モニカ・バーリイコーンを乗せた車椅子は屋敷を出ると、庭園墓地を縦断して教会へ至る小路へと入っていった。

車椅子の老婆は、耳元にかかったひと房の白髪をかき上げながら、後方を振り返った。ここからだと、彼女がいま後にしてきたばかりのバーリイコーン邸がよく見える。モニカは、その古屋敷の第二帝政式特有のマンサード屋根が、高く澄んだ秋空にくっきりと浮かびあがる姿を見るのが好きだった。日中には、屋根の頂をぐるりと取り囲む鋳鉄製棟飾りが、陽光を受けて王侯の冠のように誇らしげに光り輝くし、日が傾けば傾いたで、多彩色模様のスレート瓦が、まるで古池の巨大魚の鱗《うろこ》のような妖しい陰影を見せてくれる。

それから、屋根の下に突き出た独特の未亡人露台《ウイドウズ・ウオーク》。これも彼女のお気に入りだった。子供部屋として使っていた屋根裏部屋から、よくその露台に出て、子供たち――とりわけジェイスンと、美しい庭園墓地を眺めたり、他愛ない話に興じたりしたものだった。

――ジェイスン……。その名前が脳裏に浮かぶたびにモニカは胸が痛んだ。……とってもいい子だったのに……いまは、わたしの前に姿を見せてくれない……。

その時、モニカの脳裏には、もうひとつの名前が浮かんでいた。ジェイスンの名前を思い出すたびに、まるで影のように寄り添って現われるもうひとつの名前――ジェイムズ。外見は同じでありながら、中身はまったく異なる双生児の光と影。モニカは母親でありながら、ジェイムズのことがわからなかった。素直で優しかったジェイスンに対して、子供のころから、かたくなに心を閉ざしつづけるジェイムズ……。もし、この老いて頭の鈍った母親が、自分の心の奥にわだかまる漠然とした不安を言葉に換えることができたなら、こんなふうに呟《つぶや》いていたかもしれない。

――わたしは、すでに子供をふたりとも失ってしまっているのだろうか……。

モニカは、そこで憂鬱な想いを断ち切り、もう一度顔を上げて、平和のうちに百年ものあいだ微睡《まどろ》みつづけた屋敷に向かって微笑《ほほえ》みかけようとした。だが、その微笑は結局、形をなす前に消えてしまう。

彼女はその穏やかそうに見える屋敷の中に暗い翳りが巣くっていることを思い出したのだ。その暗い翳りの正体は〝死〟だった。屋敷の正面二階の弓形張り出し出窓《ベイ・ウィンドウ》の奥で、いま彼女の夫が瀕死の床についているのだ。

病《やまい》――それは罪ゆえのことなのだろうか、とモニカは思った。聖書のなかには、カペナウムへ帰ったイエスが、中風の者に向かって、「子《こ》よ、あなたの罪は赦《ゆる》された」とお告げになると、その者は起き上がり、床をあげて出ていったとある。人間の病苦や不幸は、やはり罪によるものなのだろうか。そう考えるたびにモニカは背筋が寒くなるような気がした。彼女は永年の痛風のために脚が萎え、こうしてノーマンの押してくれる車椅子での移動を余儀なくされてきた。――これは罪ゆえのことなのだろうか？

いま献身的に車椅子を押してくれているノーマンは、あの忌わしいヴェトナム戦争で銃弾を頭に受け、自分が誰だったかさえわからない身となっている。――これも罪ゆえのことなのだろうか？

そして、あの屋敷の張り出し出窓の奥でこの霊園を見下ろしているであろう夫も、死に至る病――つまり、赦されぬ大罪の重荷を背負っているのだろうか？

人間とは罪深いものなのだ、とモニカは改めて思った。ノーマンのことはわからなかったが、自分と夫スマイリーに関しては思い当たることがあった。

ローラの死。――この一件については、明らかに自分たちに責任があった。スマイリーが自分に強引な求愛をしなければ、そして自分が心ならずもそれに応えなければ、ローラも死ぬことはなかったのだ……。

モニカは思わず身震いして、膝の上の聖書を握りしめた。だが、車椅子が庭園を抜け、教会の尖塔《せんとう》が見え始める頃になって、ようやく彼女にも落ち着きが戻ってきた。モニカはその時、いまアメリカ中を震撼《しんかん》させている事件のことを思い出したのだ。

――そう、人間はもう自らの罪の影に怯えなくともよいのかもしれない。いずれにせよ、いまや神の審判は下されつつあるのだから。そして――

モニカの顔に思わず笑みがこぼれた。――そして、息子のジェイスンも、必ずわたしの胸へ戻ってきてくれるに違いないのだ……。

モニカの心は次第に浮きたってきた。

――そうだ、心配することはない。自分に罪はないのだ。きょうは不思議に頭が冴えざえして、いろんなことを考えることができる。それに、身体の調子もかつてないほどいいし、ジョンとも仲直りできたし、いいことずくめではないか。やっぱり、神様はいらっしゃるのだ……。

8

ジョン・バーリイコーンがホテルの一室で古い革表紙の本を開いて、あれこれ考えている頃、ヴィンセント・ハース博士もまた葬儀堂の資料室の中で古びた本を開き、〝死〟について想いをめぐらせていた。

永年、人間の死について研究を重ねてきたハース博士だが、ここのところ〝死〟について考えると妙に心が騒ぎ、思考が混乱するようになっていた。だが、その理由はわかっていた。いままでの学問上の死とは別の、しごく現実的な死が彼の身近に存在しているから、こんなにも落ち着かないのだ。

死んだグリンと死につつあるスマイリー。それら親しい者たちの死は、ハースにとってまた格別の〝死〟を意味した。

自分の死――この死は考えるのにいちばん手こずる。人間は生きている限り自分の死をリアルなものとして考えることはできないだろう。次に、自分と関係ない第三者の死――これは学問的な対象として冷静に考えることはできるが、どうも、深く心からかかわっていくことはできない。そして、「わたし」でも「彼」でもない、「あなた」と呼べるほど親しい者の死——つまり、今度の場合のような二人称の死は、とてもリアルに感じられ、深く考えさせはするが、いっぽう、その者への感情が思考を乱してしまう……。

ハース博士は昂《たかぶ》る感情を鎮めるために音楽を聞くことにした。彼は席を立つと書架に隣接するレコード棚に歩み寄り一枚のLPを選んだ。そのレコードをターンテーブルにのせ、席に戻る頃には、スピーカーから奇妙な浮遊感をともなう音楽が流れ始めていた。それはヴァイオリン、クラリネット、チェロ、ピアノからなる四重奏だったが、それらの楽器が奏でるフレーズは、楽園でさえずる小鳥のように奔放不羈《ほんぽうふき》であるかと思えば、無限に地の果てに降りてゆく螺旋階段のような下降線を描いたりもした。そこでは通常の音楽的時間進行は消失し、静止した時間の代わりに不思議な音の空間ができあがっていたのである。

《世の終わりのための四重奏曲》——それが曲の題名だった。ハース博士はこの曲の初演を聞いた時のことを思い出した。

一九四〇年の冬、当時イギリス空軍に属していたスマイリーとハースの乗った輸送機がポーランド国境近くでドイツ軍に撃墜された。墜落する機からなんとか脱出したふたりだったが、地上でドイツ兵に捕まり、シレジア地方のゲルリッツにある捕虜収容所に連行されることになった。その収容所には、彼らが収容される半年ほど前に、やはり捕虜となり、連れてこられた若いフランス兵がいた。彼はトリニテ教会のオルガニスト兼新進作曲家ということだった。この男の検閲にあたったドイツ将校がたまたま無類の音楽好きで、彼は作曲をつづけることと捕虜の中にいた他の音楽家たちとともに洗面所で演奏の練習をすることを許されていた。

そして、一九四一年の年明け早々、その若き俘囚《ふしゅう》が書きあげた曲が、極寒の収容所のバラックのホールで披露されることになった。ハースは、いまでも、古びて鍵盤がずり落ちそうになったアップライト・ピアノの前に立った四人の音楽家の見すぼらしい姿を鮮明に思い出すことができた。彼らは破れたぼろの兵隊服に身を包み、雪中作業のための大きな木靴をはいていた。しかし、作曲者は恥じ入る様子もなく、演奏の前に毅然とした態度で《ヨハネ黙示録》に関する講演を行ない、いまから演奏する曲が時の終わりのために書かれた作品であるということを語った。その作曲家が若き日のオリヴィエ・メシアンであったことを、ハースはずっとあとになってから知ったのだった。

こうして、数百人余りの囚われ人とともに、ハースはメシアン作《世の終わりのための四重奏曲》の初演に耳を傾けることになった。あの時も、スマイリーとハースは身近に迫った〝死〟に感情を昂らせていた。そして、その追い詰められた感情を鎮めるためには、甘い未来の夢や過去への未練などでなく、「時」の廃止こそが必要だったのである。

メシアンは自作曲について、確かこう言っていた。

「……囚われの身の時の終わりではなく、過去と未来の観念の終わり、すなわち永遠の開始のための作品だ」と。

そこまで想いをめぐらせたところで、ハース博士は我に返った。レコードの奏でる音楽はすでに止み、資料室の中はそれこそ時が止まったような静寂に包まれている。

ハース博士は目の前に開かれた本の写真に目を落とした。そこには世にもおぞましいトランジの彫像が写っていた。ヒキガエルやミミズに肉体を蝕《むしば》まれて朽ちゆく死骸の彫像。これもまた、《世の終わりのための四重奏曲》とともに、ハース博士が「死」を思索する際の重要な教材のひとつだった。

老いた死学者《タナトロジスト》は不気味な彫像写真を飽かずに眺めながら、再び思考力を取り戻し始めていた。

――観念は時の廃止と永劫の開始を求める。しかし、刻々と朽ちゆく肉体はそれを嘲笑《あざわら》い、時が決して廃止されないことを物語っている。……この矛盾をいったいどうするか……。

ハース博士はふと、死につつあるスマイリーのことよりも、すでに死んでしまったグリンのことを、まず優先して考えてやるべきだと思った。あの子がトランジ像のようなおぞましい姿になってしまうのは堪えられない。

ハース博士はそこで、ひとつの決意をした。

その時、ノックの音がし、扉の向こうからマーサの声が響いた。

「博士、大旦那様が、臨終宣言をなさるそうです」

第12章　飼いならされた死

まず、飼いならされた死から始めます。中世の武勲詩や最も古い物語の騎士たちが、どんなふうに死んでいったかを始めに考えてみましょう。

――フィリップ・アリエス
『死と歴史』

1

「わしはこれから、自分の死の司宰者として、ここに臨終の儀式をとり行なおうと思うのだが――」

グリンとチェシャが部屋に入ってすぐに、スマイリーの臨終宣言が始まった。ふたりにこのことを伝えたマーサは、「宣言」という言葉にちょっとしたニュアンスをこめて言った。というのも、スマイリーの臨終「宣言」はこれまでに二度されていたのだが、そのつど彼は命を永らえ、今度のもので宣言騒ぎは三度目になるからだった。きのうのお茶会といい、その前の遺言改訂発表といい、スマイリーは明らかに自分の死と戯れていた。彼の言っていた死を支配するということは、自分の掌中で死を弄《もてあそ》ぶことであり、それはとりも直さず周囲の者を弄ぶということに繋がっているようだった。

そんなわけで、その時、部屋に集まった面々のうちの数人は、臨終の場にふさわしくないうんざりした表情を隠しきれずにいた。まず、ホテルから急遽呼び戻されたジョン。彼はひとり離れて窓際に立っている。グリンはジョンをそれとなく監視しながら、彼がそんなところにいるのは、スマイリーに表情を読まれたくないからなのじゃないだろうかと疑った。

そのジョンではなくウィリアムのほうに寄り添うように立つイザベラ、彼女とウィリアムを挟んで反対側に立つ恰好のヘレン、その隣りで欠伸《あくび》を嚙みころしているジェイムズ。遅れて来た言いわけばかりに忙しいジェシカとフレディの夫婦。――一族ひとりひとりの表情は、まるで退屈なホーム・ムーヴィの試写会に招かれた客といった感じで、肉親の臨終に立ち合う者たちの緊張感など微塵《みじん》もないように見えた。

そんな中で、モニカだけは夫の枕元まで車椅子を引き寄せ、神妙な顔つきで目を閉じていた。膝の上には聖書が置かれている。もちろん彼女の従者ノーマンも、車椅子の後ろに壁のように控えていた。

例外はもうひとりいた。マリアーノ神父だった。彼は短白衣《サープリス》の上に肩衣《ティペット》を掛けた厳粛ないでたちで、自分の職務を遂行すべく静かに待機していた。傍らには、十字架、蠟燭、聖油などが載った小卓がある。

スマイリーは、そうした周囲の者たちの様子など眼中にないかのように、淡々と演説をつづけた。

「……わしがそうする理由は、中世の武勲詩や騎士物語の主人公のように、自分の死を飼いならしたかったからなんだ。癌の宣告を受けた時、みなも知っているように、わしは取り乱し、恐怖にさいなまれた。なんでも自分の意思を通し、道を切り拓《ひら》いてきたこのわしが、唯一、自分の意思ではどうにもならん死というものに直面して、恐れおののいたというわけだよ。だがな、ここへ来て、ようやくわしも腹をくくることができた。どうせ死ぬなら、意思の人――中世の詩人騎士のように堂々と死にたいとな……」

ここでスマイリーは少し咳き込んだ。モニカが気遣わしげに彼の額に手をやる。スマイリーは弱々しくほほ笑んで、それに応えた。

「ふうむ、だいぶ熱があるようだな。おまえの手が気持ちいいよ。だが、わしは自分の具合よりも、おまえの身体のほうが心配なんだよ。この家の者はみな忙しいらしくてなかなかおまえにまで気がまわらんらしいからな」スマイリーはあてつけがましく言ってから、再び話をつづけた。

「――ところで、自分の死を飼いならし、司宰者となるためには、まず、自宅の、いちばん気に入りの部屋で死なねばならん。病院はいかん。あそこでは、自分の死を他人が司ることになる。医師や看護婦たちは、人間的な死の儀式よりも科学による生の存続を願うものだからな。酸素テントの中に押し込められ、自分がどの時点で死を迎えるのかさっぱりわからん状態で、美しき辞世の言葉もないもんだろう」

グリンはスマイリーの言葉に思わずうなずいた。自分の日本の祖母が死んだ時も、人工呼吸器《バード》に遮られた彼女の最期の言葉がどういうものだったか、聞きとどけることはできなかったのである。

「病院の中では、素晴らしき科学の力が死の瞬間をだらだらと引き延ばし細分化してしまう。その小きざみな死の段階の中で、いったい、どれが真の死なのか、誰にわかるというのだ。それとも自分自身のたった一度の大切な死は、単なる〝看護の停止〟に過ぎんというのかね」

ここでスマイリーは一同を見渡すと、神妙な顔をしているグリンの姿を見つけた。

「おお、フランシス、おまえも来てくれたのか。よかった。おまえのような若い者にこそ、人がどのように死んでいくのか、見とどけておいてもらいたいんだよ。家の中で死ぬのでなければ、なかなか子供に死にゆく姿は見せられんでな」ここでスマイリーは弱々しくウインクをした。「いまの子供たちは死というものを知らなさ過ぎる。人がキャベツの中から生まれるのでないことはよく知っとるくせに、人の死がどういうものかはわかっとらん。ヴィンセントの言ったように、祖父の恐ろしい死に立ち合う代わりに、毎日、テレビというパンドラの匣《はこ》の中の安全無害な死のたれ流しを飲まされながら、わけ知り顔になってお る。これじゃあ、いかん。本当の生《せい》を生きるには、本当の死を見つめておかねばな」

でも――とグリンは心の中で叫んだ。もう遅いんだ。俺は死んじまったんだから。俺は人がキャベツから生まれるものでないことも知ってるし、死が、三十分後にほかの番組で甦る俳優の演技でないことも、いまや、よく知っている……。

だが、スマイリーは、グリンの心の裡《うち》など知る様子もなく話をつづける。

「キャベツで思い出したがな、人間は誕生――人生の入口は選べんものだ。わしが葬儀屋のせがれとして生まれたことは、わしの選択とは違う。人はみな、そうした自分の意思に関係ない入口を背負って生きておる。だが、わしは強い意思をもって自らの人生を生き抜いた証しとして、せめて出口ぐらいは自分で選ぶつもりなんだ。——そんなわけでな、わしは、昔の騎士のように、無粋な科学なんぞに邪魔されることなく、家族たちに囲まれながら、心ゆくまで別れを惜しむことにした……」

今回は、いままでのものにも増して真摯な宣言のようだった。別れを惜しんでいるふうでもない家族たちの中にも、ひとり、ふたり、心動かされている者が出始めているのではないか——とグリンは思った。

スマイリーは、そこで突然、話の方向をロマン主義から現実主義へと移行させた。

「ところで、わしの財産分与のことだが——」

これには、一同の緊張の針が足並みを揃えて、いっきに振れる。

「——やはりな、そういうことは、わしが亡くなったあとにでも、ハーディング弁護士に説明してもらってくれ。遺言は彼に託してある。まあ、悪いようにはしておらんから、みな楽しみにしているようにな」

一同のいったん振れた緊張の針は、また大きく揺れ戻った。スマイリーは明らかに死と戯れ、とりまく者たちを翻弄していた。グリンの胸に《カフェ・クロスローズ》の親父の言葉がまた甦ってきた。

——「遺産騒動でも起こって、スマイリーが一服盛られれば……」

――この中のひとりが、そんなことを考えているのだとすれば……。

スマイリーは、グリンの疑念を見すかしたかのように、一同を見渡して言った。

「わしは一族の争いが心配でならん。自らが死にゆく身となってからは、自らの分身である一族の行く末だけが気にかかるのだ。もしも家族に愚かな争いごとがあるのなら、死んでも死にきれんからな」

スマイリーは一同の表情を確かめたところで、儀式の次の段階に入っていった。遺産の話の後だけに、ともかくも表面上はスマイリーの話に耳を傾ける者の数が増えたようにグリンは思った。スマイリーは少し咳き込んでから再び口を開いた。

「わしはここで、残る者たちの加護を神に願います。……バーリイコーン一族とスマイル霊園と、そしてわしを迎えてくれた美《うま》し国アメリカに神の恵みのあらんことを……」

この病人にこんな力があったかと思うほど、スマイリーの声は朗々と響いた。今度のスマイリーは熱演だった。一同はいまや病床に死にゆく偉大な霊園領主に惹きつけられていた。

――だが、そのあとに、スマイリーは大きな爆弾を用意していた。

「さあ、みなのもの、三度目の臨終宣言で退屈しているのはようわかっとる。だが、もう少し我慢してくれんか。今度ばかりはいよいよ本番、わしもお終いなのでな……」

そこでスマイリーはマリアーノ神父のほうを見た。

「さあ、神父のお手を借りる時がきました。わが告解をお聞きとどけくだされ」

以前の臨終場面にはなかった突然のスマイリーの言葉に、息を呑む者、小さく呻《うめ》く者など、にわかに一同はざわめき始めた。だが、スマイリーはもう周囲の連中など目に入らぬ様子で、ひたすら自らの死の儀式に専念している。

「……神よ、わが罪障のために、御身《おんみ》の御恵みにより、われは懺悔《ざんげ》し奉る……」

部屋の中は静まりかえり、爆弾が投げられた。

「……ローラが自ら命を絶ちしことは、わが罪障なり。妻がありながら、わしはモニカをわがものとした。……それを苦にローラは……おお、わが罪を赦したまえ」

モニカがスマイリーの枕元で恐ろしい喘《あえ》ぎ声をあげた。ほかの者たちは、顔を見合わせ互いに小声で囁き合う。いずれもバツが悪い様子で、途方に暮れている。生者たちは完全に死にゆく者の意思に支配されていた。だが、そんな中でも、ひとり冷静さを保っていたジョンが、モニカのもとへ歩み寄り、取り乱した老女を部屋の外につれ出すようノーマンに指示を与えた。

「わたしに罪はない、現にこうして……」

モニカはノーマンが押す車椅子の上であらぬことを喋りながら部屋を出ていった。三人のローラの子供たちは、そんな義母の後ろ姿を冷ややかな目で見送る。グリンは、この時、自分の父親以外のバーリイコーン家の子供たちは、結局、この義母に対するわだかまりをスマイリーの威圧によって抑えつづけていたに過ぎないのだ、ということを知った。

一瞬にして巻き起こった部屋の中の感情的混乱に秩序を与えるには、やはり儀式を遂行するということしかなかった。マリアーノ神父は急いで小卓からパン切れを取ると、スマイリーの口に差し入れて聖体拝受を行なった。気のせいか、グリンには、それが、もうこれ以上喋らせないための行為であるかのように映った。次に神父は聖油を取り、スマイリーの額に塗って、終油の秘蹟をとり行なった。そして、祈りが始まった。

「願わくは主よ、この聖き塗油によりて、汝の犯せし罪をことごとく赦し給わんことを……」

いっぽう、スマイリーのほうは完全に没我の恍惚状態に陥り、朦朧《もうろう》とした目つきで天を仰ぎ見ながら呟きつづけている。

「……かつて言葉を違《たが》えられたことのない真の父よ、死者たちのうちよりラザロを呼びもどされたあなた、獅子どもからダニエルを救われたあなた、あらゆる業苦からわが魂を救いたまえ……」

そこまで呟いて、スマイリーは呻き、目をつぶった。臨死者と神父の凜《りん》とした祈りの声に一同の感情は鎮められ、再び部屋の中に秩序が戻ってきた。いや、それ以上だったかもしれない。臨死者の恍惚は周囲にも波及し、一同は魅入られたようにスマイリーを見つめていた。すかさず、神父の教《きよう》父《ふ》掩祝《えんしゆく》が唱えられる。

「われ、聖座より与えられし権能によりて、すべての罪の赦罪《ゆるし》と全贖宥《ぜんしよくゆう》とを汝に与え、汝を祝す。聖父《ちち》と聖子《こ》と聖霊の御名《みな》によりて。アーメン」

――罪はすべて赦された。

スマイリーは、長い長い息をついた。神がかつて土くれに吹き込んだ息――魂が、いま老人の肉体から出ていったのだ。部屋の中の者たちは、まるで申し合わせたように「おおっ」と感嘆の声をあげ、ベッドを取り囲んだ。

こうして部屋の中の厳粛な空気が最高潮に達した時、誰も予想だにしなかったもうひとつの爆弾が破裂した。――それも、最悪のやつが。

部屋を静寂が支配し、次の瞬間には一同の嗚咽《おえつ》や別れの言葉も漏れ聞こえようという直前に、壊れたラッパのような不快きわまりない音が響いた。

一瞬なんの音かわからずに戸惑い顔を見合わせる一同。しかし、すぐにそれが、まぎれもないおならの音であることに気づき、パニックに陥った。自分ではないと、あわてて頭《かぶり》を振る者、疑わしい目つきで隣りの者を睨みつける者……。しかし、一同の中に犠牲の羊《スケープゴート》を見出せないことがわかったところで、みなの目はベッドの上に戻り始めた。

それまで蒼ざめていたスマイリーの顔が、驚いたことにわずかに紅潮している。

……そして、ついに死んだはずの男は目を開いた。

スマイリーの魂は、死を飼いならし、ついに死との折り合いをつけたかのようだったが、皮肉にも肉体のほうは、彼の意思とは裏腹に死を拒絶したようだった。皮肉なすれ違いは、厳粛な雰囲気の中にあっても、否応なしの笑いを生む。グリンの隣りでいち早く事態を把握したチェシャは、口をおさえて肩を震わせた。もちろん、目に涙はなかった。

「ふん、済まんな、わしは意思だけでなく肉体も強靭《きょうじん》なんでな」

スマイリーが天井を仰いだまま言った。その口ぶりは、八十ヤード独走のすえタッチダウン直前で転倒してしまった間抜けなラガーマンの負けおしみのように聞こえた。

2

「グリン、おぬしが臨床上の死を宣告されておるということは、きのうも言ったな」

ハース博士は、きみは扁桃腺炎を患《わずら》っているとでも言うような調子で話を始めた。スマイリーの臨終宣言に不様な幕が降ろされたあと、グリンはバーリイコーン邸のハース博士の部屋で、きのう予告された彼の仮説を聞くことにした。老博士はもったいをつける様子もなく淡々と話をつづける。

「おぬしの身体における重要な生命現象がなくなっておるんじゃ。中枢神経の機能は停止し、心臓も止まっている。当然、血液循環もない。したがって、酸素を必要とする筋運動、消化、発熱も不可能なはずじゃ。それなのに、わしの目の前でおぬしは思考し、手足を動かし、喋っておる。この大矛盾をどうみるかだ。……これはな、おぬしのパーソナリティが臨床死のあとも存続しているとしか――」

「パーソナリティの存続？」

「そうじゃ。おぬしをおぬしたらしめておるものが、肉体の死後も存続しているということじゃ。パーソナリティはもとより生物学的基盤から発生したものと言えるのじゃろうが、この抽象的存在を肉体と切り離して考えてみるとしたらどうなるだろう、と思ってな。――ときにグリン、いまの自分の感覚でなにか生前と違うところはないか？」

「……生きてた時と同じことを考えたりしたりすることはできるようだけど、なにか、その……映画を観ているか、夢の中にでもいるような、妙に隔たった感じもある……」

「ほう、夢とな……」ハース博士の顔が輝いた。「それは面白い。眠りと死は兄弟――と昔から言われているがな……いまのおぬしは、臨床死の結果、感覚器が外界から受けた刺戟を脳へ伝えていない状態なはずじゃ。それと同じように、夢の中の意識においても、われわれは感覚器を通して得られる同時的な刺戟を補足する必要もなく、内的に一貫性のある経験を持続することができる——」

「ちょ、ちょっと待って、それ、どういうことなんだ?」グリンは戸惑った。

「——つまり、実際に肉体はそれを経験していなくても、われわれは夢の中で、色彩、音、感触、温度、匂い、味、痛み——を知り、目覚めている時と同じように、手足を用いて、ものを摑んだり、走ったりする。われわれは夢の中で、非常にリアルな実感を持って、あらゆる行為をする。愛撫したり、殺したり……」

「殺したり……」

「そう」ハース博士は表情を変えることもなくうなずいた。「さらに、われわれは、夢の中で、見知らぬ誰かを創造し、そうした相手と高度に知的な会話をすることもできるし、時には、実際の能力以上の力を発揮することさえあるんじゃ」

「……じゃあ、俺はいま夢を見ているのかな?」グリンは混乱して、間の抜けた自問をした。

「いや、そうではない」

ハース博士は突然、自分の頰を叩いた。

「夢の中でも痛みはあると言ったばかりだがな、わしの頰の痛みに免じてこれは現実ということにしておいてくれ。そうせんと、話が先へ進まんでな」

ひとしきりおかしそうに笑う。

「いや、すまん、すまん、よけい混乱させたかな。……しかしな、こうした夢体験からじゃな、パーソナリティが実は肉体の生理から独立したものなのではないか――ということが考えられるというわけなのじゃ。これが証明できるなら――いや、おぬしが証拠になるかな――臨床死の後にも肉体を離れた人間のパーソナリティが完全に存続することも信じられるというものじゃろう」

「しかし……」

「なんじゃ、自分で自分の状態が把握できんのかな？　まあ、厳正な生物学者の立場に立てば、わしとて困ることもある。その存続したパーソナリティが死んだ肉体をどうして動かしとるか。それには、まだ証明されとらん超心理学《パラサイコロジイ》領域の力でも持ってこなければ説明できんじゃろう」

「超心理学《パラサイコロジイ》？」

「ああ。サイオニック・パワー――一種の超越した精神の力じゃな。血液による酸素供給もないのに手足が動く、感覚器が死んでいるはずなのに耳が聞こえるというのは、もう、テレキネシスやテレパシィの力によるものと見るほかはないだろう」

「でも、もしこれが精神の力だというなら、その拠《よ》ってきたるところは俺の脳髄で、それはもう死んでいるのだから、その話には矛盾があるじゃないか」

「うむ。確かにな。じゃからわしは、そうしたサイオニック・パワーも肉体の生理と切り離して考えておるんじゃ。もしおぬしが、自分の脚を肉体の生理に依存する精神力で動かそうとするなら、まず脚を構成している素粒子をすべて視覚化し、それから脚を床に縛りつけている重力と慣性の均衡状態を理解して操作するという、気の遠くなるような作業をせにゃあならん。これは人間の中枢神経の機能にはちと酷じゃて。従って、超能力なるものは脳自体を発生源とするものではないということになろう。人間の脳髄は、日本のある偉大な科学者が言ったように、そのとき単に電話の交換台のような役目をしているのに過ぎないのじゃろう。じゃからな、さっき話したパーソナリティにしても、サイオニック・パワーにしても、それを保持したり発生させたりする、肉体とは別の第二のシステムがあるという仮定がな、ここで浮かびあがってくるはずなのじゃ」

「第二のシステム——って？」

「うん、まあ待て、その前にだな、おぬしは死の瞬間に光を見た、と言ったな」

グリンはそのことを思い出してうなずいた。死の世界には、確かに光が満ちていた。

「これも、すこぶる興味深い話じゃ。おぬしは松果体《しょうかたい》という器官を知っとるかな?」

「松果体?……昔、なにかの本で読んだことはあるけれど、確か中枢の退行器官じゃなかったっけ」

「いや、退行器官ではない。もうだいぶ前に、松果体はメラトニンというホルモンを分泌する腺組織であることが発見されておる。この部位はいまは大脳の発達によって前脳の基部深くに半ば隠れているが、もし皮膚が透明なら、それはこのあたりに現われとることじゃろう」

ハース博士は自分の額のあたりを指差した。

「つまり、第三の眼というわけじゃ」

「第三の眼……」

「うむ。ヒンズー世界では〝悟りの眼〟とされとるものじゃ。おぬしには東洋人の血が半分流れとるから、わかるじゃろう? 昔から〝悟り《エンライトメント》〟には光《ライト》を感ずる眼が必要だった。ヨガ行者の瞑想とは、素晴らしい輝きを感ずることだというし、厳格なパリサイ派のパウロがキリスト教に回心したきっかけはダマスコで光に打たれたことによる。――そんなわけで、進化上、眼に起源があるとされる松果体が、そうした神秘の光を感じて悟りを司る部位なのではないかということが言われてきたのじゃ。さらにだ、そうした肉体を離れた精神の超越ということから、サイオニック・パワーの拠ってきたるところだということもな」

話の思わぬ展開に、呆気《あっけ》にとられるばかりのグリンだった。

「……ところで、いろいろ訊《き》いて悪いが、おぬしは、ロンドンでだいぶドラッグの悪癖に染まっていたようじゃが、アシッド——LSDをやった経験はあるかな？」

グリンはしぶしぶうなずいた。自分は死んでも仕方のないようなことをやりつづけてきたのかと思うと情けなくなってきた。

「ほう、やっぱりな。さっき言った松果体のホルモン、メラトニンはな、その後、セロトニンという物質から作られることが明らかにされてな。このセロトニンというやつがまた面白いところに見出せるんじゃ。例えばな、野生のイチジクとかな。これはアフリカでは多くの種族が神聖視しているバンヤンの樹であり、インドでは仏陀《ぶつだ》がその下で悟りを開いたとされる菩提樹《ぼだいじゅ》となるわけじゃ。そしてもうひとつ、このセロトニンの分子と非常に似たものが、人間の合成した恐ろしい物質の中にも見出せる……」

「それが、LSD……」

「そう。この強力なドラッグを体験した者は、その幻覚の中で同時的な感覚器の刺戟なしに、強烈な光や他のさまざまなものを見たり、感じたりする。これはどうも、LSDが松果体のセロトニンの濃度を変化させることによって起こる現象——」

グリンは我慢しきれなくなって、ついに抗議した。

「ちょっと待ってくれ。さっきから松果体だ、サイ・パワーだと、わけのわからないことばかり言って、俺がＬＳＤのおかげでサイ・パワーを得たとしたって、とにかく、俺の脳髄はいま死んでるんだろ？　じゃあ、その松果体だってご同様に死んでるわけで、そんな力は発揮できないんじゃないのか？」

しかし、ハース博士はめげる様子もない。

「おぬしはな、もう死んでいるのだから、そんなにあわてなくともええじゃろ」

「そういう言い方はしないでくれ」グリンはますます苛立った。

「……ともかくな、わしの仮説では——」

「その仮説ってやつを早く聞きたいんだ」

「ふむ。わしが言いたいのは、ともかく、肉体とは別の第二のシステムが存在するということなのじゃ。さっき言ったパーソナリティにしてもサイ・パワーにしても、あるいは悟りにしても、その抽象的な第二のシステムに属するものなのじゃないかとな。松果体はその第二のシステムの仮の宿に過ぎぬのか、あるいは、肉体と別の次元に存在する第二のシステムとの境界点なのかもしれん。じゃから、松果体が死んだとて関係ない。その第二のシステムが存在する限り、臨床上死んだ人間でも、起きあがり、考え、行動できるんじゃ」

グリンはハース博士の顔を見つめ、一瞬この老いた学者は狂っているのじゃないかと思った。しかし、彼の話が信じられないということ以上に、死んだ自分がこうして思考して動いているということ自体が信じられないじゃないか。グリンは頭をかかえた。

ハース博士はそんなグリンの様子にかまわず、熱をおびた様子で話しつづけた。

「おぬしの臨死の体験談は、なにやら、正反対の誕生の過程によく似ているようじゃな。死の微睡《まどろみ》の世界は、まるで母親の胎内で眠る胎児のごとき風景だし、そこに至る暗く狭い坑道は産道のようでもある」

グリンはぼんやりとうなずきながら、

「……そう、そして、再び甦る過程も、その産道を通ってこの世界に生まれてくる誕生の瞬間のようだった……その時の、あの強烈な外界からの光のことはよく憶えている……」

「おお、光！」いかれた老博士は目を輝かせた。「そう、悟りの光、回心の光、松果体――第三の眼が感ずる特別の光……面白いじゃないか、臨死と誕生のふたつの過程もまた、光に満ち満ちていたというわけじゃ」そこで偏執狂のように何度もうなずく。「――それから、生ける屍となったおぬしの、現在の夢を見ているような隔たった状態と、通常の夢における肉体を離れた不思議なパーソナリティの自立……これらのことどもを考え合わせてみて、なにかピンとこないかな？」

グリンは混乱して即座に答えることができなかった。

「わしはな、誕生と臨死の光に満ちた夢のような風景が互いに非常に似かよっているのは、両者が共に、実はあることの契機となっているからだと思うんじゃ」

「契機？——なんの契機だ？」

「だから、第一のシステム——つまり肉体と第二のシステムの融合と分離の契機じゃよ。誕生とは第一のシステムと第二のシステムの融合の契機であり、臨死とは第一のシステムと第二のシステムの分離の契機ということになる……そうなると、人間が毎晩眠っている間に夢を見ながら体験している肉体を離れた不思議なパーソナリティの自立は、第一のシステムと第二のシステムの分離の契機の小規模なものという解釈をすることができる」

「そんな……」グリンは一瞬絶句した。「——ってことは、眠りとは、人間が夢を見るということは、つまり『小さな死』を練習していることにほかならないわけか？」

「いかにも。ギリシャ人がいみじくも言ったように、まさに『眠りと死は兄弟』なのじゃろう……」

「じゃあ、生ける屍となったいまの俺が置かれている状態が、まるで夢を見ているように隔たった感じなのは、その第二のシステムが死んだ肉体から切り離された後も、なお存在してそれを操り動かしているからってことなのか？」

「そう考えるほかない。さらに言えば、通常の夢の場合は、多分、肉体が第二のシステムを閉じ込めている状態なのじゃろうが、生ける屍の場合は、それが反転した状態——つまり、第二のシステムが死んだ肉体の外部に出て、逆に肉体を包み込んでいるのではないか……まあ、こうしたことを物理的なイメージで説明するのが適切かどうかは問題の残るところじゃがな。しかしながら——」

そこで、ハース博士は初めて眉根を寄せた。

「おぬしが、どうしてそうなったのかは、依然としてわからん。じゃが、それは、どうやら光と関係しているようじゃ。誕生と臨死の過程には、神秘的な光というものの存在がつきまとっておるようじゃからな。おぬしは、もともと備わっているのか、あるいはLSDのお陰か、ともかく、そうした神秘の光を感ずる能力を有しておるらしい。じゃから、臨死の風景をつぶさに見、いま、こうして生ける屍となって、その体験を語っておるのだろう……」

グリンはハース博士の説明を聞きながら、いよいよ問題の核心について尋ねる時がきたと思った。

「その、あんたの言う〝第二のシステム〟とは、いったいなんなんだ？」

「ふむ。昔から、いろいろな偉い人たちがいろいろな呼び方で呼んでおる。言葉の厳密な解釈の違いはあるがな、それは……たとえば魂《ソウル》というような言葉に置き換えることができると思う」

「魂……」

「そう。ソクラテスの言う霊魂《プシュケー》、新約聖書の霊《プネウマ》、自信のない科学者たちは生命原理と控えめな呼び方をするかもしれんな。そうそう、デカルトは松果体を魂の宿り場所と見なした。まあ、いろいろな呼び名があるが、もしお望みなら……」

「望むなら？」

「神の領域――と言ってもいい」

その夜、グリンは自分の脚部の死斑を指で押さえても退色が少なくなってきているのを知った。腐敗は血液から始まる。死後硬直が解け始める、冬場で死後三日目ごろからそれは始まり、暗色の腐敗血が血管に充満し、樹枝状に怒張した腐敗網が全身に現われる。

葬儀業を手伝っていたグリンはそのことをよく知っていた。魂が生きていようと、神なるものが自分を操っていようと、自分の肉体が崩壊するさまを見るのは辛かった。だがしかし、自分の死の真相を究明するまでは、簡単に朽ち果てるわけにはいかなかった。腐乱した無残な屍骸――死の変容《トランジ》と化す前に、自分をこんな目に遭わせた犯人を見つけねばならない。

決断に時間はかからなかった。グリンはハース博士にあることを依頼した。

自分の身体から血液を抜き、防腐剤を注入することにしたのだ。

第13章 「ジョン・バーリイコーンは死ななきゃならぬ」

ジョン・バーリイコーンは死ななきゃならぬ

――英国の古いトラッド詩

1

右手の人差し指がゆっくりとタイプライターのキーを探った。Jの文字を押す。今度は左手の人差し指が三列目にあるOの文字を探しあてる。次はH、そしてN……。タイプ用紙の上に文字が並んだ。

…… JOHN ……

いま打っているのは、重要なメッセージだった。彼には、このことを胆《きも》に銘じておいてほしい。それを切実に願うからこそ、こうしてわざわざタイプを叩いているのだ。

ぽつりぽつりとキーを押しながら、本当はもうこんなことは必要ないのでは、とも思ってみる。だが、念には念を入れたほうがいい。彼には自分の言ったことをちゃんと理解しておいてほしいのだ。

そうだ、次は数字を打つことにしよう。

…… 11 : 24, 2 : 11 ……

——この数字はぜひとも必要なものだった。彼にはこのことを正確に知ってもらう必要がある。そのためには、数字を示して、ちゃんとその時のことを教えてやらなければならない。

次は、また文字だ。

…… SECOND DEATH ……

——二番目の死。そう、この文字を目にしたら、彼はきっと怯《おび》えるに違いない。あるいは恐ろしい警告と思うかもしれない。だが、それも仕方のないことなのだ。一時は安心していたが、近ごろまた心配になってきた。だから、彼には、この事実、いや、ゆるぎない真実を正面から受けとめてほしいのだ。

殺人者はそこまで考えると、にやりと笑ってタイプライターから用紙を引き抜いた。

2

バーリイコーン家が臨終宣言騒ぎで揺れている頃、リチャード・トレイシー警部は最後の一本の煙草に迷っていた。だが、結局くわえて、煙草の包みをまるめ、デスクの上に放り投げた。婦警のひとりが顔をしかめて席を立ち、換気扇を回しに行く。

トレイシーは構わず煙草に火を点けた。マーブルタウン署で嫌煙派が勝利を収めてから一か月。トレイシーが所属する部署で頑強に抵抗をつづけているのは、彼自身と来月退職が決まっている老警官のふたりだけだった。

トレイシーは気に入らなかった。彼には煙草の煙やコーヒーの焦げつく匂いのしない警察署なんて考えられないのだ。

——警察ってとこは、もともと世間のストレスや不健康の掃き溜めのようなところじゃないか。警察官がエリートの証券マンみたいに煙草をやめたりスポーツ・クラブ通いしたりして、いったいなんになるっていうんだ。

そんなふうに心の中で毒づきながらも、トレイシーは自分が少しずつ気弱になっているのを感じていた。目の前の灰皿は、この一時間の間にもう立錐《りっすい》の余地もないほど吸殻が溢れている。これはいくらなんでも吸い過ぎかもしれない。トレイシーは引出しから小さな手鏡を取り出すと、周囲に気づかれないようにそっと覗き込んだ。

鏡の中には、疲れた中年男の充血した目が不安そうにこちらを見返している。ここ一か月ほど眠れない日々がつづいていた。バルビツールやブロムワレリル尿素や（それらよりは少しはマシな）オールド・グランダッドのお世話にならずに眠れた夜はなかった。それだけではない。それほど多くない彼の髪は、毎朝ごっそり抜けるし、歯ぐきからは出血が止まらないし、降っても晴れても、心が曇らない日はないし、という有様だったのだ。

最近、ベッドの中での浅く短い眠りの合間にトレイシーが夢想するのは、《敏腕トレイシー警部、殺人鬼ストレス氏に殺される》という、妄想新聞の見出しばかり。胡散臭い健康ブームに抵抗するポーズをとってはいたものの、トレイシーは自分の神経が相当参っていることを自覚し、ひそかに不安を感じていた。

トレイシーは溜め息をつくと、手鏡を仕舞い、向かいのデスクの主に目を向けた。そちらのほうでも男が鏡に見入っている。しかし、そいつの鏡の用途は、トレイシーと違ってだいぶ楽天的なものだった。男は糸ようじ《デンタル・フロス》で、さっきから熱心に歯の掃除をしていたのだ。別の時には、髪のスタイルを直したり、唇にリップ・クリームを塗っていたりすることもある。トレイシーはこの男――彼の部下のチャーリー・フォックス刑事が大嫌いだった。この若僧ときたら、お洒落と、目をつけた女の電話番号を聞くことしか頭にないのだ。おまけに、以前、刑事には「カッコいいからなった」と言ったことがあった。苦労人の警部は、この軽薄な発言だけはどうしても赦すことができなかった。

トレイシーがフォックスに厭味のひとつも言ってやろうかと口を開きかけた時、取調べ室から同僚のウィルソン警部が出てきた。ウィルソンはネクタイをだらしなくゆるめ、顔をしかめている。トレイシーはウィルソンが好きだった。こういう奴こそ、本物の捜査官なのだ。ウィルソンはトレイシーを見つけると両腕を力なくあげ、「お手あげさ」のポーズをつくった。

「吐かなかったのか？」とトレイシーは訊いた。

「ああ。マーブルタウン署が選ぶ最優秀容疑者賞ノミネートの男だったんだがな。四十二歳独身の金物屋で母親とふたり暮らし、二年前にメイフィールド公園の茂みの中でジョギング中の女の子のパンティに手をかけた前科があるとくれば、俺がオスカーを手渡したくなる気持ちもわかるだろ」

「アリバイは？」

「革の表紙をつけて出版したいくらい立派なやつが出てきた。だめだ。奴は犯人じゃない」

トレイシーは他人事《ひとごと》ながらウィルソンに同情した。ハロウィーンの晩に女子高生が失踪し、けさ方、彼女の腕がノックス山から発見されたのだ。この女子高生のほかにも、ここ三か月で三人もの女性が失踪していた。いずれも十六、七歳で、ふたりはマーブルタウンの女子高生、ひとりはピザ・ハウスのウェイトレスという内訳だった。彼女たちは理由もなく突然姿を消し、いまだに発見されていない。警察はいずれの事件でも、まだ手掛かりを摑んでいなかった。

ウィルソンはうんざり顔でなおも言った。

「町は大騒ぎで大変さ。俺はここへ越してきた人間だから以前のことは知らんのだが、昔の殺人鬼が甦ったなんて噂している奴もいる。そういう馬鹿なタレコミが多くてね」

「さっき騒いでたおばさんもそうなのか？」

「ああいうのがいちばん困る。女子高生がいなくなったヴァイン通りから来て、『ウチのロージィちゃんもあの晩からいなくなった』って喚くから、こっちはまた事件かと思ってびびったぜ」

「違ったのか？」

「ロージィちゃんってのは、なんと飼猫のことだった。頭にきたよ。ああいう連中は、キャット・フードをセーヴル焼きの皿《アシエット》に盛って喰わしてるんだぜ、きっと。俺の伯母さんなんか、メラミンのスープ皿を十五年も後生大事に使ってるってのにな」

ウィルソンは唇を突き出して鼻を鳴らすと、一枚の写真をトレイシーのデスクに投げて言った。

「いなくなる直前のジャニス・スミス――女子高生の写真だ。彼女の弟が撮ったんだ」

それは、未熟な手によるものらしいピントが甘いスナップ写真だった。赤ら顔で小肥りの典型的な田舎の女子高生が写っていた。チア・リーダーをやって、ドーナツ・ショップでアルバイトをして、自動車整備工の自称〝サラブレッド〟に妊娠させられて……というようなお定まりのストーリーがトレイシーの頭に浮かんだ。

ジャニスは写真の中でハロウィーンの扮装をしていた。手には殺しの道具――手斧かなにかのつもりなのだろうか、ボール紙の下手《へた》くそな工作品を持っている。お面もあるようだが、それも頭の上にせり上げられていてよく見えない。場所はマーブルタウンの街はずれの空き地で、背後の白いフェンスの向こうには廃ビルの手前にトレーラーの停まっている道路が見える。トゥームズヴィルへ向かう一一三号道路だ。このあたりで彼女は自分なりのモンスターの扮装を楽しんだのだろうが、写真撮影の何分後かに、本物のモンスターが現われて彼女をさらっていったということなのか。

「この写真が撮影された数分後にな、実はこの通りの前後に非常線が張られることになったんだ」ウィルソンが考え込みながら言った。「この現場の近くで、たまたま銀行が襲われてな。襲った奴らは非常線で捕まったんだが、ジャニスは発見されなかった。もし犯人がここから車で連れ去ったなら、ひっかかってもいいはずなんだが……」

「ここに写ってるトレーラーは調べたのか？」

「もちろんだ。捨てられていた廃車で、その線からはなにも出てこなかった」

トレイシーはうなずいて写真をデスクの引出しに仕舞い込み、自分の担当している事件に専念することにした。

だが、しばらくして彼は、その写真に関して奇妙な事実に気づくことになる。

3

スマイリーの臨終劇があった晩、チェシャは葬儀堂の薄暗い廊下を歩きながら、ここへ帰ってきたことを後悔し始めていた。彼女の母親は、いま自分の人生を考えることに夢中で、彼女の帰還を特に喜ぶといったふうでもなかったし、将来の継父候補であるジョンに至っては、明らかに最初から彼女の存在を歓迎していなかった。

チェシャは手にぶらさげたローラー・スケートをちらりと見た。ジョンの仕打ちがあまり口惜しいので、支配人執務室に忍び込んで取り返してきたのだ。彼女はこれからのジョンとの生活のことを思うと憂鬱になった。ママとふたりきりの生活はそれなりに楽しかったが、もうそれは望めないのかもしれない。ジョンの赤ん坊が生まれれば、チェシャはのけ者にされるのだ。物事には終わり——死というものがある。スマイリーのおじいちゃんが、いままさに迎えつつあるような「終わり」というものが何事にもあるのだ……。

だが、チェシャはそれ以上深く考えることをやめにした。彼女は人生を直観することはできたが、分析することはしなかった。物事を突きつめて考えてみても、行きつく先はなにかわけのわからない深い淵があるだけだ——と彼女は常々思っていた。そんな得体の知れないものに呑み込まれてしまったら、それこそ自分の人生は台なしだ。こうしたチェシャの人生に対する直観は、「気晴らし」こそが人生における価値あるもの、いや、「気晴らし」こそが人生そのものである——という認識を彼女にもたらしていた。

とにかくグリンを見つけ出して、マーブルタウンのディスコにでも繰り出そう——とチェシャは心に決めていた。スマイリーの臨終劇のあと、グリンは仕事を手伝うために葬儀堂へ行き、夕食時になってもバーリイコーン邸に戻っていなかった。きのうからグリンの態度がなにかよそよそしいのも気になる。パンク娘が葬儀堂内をうろつくのを好まない古手職員に見つからないように用心しながら、彼女はグリンの姿を求めて廊下をさまよった。

厳粛さを旨《むね》とするため、照明がしぼられ、静寂が支配する葬儀堂内。チェシャはその陰気臭さがたまらなく厭《いや》だった。聞こえてくる音といったら、声を殺した密やかな遺族の泣き声か、音をしぼったミサ曲やレクイエムなどの景気の悪いBGMばかり。これ以上とどまっていたら、いっそう滅入ってきそうな気がする……。

そんな折、いつもと違った調子の音が廊下のどこかから聞こえてきたので、チェシャははっとなった。音のするほうを見ると、さっきは気づかなかったが、廊下に並んだ部屋のひとつの扉がわずかに開いていて、そこから光と音が漏れているのがわかった。音の正体は歌声だった。それも年寄りが放歌高吟と言う類《たぐい》の無遠慮でやかましい感じの歌声だ。

——この気どった葬儀堂でこんな騒ぎが許されるのかしら……。

チェシャはとたんに好奇心を刺戟されて、その扉の前まで近づいてみることにした。扉の上の表示を見ると《昇天の間》とある。おととい訪れた霊安室《スランバー・ルーム》だった。アメリカでは、葬儀堂の霊安室に遺体を安置し、遺族や会葬者たちはそこで葬儀をとり行なうという慣習がある。とすると、この部屋で騒いでいるのは、悲しみに暮れる会葬者たち——ということになるはずなのだが……。

突然チェシャの目の前の扉が開き、誰かが彼女の前に立ちはだかった。

「これは、これは、パンクの嬢ちゃん。またお目にかかれるとは嬉しいね」

ダーク・スーツを着込んでいるのでちょっと見にはわからなかったが、目の前の男は、けさ立ち寄ったカフェの店主のビルだった。ビルはかなり酔っているふうで、赤い鼻をますますほてらせながら、怪しいろれつで言った。

「まあ、入んなよ。けさのことなんざ、忘れようじゃないか。一緒におまえさんも飲むんだ。いま、オブライエンの通夜《ウエイク》をやってるんだ」

「オブライエンて、おじさんが言ってた不動産屋の？」

「ああ。奴の息子のフレディがここで葬儀をするって言うんでな」ビルは声を潜めた。

「二代揃って負け犬根性よ。もっとも、フレディのかあちゃんがここの娘だから仕方ねえか。それで、俺たちは、アイルランド式の通夜《ウエイク》をやって、うんと騒いで、フランク・オブライエンの霊を慰めてやろうってわけよ。さあ、だから姉ちゃんも入んな」

そう言ってビルは尻込みするチェシャを無理やり霊安室へ引っぱり込んだ。

霊安室は続き部屋になっていて、控え室のほうにも奥の安置室のほうにも、会葬者たちが溢れていた。みんなグラスを手にしており、煙草の紫煙がたなびき、なかにはひどく酔っぱらって大声で議論をしたり、肩を組んで歌ったりしている者までいる。チェシャはビルに手を曳かれるまま奥の部屋に入っていった。

奥の間には花を盛った花器や花輪に囲まれた柩が置いてあったが、背中を押されたチェシャが恐る恐る覗きに行くと、不思議なことに中はからっぽだった。理由《わけ》を聞こうと思ってビルを振り返ったが、彼はとり合わずに、彼女をふたりの男が坐っている豪華なルイ十五世風の長椅子に坐らせた。彼女の隣りの初老の男はすでにかなり酔っているらしく、坐り込んで頭《こうべ》を垂れたまま動かない。そのまた隣りの中年の貧相な男はチェシャも知っているフレディだった。彼は酔いに目をうるませながらグラスを傾けていた。フレディは、チェシャを焦点の定まらぬ視線でとらえると、口を開いた。

「おお、余興のコーラス・ガールか、ブスだな」

チェシャは憤慨した。「ちょっと、あんた、あたしのことわかんないの？　チェシャさんだよ！」

フレディは、目を二、三度瞬《しばたた》いて、

「お、おお、そうか。姉ちゃんか。それは済まない。来てくれたんだな。薄情なバーリイコーン家はだぁれも来やしないのにな。ジョンも来なかった。ジェシカだって、マーブルタウンの観劇を約束してるって早々に帰っちまった。それなのに、姉ちゃんだけは、来てくれたんだねえ。きっと、親父も喜ぶよ……」

フレディは抱きかかえていたウィスキーの壜をチェシャに押しつけた。

「さあ、お姉ちゃん、坐って飲んでくれよ。〈ブラック・ブッシュ〉——正真正銘のアイリッシュ・ウィスキーだ。アイリッシュらしくちゃんと〝E〟の文字が入ったやつだぜ。W《ダブリュー》・H《エイチ》・I《アイ》・S《エス》・K《ケイ》・Y《ワイ》じゃない。W・H・I・S・K・E・Yだ。Eはエネルギーの要素《エレメント》のE、わかるか、え？」と、いささかくどい。

こういう酒に呑まれた手合いは適当にあしらうに限る。チェシャは曖昧な笑顔を浮かべて、酒を自分のグラスに注いだ。彼女が一杯飲んだところで、そばに立っていた会葬者の中のひとり——白い頰髯《ほおひげ》を生やした老人が奇妙な歌を歌い始めた。

「ジョン・バーリイコーンは死ななきゃならぬ……」

チェシャは知った名前が出てきたので、はっとして聞き耳をたてた。

「♬ジョン・バーリイコーンは死ななきゃならぬ
赤ちゃんジョンは土ん中
そこへ雨がざぁあざぁ
つづいてお日さま、ぎぃらぎら
いつの間にか大きくなって
土から生まれるジョン・バーリイコーン
ある日、膝からチョン切られ
村の納屋につれてかれ
骨から肉を剝がされて
ふたつの石に挟まれて
とうとうその身をすり潰された……」
哀調を帯びた老人の歌声は朗々と響きわたり、それに唱和する者も何人か現われ始めた。
チエシャはその歌詞内容に驚いて、隣りの老人の膝越しにフレディの袖を引っぱった。
「ねえ、おじさん、みんなが歌ってるジョン・バーリイコーンって、まさか——」
フレディは目くばせしながら答えた。
「はは、心配するな。ここの支配人をリンチにかける歌じゃない。……そうしたい気分だがな。あれは、五百年も前の古いアイルランドの民謡さ。大麦粒《バーリイコーン》を刈り取って、麦芽を石臼《いしうす》で碾《ひ》いて、そいつを蒸留する――というウィスキーが出来るまでを、あー、なんというか……擬人化して歌った歌だ。ジョン・バーリイコーンとは酒のことさ。わかるか、姉ちゃん？」

――そういえば、きのうのお茶会でジョンがそんなことを言っていたような気がする。それを知って聴いてみると、この気味の悪い歌もなにやら意義深いものに聞こえてきた。チェシャはだんだん気分が浮きたってきて、グラスの中の琥珀《こはく》の液体をいっきに喉の奥に放り込んだ。もう三杯目だ。憎らしくないほうのジョン・バーリイコーンが彼女の胸にひっかかっていた憂さを溶かし、素晴らしいぬくもりと共に胃に流れ込んでゆく。チェシャはほっと息をつくと、再びグラスになみなみと注いだ。そうしている間にも合唱はつづく。

「♬ジョン・バーリイコーンは死ななきゃならぬ
そうして死んだバーリイコーン
殺した奴らの腹ん中で
とうとう雄々しく甦った
ジョン・バーリイコーンは甦らにゃならぬ

ジョン・バーリイコーンは最強の男
だぁれも彼なしじゃ、やってはゆけぬ……」

強いウィスキーのおかげですっかり気分がよくなったチェシャも、我慢できなくなって合唱に加わった。思いがけぬ若い女の子の唱和に、やんやの喝采がとぶ。チェシャはますます図にのって、調子はずれのソプラノでまくしたてた。

「ジョオォン・バァアリイコォオーンは死ななきゃならぬぅ……」

自分の歌にますます昂奮したチェシャは陰気なフレディの手をとって共に歌おうとしたのだが、彼は下を向いたまま、「アイルランドの大麦《バーリイコーン》は最高だが、ニューイングランドのバーリイコーンは最低野郎だ……」などと呟いている。チェシャは仕方なく隣りで酔い潰れている老人と肩を組み、激しく腕を振りながら、声をはりあげた。

「ジョオオン・バァアリイコォオンは死ななきゃならぬ。それ！　バァアリイコォオンは甦らにゃならぬ。ワァオォウワォ！」

チェシャの激しい動きに、肩を組んでいる老人の首がぐらぐらと揺れた。

――まったく年寄りの酔っぱらいはだらしがない。あたしはまだ二十歳《はたち》前だけど、その小娘のほうがずっとお酒が強いようね……。

だが、そんなチェシャの高揚した想いは、すぐに水を差されることとなる。部屋の中の妙な雰囲気に気づいたのだ。いまや《ジョン・バーリイコーン死すべし》の歌を歌っているのはチェシャひとりだけだった。いままで合唱していたほかの連中も、黙ったまま冷たい視線を彼女のほうにあびせている。次第に、チェシャの歌も先細りとなり、ついにはとぎれ、部屋を重苦しい沈黙が支配した。

沈黙を破ったのはビルだった。すっかり酔いが醒めた顔をしている。

「おい、姉ちゃん、あんたが抱《かか》えているのが、いったい誰なのか、わかってるのか？」

チェシャは自分の肩に頭をあずけている老人を抱きかかえたまま、ゆっくりと頭《かぶり》を振った。さっきまでうつむいていたフレディが、チェシャのほうを信じられないといった顔つきで見ながら、かすれ声で言った。

「そいつは、僕の親父の屍《しかばね》だ……」

再び、チェシャのソプラノが部屋中に谺《こだま》した。もちろん、それは心楽しい歌声などではなく、恐怖に歪んだ動物の悲鳴といったようなものだったが。

その晩遅く、チェシャはハース博士から、アイルランドの通夜《ウエイク》では遺体を椅子に坐らせてドンチャン騒ぎをやる習慣がある、という話を聞いた。ハース博士は通夜についてこんな説明をした。

「この国ではいわゆる通夜の習慣はないがな、通夜をする連中がひと晩中死者につきそうのは、死者を慰めることのほかに、死霊が起き出して悪さをしないように見張るという目的もあるじゃろう。酒を飲んだり、賑やかにしたりするのはよい。死霊が驚いて逃げだすかもしれんからな」

チェシャはベッドの中でハース博士の話を思い出しながら、もう二度とアイリッシュ産のウィスキーは飲むまい、アイルランド人の葬式には出席すまい、と心に誓った。

それからしばらく眠り込んでいたチェシャは、真夜中に喉の渇《かわ》きで目醒め、突然あることを思い出した。

没収されたローラー・スケートを取り返しに葬儀堂の支配人執務室に忍び込んだ時、チエシャは机の上にタイプ用紙が置いてあるのを目にとめた。文字が見えるのでなんの気なしに読んでみると、そこには、なにやら奇妙な文句が打たれてあったのだ。

——〈ジョン——二番目の死〉

第14章　楽しいエンバーミング

葬儀屋は、納棺の際に遺体には眼鏡をかけておくべきか、化粧は施すのか、そして入れ歯は必要かどうかといった問題を、いたってまじめに取り上げる。

——フランク・ゴンザレス＝クルッシ
『解剖学者のノート』

1

屈辱的な臨終の悲喜劇《トラジ・コメディ》があった翌朝、それを演じた老優の、今度こそ本当に冷たくなった死体が発見された。

朝の九時ごろに、スマイリーの主治医と看護婦が彼の部屋を訪れたところ、扉には錠が下ろされていた。扉を叩いても返事がない。異常な事態に気づいた医師は、館に寄宿しているノーマンやグリンを呼んで、力を合わせて扉を破り、中へ入った。

スマイリーはベッドに静かに横たわった状態で冷たくなっていた。そばの小卓には、数行の文章が打たれたタイプ原稿、タイプライター、湯の入ったポット、空《から》になったコーヒー・カップなどが置いてあった。タイプ原稿は一枚だけ、広げられた状態になっており、その文面は次のとおりだった。

「――死は至るところにある。それこそはこの上もなき神の恵み。誰であれ、人の生を奪うことはできても、死を奪うことはできないだろう。それなのに、個人の業績を高く評価するはずのこの国において、死にゆく者に消極的な役割しか与えられないというのは、やはり納得がいかない。

それゆえ、わたしは、自らの死を司宰し、自らの命を絶つことにする。

苦痛を伴う砒素を飲むことで誤解を受けるといけないので、ひとこと断わっておく。

わたしの病の痛みは、もはや毒の苦痛以上になっている。――これは虫歯の痛みを突ついて消すようなものなのだ。

賢者は生きられるだけ生きるのでなく、生きなければならないだけ生きるのだ。
さらばだ。

スマイリー・バーリイコーン」

署名はスマイリー自身の手によるものと見なされた。そうでなくとも、文面ににじみ出た個性――最後の最後まで死に対する見解の表明をなそうとする執念や、そのいっぽうで自らの死を「虫歯の痛みを突ついて消すようなもの」と言って憚《はばか》らない諧謔《かいぎゃく》的態度に、これはいかにもスマイリーらしい辞世の言葉だと、大方の者たちは得心したのだった。

すぐに警察と検屍官が呼ばれ、その日の午後には早くも検屍審問が行なわれた。そこでの結論は、亜砒酸中毒による自殺。部屋のキャビネットから古い殺鼠剤《さっそざい》が底にわずかに残った袋が発見された。それは、スマイリー自身がだいぶ前に買って自分で保管しつづけていたものであることが、マーサの証言によって確認された。スマイリーはそれを取り出してコーヒー・カップの湯に溶いて飲んだものと考えられた。部屋の扉と窓に内側から錠が下りていたこと、辞世の原稿の内容と自筆署名、亜砒酸の残留するカップについていたスマイリー自身の指紋などが決め手となって、スマイリーが自殺したことはゆるぎないことのように見えた。

スマイリーは重病人であるにもかかわらず、付き添いを拒否しつづけていたので、結局誰にも看取《みと》られぬままの、たったひとりでの死ということになった。スマイリーの死に対する家族たちの反応は、案の定、冷たいものだった。ジョンはいくつかの手配を済ますとまたホテルへ帰ってしまったし、ほかの子供たちの態度も似たりよったりだった。モニカまでもが格別心を動かされた様子でなかったのは、グリンにとって意外だったが、最近よくあらぬことを口走る彼女にどれだけのことがわかっているのか、心もとないところでもあった。ともかくも、あれだけ入念に死のリハーサルを繰り返した名優にしては、観客なしの舞台上での、ひどくあっけない幕切れだったのである。

グリンはこのスマイリーの服毒による死に疑念を抱いていた。しかし、それを言いたてるには、一昨日のお茶会の一件、ひいては自分が死亡した事実を話さねばならなくなる。それはどうしても避けたかった。とりあえずハース博士とだけは事件のことを話し合おうと思ったが、頼みの綱の博士は、その日の夕方から翌日の午後までニューヨークに出かけることになり、それも果たせぬこととなってしまった。

グリンはひとり部屋にこもって無為に過ごし、ひどく焦燥した。こうしている間にも、自分の肉体は少しずつ崩壊へと向かっているのだ。

——どうせ今夜も眠れないのだろう……。

そう思いながら、グリンはベッドにぽつんと坐っていた。彼の使っているベッドは葬儀堂から払い下げられてきたものだった。病院や収容所などでよく見かける寒ざむしい鉄製のフレームのベッド。これをグリンにあてがったジョンは否定したが、遺体を横たえるために使われたシロモノであることは間違いないだろう。

そのベッドのフレームの塗料が剝げ、錆《さび》が浮き出ているのが目にとまった。——いや、彼の眼球は機能していないはずだから、単にそれが「わかった」と言うべきか。

——錆は眠らない《ラスト・ネヴァー・スリープス》……。

不意に、好きだった歌の一節が浮かんできた。そう、錆は一刻の猶予もなく、鉄を侵しつづける。それと同じように、いま、自分の肉体が、決して眠らない「死」に侵触されつつあるのだ。錆は「老い」の隠喩《いんゆ》と見做すこともできるから、その意味では、人間は誰しも、毎日毎日小刻みに自分を侵蝕していく「死」のプロセスの中にあることになる。しかし、こんなに急速に、明白に、しかも残酷なやり方で「死」のプロセスを自覚させられるということはないだろう。

——俺は、こんな煉獄《れんごく》みたいなところにぶっつわって、自分が腐り果てるのを待っていなきゃなんねえのか。

グリンはいたたまれなくなって、立ち上がり、ベッドの脚を蹴りつけた。その衝撃でベッドが震えるのはわかったが、彼の死んだ脚のほうは、痛みもなにも感じなかった。
グリンは泣いた。それは涙を伴わない魂の嗚咽《おえつ》だった。

2

翌朝になって、グリンは、ともかく部屋を出て、なにかをしようと思い立った。きょうは、葬儀堂の地下の遺体処理室でスマイリーの遺体衛生保全——いわゆるエンバーミングが行なわれることになっていた。エンバーミングには、もちろん、霊園一——いや、東部随一の技術を持つジェイムズが担当することになっていた。それを手伝うのもいいかもしれない。仕事に追われれば、少しは気がまぎれるだろうし、動きまわっているうちに、ひょっとして、自分の死に関する手掛かりを摑むことができるかもしれない。グリンはそんなことを考えながら、地下へ向かうエレヴェーターに乗り込んだ。
エレヴェーターを降りたグリンが足を踏み入れた葬儀堂の地下は、上階とだいぶ雰囲気を異にしていた。地下には、上階のホールや霊安室にあるルネサンス風の内装の豪華さや、それらが醸《かも》し出す神話的雰囲気は微塵《みじん》もなかった。もっと機能主義的なタイル張りとステイールとリノリュウムの世界——死と再生の生産工場が、そこにはあった。遺体保管室に隣接するエンバーミング・セクションは、大きく三室——洗浄室、防腐処理室、化粧室——に分かれていて、その順番で通過した遺体は、苦悶の表情を取り除かれ、あたかも永遠の生命を得たかのような笑みを浮かべて、遺族のもとへ納品されるのである。

グリンはまず洗浄室に足を踏み入れた。ここにはタイル張りの部屋の中央に大きなバス・タブが据えてあり、遺体を洗えるようになっている。バス・タブの広さは普通の二倍ぐらいあったが、深さは半分ぐらいだった。洗浄を容易にするためである。遺体はここで洗われ、摂氏二十度ぐらいの湯につかって、死後硬直を和らげられる。ぬるめの温度なのは、湯があまり熱いと細胞を壊す恐れがあるからだ。

いま、ちょうど若い男の遺体が浴槽から出され、ふたりのエンバーマーによってバス・タオルで拭かれている。あまり強くこすると皮膚が破れることがあるので、ふたりの手つきはまるで赤子を扱うように優しいものだった。その様子を眺めながらグリンは、人間が生まれた時も産湯《うぶゆ》をつかうことを思い出した。人生の入口と出口には不思議な共通点がいくつもあるものだと改めて感心した。

グリンは次のセクションへ入っていった。前の部屋がローマ風呂にたとえられるなら、こちらは病院の外科手術室の雰囲気があった。洗浄室のシャンプーの爽《さわ》やかな香りの代わりにフォルマリンの刺戟的な匂いが漂い、手術台のようなテーブルのそばに医療器具やポンプが並んでいる。ここ防腐処理室では、遺体から血液が抜きとられ、防腐液や赤い色素が注入されるのである。遺体の形を整えるために、整形外科医が用いるようなさまざまなプラスティックの類が補塡材として体内に挿入されることもある。かなり酷い交通事故の破損も腕のいいエンバーマーなら復元可能だった。遺体が再生する基礎がここで施されるというわけである。

ちょうど処理台の上でジェイムズとウォーターズの手によってスマイリーの防腐処理がなされているところだった。腐敗の原因となる血液が抜きとられ、今度は動脈に防腐剤と色素が注入される段階になっていた。ジェイムズはポンプや他の器具の具合を熱心に調整しているが、ウォーターズのほうはグリンに気づき、声をかけてきた。

「ハイ、グリン。元気を出しなよ。おじいさんは、あたしたちがちゃんと仕上げてあげるからさ。そんな、あんたまで死んだみたいな顔してちゃ駄目だよ」

グリンはわざときわどい冗談を言ってきり抜けることにした。

「そう、最低の気分。俺は生ける屍《リヴィング・デッド》なんだよ」

ウォーターズは意外な反応をした。

「そうそう、その生ける屍なんだけどさ、大変なことがあってね」ここで少し声をひそめる。「きのう、不動産屋のオブライエンの遺体を処理したんだけどさ、びっくりしちゃった。見てる前で死人がぱっちり目を開けるんだもん。わたし、ここでも死人が甦ったのかと思って大騒ぎしちゃった。知ってるでしょ、マーブルタウンの噂話……」

グリンは知らなかったので頭《かぶり》を振った。

「配車係のサムから聞いたんだけどさ、マーブルタウンの死体置場《モルグ》での話。夜勤の職員がトイレに行って戻ってみたら、掲示板に『不在中にミスター・シモンズから電話がありました』って書いてあったんだって。そこには彼以外には、死体しかいなかったっていうのによ。これは死者甦り現象がいよいよこのあたりにも及んできた証拠と……」

「おい、無駄口をたたいていないで、防腐剤と色素を取ってくれ」ジェイムズがふたりの話に割って入った。「防腐液の濃度は三番、色素は《薔薇の微笑》だ」

防腐処理はエンバーミング技術の腕の見せどころで、各葬儀社は、遺体をいかにも生きているように見せるため、防腐液や色素の濃度に独自の工夫をする。防腐液はあまりに高濃度でも、遺体の「生きているような」状態を損《そこな》うので、せいぜい二、三週間の防腐効果にとどまるように調整される。死体に不死の術を施す熱心さでは古代エジプト人にも負けないアメリカの葬儀屋だったが、両者の目的は決定的に違っていた。アメリカの葬儀屋の求める不死に古代エジプト人が求めたような永遠性は必要なかった。彼らにとっての不死は、会葬者の前に陳列されている間だけ鮮度が保たれていればよいという、あくまでも品質管理上の問題だったのである。

ジェイムズが特製ブレンドの防腐液と色素を動脈に注入する作業に専心しているのを見ながら、グリンは自分も一昨日、同じ処理を受けたことを思い出していた。そうして生ける屍状態となった自分が、いまはこうして、同じ防腐処理を手伝っている——まるで点滴でも施すようになにくわぬ顔で。グリンはふと、自分のようになにくわぬ顔で生者に入り交じっている死者がほかにもいるのでは、と思った。グリンは気になる死者のことをウォーターズにそっと訊いた。

「それで、オブライエンは本当に甦ったのか？」

「いや」胸に手をあてて安堵《あんど》の仕草をするウォーターズ。「それがね、目を開けたのは死後硬直でそうなったんだっていうのよ、ジェイムズ主任によると。時々あることらしいけど、わたし初めてだから驚いちゃって。いまごろオブライエンは大人しく埋葬されてるでしょうよ」

グリンは、少しがっかりしたような気分になった。近くに不幸な同胞がいることがわかれば、彼の孤独感は多少とも癒《いや》されたことだろう。いっぽうジェイムズは、ふたりが仕事に集中していないのに苛立っているらしく、またしても、縁なし眼鏡の奥の目を神経質そうに瞬かせて叱責した。

「おい、きょうは忙しいんだ。注入が終わったら、化粧室へ運ぶぞ」

ジェイムズが怒るのも無理はない。この遺体は特別なものだった。彼はこの霊園の領主であり、ジェイムズの父親でもある。一世一代の完璧な技を見せて仕上げなければ、エンバーマーとしての沽券《こけん》にかかわるのだろう。

化粧室はまた、隣りの部屋とはがらりと違った雰囲気だった。ここではフォルマリンの匂いに代わってオーデコロンの甘い香りが漂い、防腐処理台の代わりに、美容室で見かけるような背が倒れる椅子が据えられている。椅子は三つほどあって、それぞれの間はカーテンで仕切られていた。グリンたちがスマイリーを寝かせた椅子の隣りのカーテンの向こうでは、先客がいるらしくて、ドライヤーの唸る音がしている。まさに、ちょっと時代遅れの内装の美容室といった感が、この部屋にはあった。

ここで遺体は、最後の仕上げの段階に入る。彼らは髪をとかされ、上等の服を着せられ、胸に花を挿《さ》し、爪を磨きあげられ、顔に死化粧を施される。そうして、バイロイトへワーグナーの楽劇を楽しみに行くお洒落な紳士淑女のように仕立て上げられた死者たちは、遺族や友人たちと束の間の再会をするために柩の馬車に乗り込むのである。

グリンはこうした一連の作業に付き合いながら、アメリカの葬儀屋の仕事の多様さに、改めて感心させられていた。この地下の遺体処理場だけでも、エンバーマーは、外科医師、美容師、スタイリストの三役をこなす。さらに上階の葬儀堂においては、葬儀屋たちは、葬式という人間の最後の晴れ舞台を演出する演出家であり、生命保険の取りたて代行や書類作成などをする法律実務家であり、時には遺族の悲しみを癒す心理療法士《セラピスト》ともなるのだ。こうした、専門の職能集団の総体がアメリカの葬儀屋なのであり、それゆえ、他国とは比べものにならない社会的地位が彼らに与えられているのである。

ジェイムズはてきぱきと指示を出した。ウォーターズには衣裳揃えと柩の確認をさせ、グリンには爪のマニキュアを言いつけた。

グリンはまず鑢《やすり》で遺体の爪の形を整えることにした。まだ細かい作業となるとぎごちない動作になってしまうが、爪を磨くくらいなんとかなるだろう。のろのろと道具を用意しながらジェイムズのほうを見ると、いちばん重要な顔のマッサージにとりかかっていた。まるで陶器をこねあげるような繊細極まりない手つきで遺体の顔の表面に指を踊らせている。こうして、鬱血部分を取り除いたり、死後すぐ緩んでしまう顎の筋肉を引き締めたりして、生きているような表情の基礎をつくっていくのである。グリンはジェイムズの指さばきに感嘆の視線を送りながら、エンバーマーの職能のひとつに、芸術家というのも加えるべきだなと思った。

グリンが爪の甘皮を整えにかかる頃、ジェイムズはいよいよ、遺体のメイキャップにとりかかった。バーリイコーン家はあまり目のよくない家系らしくて、ジェイムズは度の強い眼鏡をかけた目を遺体の顔すれすれに近づけて作業を始めた。

まずはベース・メイクから。死化粧は乾燥した肌に艶を戻すことから始まる。ジェイムズは真珠粒ぐらいの量の液体ファンデーションを指先にとり、遺体の顔に薄くムラなくのばしていった。

それが終わると、次は、パウダリー・ファンデーション。これは、遺体を置く霊安室のライティングとも微妙に関係してくるので、色は慎重に選ばねばならない。優れたエンバーマーは色系、明度、彩度にわたってイメージを組みたてていく。グリンは、ジェイムズが選んだファンデーションは少し白すぎやしないかという気がしたが、遺体が置かれる予定の霊安室の間接照明の下では、これでちょうどいいのだろう。遺体展示には絵画の展覧会と同じくらいの配慮がはらわれるのだ。

それが済むと、いよいよチークカラーの番だ。すでに遺体の肌の生気は戻っているので、今度は健康的な「薔薇色」の頬というやつをつくり出さねばならない。ジェイムズはチークブラシをつまむと、頬骨から耳の横を通って額のほうへとなでていった。こうすると病のために痩せくぼんだ遺体の頬がほどよく浮きあがるライトアップ効果が得られるのだ。

グリンはエンバーマーの匠《たくみ》の妙技にすっかり魅せられて、遺体の中指のエナメル塗りをし損ってしまった。

同じような失敗をウォーターズもやらかした。彼もジェイムズの技に気をとられていたのか、間違った衣裳を持ってきてしまったのである。ジェイムズはウォーターズの差し出した衣裳の袖をつまんでぶらぶらさせながら冷たく言った。

「おい、こんな簡便屍衣《イージー・シュラウド》を持ってきて、どういうつもりなんだ?」

ジェイムズがぶらさげている簡便屍衣《イージー・シュラウド》とは、珍妙なシロモノだった。スーツ、シャツ、ベスト、ズボンが、すべて上から下までつながっていて、しかも、衣裳の正面の側だけという細工の衣裳。つまり、死後硬直がひどくて服を着せにくい時とか、衣裳代を安価にすませたい時に、柩に横たわった遺体に上から被せるだけで、いかにも衣服を着ているように見せられるという仕掛けの衣装だった。ジェイムズは屍衣をウォーターズに押しもどすと、言った。

「親父が指定しておいたお気に入りの服をノーマンが用意しているはずだ。行って訊いてこい」

ウォーターズがあたふたと出ていって、ふたりきりになったのを機に、グリンは思いきって賞賛の言葉を口にした。

「凄い、生きてるみたいだ」

ジェイムズは、驚いたように眉を吊り上げてグリンのほうを見た。

「パンク小僧にも、わかるのか？……だがな、こんな技術は子供騙しさ。わたしは、こんな仕事はたいしたことじゃないと思ってる」

「なぜ？」

「うん、死体を人工的に甦らせたところで、しょせんはアダ花さ。惚《ほう》けてる遺族をちょっと喜ばせて、二、三週間も経てば腐り果ててしまう。エンバーミングなんて一過性の技術に過ぎん。そんなものに美を見出すなんて無意味だ」

「それじゃあ、なにが美しいと？」

ジェイムズは思いつめたように目を細めていたが、しばらくしてようやく口を開いた。

「美しいのは……死そのもの。――それだけだな」

「死そのもの？」

「そうだ。自然界を眺めてみろ、宇宙のことを想ってみろ、生きているものより死んでいるもののほうが、どれほど多いことか。この宇宙においては、吸収や排泄や増殖を意地汚く繰り返す有機物よりも、物質として平衡状態を保っている無機物のほうが、ずっと自然で美しいのさ。わたしは、薔薇色の頬より石の光沢の冷たさのほうに魅せられる……」

「人間も死んだほうが美しいのかな」グリンはぼんやりと言った。

「ああ。人間も生まれた時から体内に死を内包している。寿命ある人間が毎日生きるということは、実は毎日少しずつ死んでいるということなのだ。そして、体内の死の暴力が噴出し、肉体を朽ち果てさせる時、人は初めて自然で美しい平衡状態を得、永遠の仲間入りをするんだ」

グリンは、普段は表情のないジェイムズの目が大きく見開かれ熱に浮かされたようになっているのを認めた。例のお茶会の席では語られなかったが、やはりジェイムズも自分なりの死への想いを抱きながら、葬儀屋の仕事をしているのだ。それは葬儀屋一族の宿命なのかもしれなかった。グリンはふと思ったことを口に出した。

「あんたの中にも、死の暴力が巣くっているのかい？」

ジェイムズの肩が一瞬わずかにすくんだ。まるでグリンの質問を知覚するより先に身体が反応してしまったとでもいうように。

「む、そうかもしれんな。だが、それは誰でも持っているものだ。……死の本能とでも言い替えたらいいかな。親父が自殺したのも、彼の体内の死の本能が我慢しきれなくなったんだろう。親父は苦痛に満ちた生の世界から自然で安らかな平衡の世界に戻りたかったんだろうさ。だから、こんな欺瞞《ぎまん》に満ちた死化粧など、本当はいらないのかも――」

ジェイムズがそこまで言いかけた時、ウォーターズが戻ってきた。後ろにはスマイリーの衣裳を捧げ持つノーマンの姿があった。

死せる霊園領主の装いは、着々と整いつつあった。自分の仕事を済ませたグリンは、もうそれ以上仕事はないと言われたので退出することにした。扉のノブに手をかけた時、グリンの背中に向かってジェイムズが言った。

「おい、どうやら防腐液を盗んでいるやつがいるみたいなんだが、おまえ、知らないか?」

第15章　《黄金の眠りの間《ゴールデン・スランバース》》にて

すなわち、葬儀堂では、人生の根本的な価値がエンバーミングされた遺体の安らかなイメージのなかに凝縮されているのである。

――メトカーフ、ハンティントン『死の儀礼』

1

死体に丁寧な化粧を施し、わざわざ柩の蓋を開けて会葬者の目前に陳列する。――この他国の者からは、いささか異様に見えるアメリカ人の葬儀慣習の起源について、ある学者は、中世ヨーロッパの王侯貴族の死化粧や死体の石灰樽漬け保存法、あるいは、百年戦争の戦死者の防腐処理などを引き合いに出す。スコットランドの解剖学者の弟の功績とする説をまことしやかに唱える者もある。だが、一国に特有の慣習という観点から、直接的には、やはり南北戦争前後の時代の歴史的事実に起源を求めるのが妥当ということになるだろう。

十九世紀の初頭、アメリカ全土に人口の移動と拡散が起こり、近親者が死体埋葬のために遠くまで運搬するという事態も起こってくるようになった。それに加えて、南北戦争の頃には多くの青年が故郷から遠く離れたところで死に、そうしたケースがさらに頻繁になってくる。それまでのアメリカの葬儀といったら、指物師《さしものし》――つまり棺桶大工が、牧師や墓掘り人や貸馬車屋と共に行なっていたのだが、ここに遺体保全のための防腐処理の必要性が生じ、専門のエンバーマーが誕生することになったのである。

こうして誕生したエンバーミングの技術だったが、この新技術に全米の目を集めさせるような事件が、絶好のタイミングで起こった。南北戦争終結時におけるリンカーン大統領の暗殺である。偉大な大統領の葬列は、北東部および中西部を経て、ワシントンからイリノイ州のスプリングフィールドまでの長い巡業を行なわなければならなかった。そんなわけで、大統領の遺体には、当然のごとくエンバーミングが施されることとなったのである。

この宣伝効果は絶大だった。国葬のあと、北部のほとんどの人々の応接間には、まるでイコンのごとく大統領の昇天の図が飾られることになった。そうして、南北戦争で親族を失った心の傷がまだ癒えていなかった人々は、葬列見物で見た大統領の死顔の安らかさを思い出しながら、（もちろんエンバーミングという言葉さえ知らなかったのだが）自分たちの葬儀においても、そうした美しい表情を再現したいと切望したのだった。

――ここに、アメリカ国民がエンバーミングの新技法を受け容れる心理的な確固たる下地ができたのである。

こうして生まれた近代的な葬儀屋《モーティシャン》の父祖が誰かと問われれば、たいていの現役の葬儀屋は厭な顔をするのだが、四年間で四千人の遺体に防腐処理をしたホームズ博士なる人物をあげなければならない。この男が嫌われたのは、彼が業界に革命をもたらした偉大な人物などではなく、死骸や解剖が好きでたまらない、ただのにせ医者である疑いがあったからだった。

こうしたにせ医者の横行を憂慮した政府は、十九世紀初頭に、早くもエンバーマーの資格認可の法令を整備し始めた。そして、一八八〇年代に、動脈注射法が開発され、効果的な美顔修復ができるようになり、エンバーマーはついに職業的地位と支配力を持つようになる。これらのことは、アメリカの葬儀習慣を規定し、葬儀産業を隆盛に導く基礎となった。つまり、エンバーミングに要する専門器具の必要性は自宅での葬儀を困難にし、また、集《つど》い来る会葬者たちが美しく死化粧した遺体と対面する場としても、壮麗な葬儀堂が必要となってきたのである。

ここに、アメリカ独特の葬儀習慣が確立した。エンバーミングにより、「まるで生きているように」変容を遂げた遺体は、花と音楽に包まれ、壮麗な葬儀堂で会葬者との最後の対面をする。そして、同じ葬儀堂内の礼拝堂で葬式を済ませたあとは、訪れる者を墓参と観光のない交ぜになった気分にさせる風光明媚な公園墓地へと埋葬されることになるというわけである。

2

グリンはいま、葬儀堂の霊安室《スランバー・ルーム》にいて、アメリカの葬送儀礼の最大の売り物となっているハイライト場面の真只中《まっただなか》にいた。——つまり、スマイル霊園に君臨した偉大な領主の遺体展示に立ち合っていたのである。

スマイリー・バーリイコーンの葬儀は二日間にわたって行なわれることになった。遺体が発見された翌日の午後三時ごろには、早くも遺体が霊安室に運び込まれ、急な知らせにもかかわらず、遺族以外の会葬者も集まり始めていた。これだけの地位がある人物の葬儀は、普通なら遠隔地からの参列者の時間的余裕を配慮して数日後に行なわれるのが妥当なところだったのだが、スマイリー自身が前々から雪が降り出す前に葬儀をせよ、と言っていたので、ジョンが事を急いだのだ。

スマイリーの柩が安置されたのは、葬儀堂内でも最上かつ特異な地位を占める《黄金の眠りの間《ゴールデン・スランバース》》だった。グリンは会葬者たちの間をぬい歩きながら、この素晴らしき〝死のための部屋〟を、改めてとくと鑑賞することにした。

《黄金の眠りの間《ゴールデン・スランバース》》――この控え室と柩の安置室の二部屋からなる霊安室の内装は、ルイ十四世を敬愛したヴァンダービルト家のいささか行き過ぎの熱意を思い出させるようなバロック趣向を基調としたものだった。

大理石の堂々たる柱、孔雀石《くじやくいし》や貝殻や金箔で過剰なほどに装飾を施された壁面。上方へ目を向ければ、コーニスにも金箔が貼られ、その黄金の輝きを反映した天井の羽目板は重厚なモールデングでさまざまな形に分割され、ジュピター神やその他のオリンポスの神々のエロティックでたくましい情事の様子が描かれていた。

だが、そうしたものたちにも増して、よりバロック的な特徴を示しているインテリアがあった。控え室の扉を入って正面の赤いサテンのカーテンの左側に据えられた大鏡。これは、かの稀代の詩人彫刻家ベルニーニの弟子フィリッポ・パロディの手になる鏡を再現したものだった。ここでも鏡の縁には鍍金《めっき》の装飾がびっしりと施されている。裸のキューピッド、巻きひげ、花々、貝殻などが互いにもつれあい、二頭の獅子が台座となってしっかり支えていた。

この豪華な鏡を覗き込む者は、ちょっとした驚きを味わうことになるだろう。鏡にはずっと奥へとつづく道が映っていて、その奥行き《パースペクテイヴ》の彼方には、天使やアダムとイヴらしい人物が集う楽園が垣間見えているのだ。この光景にわが目を疑って、もう一度目を凝らして見ると、さらに驚かされることになる。なぜなら、その光景は実は鏡に映ったものではなくて描かれたものであるということに気づくからだ。鏡は精緻に描かれた騙し絵《トロンプ・ルイユ》だった。楽園へ至る奥行き《パースペクテイヴ》は偽りの奥行き《パースペクテイヴ》なのだ。この風変わりな装飾を造った時、スマイリーは「これは、ヴァンダービルトもルイ十四世も考えつかなかったオリジナルだ」と言って悦に入ったのだという。

控え室と扉を挟んでつづいている安置室もまたバロック趣味を基調とした部屋だったが、華やかな宮廷風バロックというより、もう少し初期のローマン・バロックの崇高さ、つまり宗教の無限志向なるものを求めたような造りになっていた。

安置室に足を踏み入れたグリンは、その上部構造の素晴らしさに目を奪われた。部屋の天井はバロック聖堂を思わせる楕円《だえん》ドーム状をなしており、見る者をして、楕円軌道の彼方の惑星の旋回を想起させ、また、精神と肉体の二極運動の心地よい眩暈《めまい》へと誘うかのようでもあった。その天井からは細いガラスの管が何本も放射状に下って穏やかな黄金の光を放っている。このシャンデリアのガラス管の一本一本は天から降りそそぐ光を表わしていた。俗にヤコブの梯子《はしご》と呼ばれる、高い雲の切れ間から急勾配で差し込む光――神の恩寵《おんちょう》そのものといった崇高な光を、そのシャンデリアは表現していた。こちらの部屋の装飾は主にハース博士の助言によって造られていたが、博士はこのドラマティックなシャンデリアのアイディアを、ベルニーニの彫刻『聖テレサの恍惚』から得たのだとしていた。

しかし、このシャンデリアから得られた恍惚感は、部屋の正面に据えられた大きな黄金の立像を見た時に凍りついてしまうことになる。そこには、バロック、ルネサンスをさらに遡《さかのぼ》った中世の暗い翳りが漂っていた。像は死せる中世君主フランソワ・ド・サールをかたどったものだったのだが、気の弱い者なら正視に堪えないような図柄になっていた。遺体像の顔の唇、鼻、目、耳などには、厭らしいヒキガエルがぴったりと張りつき、胸の上で組まれた腕には何匹ものミミズが穴をあけ、自在に出入りしているのだ。あまりの気味悪さにグリンが思わず視線を逸らすと、台座部分に銘文が刻んであるのが目に入った。

「われを見よ。老いたる者も若き者も、明らかにわれを見よ。われらの終末の姿を。いかなる地位を持つ者も、男も女も、老いも若きも免れ得ず。されば憐れなる者よ、なぜ奢《おご》り高ぶるや。汝はただ灰に過ぎず。われを見よ。悪臭を放つ死体。ミミズの顔、そして灰」

——このやりきれない無常観、朽ち果てゆく肉体の残酷さを表わした立像については、霊園内でも賛否両論に分かれていたが、導入を主張したハース博士にはそれなりの目算があった。先日のお茶会でも触れられたことだが、彼に言わせれば、これは罪ほろぼしの証しということになるのだ。

こうした立像がつくられた頃の君主たちは、当時キリスト教が禁じていた現世的快楽を貪《むさぼ》っていた。それゆえ、死に際して神の審判を恐れた彼らは、せめても自らの肉体をうじ虫に食わせ、肉の快楽の免罪を得ようとしたというのである。その様子をかたどったのが、この——トランジ像だった。

不気味な像に込められたこうした古《いにしえ》の心性は、意外なことに、現代においても大いに受け容れられた。大会社の経営者など、若い頃から清濁併せ呑んできたような連中が、死期が近づくと急に宗教に帰依し、あわてて現世の罪ほろぼしを求めるようになるのである。

おかげで、《黄金の眠りの間《ゴールデン・スランバース》》は、特に上客たちに人気のある霊園最高の売り物になっていた。それゆえ、トゥームズヴィルの封建領主のように君臨し、好き放題をやってきたスマイリーの遺体を安置する処としても、この特異な霊安室はふさわしいと言えるのだった。

いま、フランソワ・ド・サールの悲惨なトランジ像の下には、両側を背の高いフロア・ランプに挟まれ、沢山の花輪《リース》で周囲を飾りたてられたスマイリーの柩が安置されていた。グリンは柩の中のスマイリーと朽ち果てゆく悲惨なトランジ像を交互に見ながら、スマイリーも、そして自分も、これからあんなおぞましい姿になってしまうのだろうかと思った。自分はそんな目にあうような酷い罪を犯した憶えはない。それなのに、いまやあのトランジ像の動く宣伝見本のような役割をさせられているのだ。グリンはふとスマイリーのほうはどうなんだろう、と思った。

——彼もまた甦るのだろうか？　無残な歩くトランジ像と化してしまうのだろうか？　祖父も、そんな酷い目にあうような罪を犯したというのだろうか？

グリンはいますぐにでも柩のそばに歩み出て、別れを告げる会葬者を押し退《の》け、「スマイリー、起きてくれ、起きて俺たちがいったいどうなっているのか教えてくれ」——と叫びたい衝動に駆られた。

「ほう、これはまた、ずいぶん平凡な柩を選んだものじゃな」

不意に背後でした声に振り向くと、いつの間にか帰っていたハース博士が立っている。

グリンはほっとして言った。

「ああ、博士、あんたと話したかったんだ。スマイリーの死について——」

ハース博士はグリンの言葉を途中で遮った。

「まあ待ちなさい。ここじゃあまずい。夜にでもわしの部屋で話そうじゃないか」

気勢をそがれたグリンは、仕方なく再びスマイリーの柩のほうへ目を転じた。

祖父が納められているのはマホガニー製のツーピース蓋の柩だった。四隅に丸みがついた直方体の柩で、側面には八か所に金色の取手がつき、尾部《フイツシユテール》には装飾が施されている。この柩の特長は、ふくらみをもった蓋が上下ふたつの部分に分かれて開くということだった。つまり、上部の蓋だけを開ければ、中に安置された遺体の上半身だけが見られるようになっているのである。この柩は、死者の「まるで生きているような」お顔を披露しなければならないアメリカの葬儀の目的に適した、アメリカの葬儀には欠かせない人気商品でもあった。だが、ことほどさように広く流布《るふ》しているものだけに、偉大な霊園領主の柩としてはいささか「平凡」では、という見方をする者もあったのだが。

いま、上部の蓋が押し上げられた柩の中には、すべての罪滅ぼしを完了したような、穏やかな微笑を浮かべたスマイリーの顔が覗いている。柩の中のスマイリーは、驚いたことに、およそ二十歳ほども年齢が若く見えた。グリンがエンバーミング・ルームから退出したあとも、ジェイムズは遺体にさらに手を加えていたのだ。遺体の髪も髭も黒く染められ、それにべっこう縁の古風な丸眼鏡とくると、それはまさにホールに掛かっていた壮年期のスマイリーの肖像の再現にほかならなかった。

「こうしてみると、グルーチョ・マルクスそっくりじゃな。なにか企んでいるような薄笑いを浮かべて……いまにも柩から抜け出して、愚かな金持ち未亡人に偽りの恋でも囁きそうじゃないか」

ハース博士の不謹慎な物言いにもグリンは思わずうなずいてしまった。確かにそんなふうにも見える。しかし彼は、そんなことよりも完成したスマイリーの死化粧に心奪われていた。化粧室の蛍光灯の下では白っぽく見えた肌色も、霊安室の恩寵の光の下では自然な生気を放っていた。会葬者たちのほうにわずかに傾げた顔の角度も申し分ない。

そして微笑も。――そこにはまさに〝スマイル霊園謹製微笑《スマイル》〟が宿っていた。スマイリーはついに、〝黄金の微睡《ゴールデン・スランバース》〟とも見まごうような安らぎに満ちた死を得たのである。グリンは遺体から目を離して、そっと振り向いた。会葬者たちのいちばん後ろには、一同の肩越しに自信に満ちた表情で遺体を見つめるエンバーミング主任《チーフ》、ジェイムズの姿があった。

「ジェイムズにケネディ大統領のエンバーミングをやらせたかったのう」ハース博士が呟いた。

「ケネディ大統領？」グリンが訊いた。

「ああ。ケネディ大統領の遺体は、ガウラー葬儀社の手で三時間もかけてエンバーミングが施された。ところが、それにもかかわらず、大統領の柩の蓋は、議事堂の円形広間に安置されてから埋葬されるまで、二度と開けられなかった」

「開けられない理由でもあったのかな？」

「《タイム》誌は、柩の蓋が開けられなかったのは遺体の顔がひどく破壊されていたためだと報じたが、どうかのう。わしは関係筋からガウラー葬儀社の仕事はそれほど悪くなかったと聞いておる。……ひょっとすると、なにか別の重大な理由があって、大統領の柩の蓋は開けられなかったのじゃないかな……」

そこでハース博士は意味ありげな含み笑いをした。

「まあ、ともかく、ジェイムズほどの腕のエンバーマーにかかれば、エンパイア・ステート・ビルから顔面ダイビングした男でも、葬儀の朝はハリウッドの二枚目スターじゃ。ジェイムズがケネディ大統領のエンバーミングをやっていれば、有無を言わせず柩の蓋が開けられ、全国葬儀社協会《ナショナル・フューネラル・ディレクターズ・アソシエーション》もホワイト・ハウスに抗議文を送らずにすんだろう」

「大統領にならってみんなが柩の蓋を閉めれば、葬儀屋は商売あがったりで、エンバーマーは芸術家からただの廃品処理業者になり下がっちまうというわけか」

グリンとハース博士が無駄話をしている間にも、会葬者たちは次々にスマイリーに別れの言葉を告げていったが、州の葬儀社協会のお偉方や同業者たちは、「素晴らしい、まるで生きているみたいだ」と口々に言い、ジェイムズへの賛辞を惜しまなかった。だが、このエンバーマーにとっての最高の褒め言葉も、ジェイムズにしてみれば時候の挨拶と変わらないらしく、当り前のものとして聞き流しているように見受けられた。

そんな会葬者たちの群れの中で、異質の者がふたりほど交じっていることにグリンは気づいた。ひとりは先日ジョンとのパートナー宣言をした南賀平次だった。彼はもともと低い背をさらに低くして、参列している議員や州の有力者たちに、名刺と「お近づきの粗品」を配りまくっていた。南賀のプレゼントは日本製の使い捨てカイロだった。これは活性炭入りの袋を振ると発熱するというもの。死んで体温が下がり、不用意に握手もできないグリンにとってこれは思わぬ重宝品《ちょうほう》となったが、これを手にしたジョンは、さすがに自分の盟友の恥知らずな人脈作戦に眉をひそめたようだった。

もうひとりの異端者はまだ可愛気があった。テキサスから来た精肉業者で、昔スマイリーに世話になった男だった。彼はたまたま取り引きの関係でマーブルタウンを訪れており、スマイリーの死を知ったのだ。このテキサス男は霊安室の幻想的な雰囲気に度胆を抜かれ、すっかり緊張していた。彼は大袈裟なカウボーイ・ハットをワークシャツの胸のあたりに押しあて、おどおどした態度で柩のそばに歩み寄った。そして彼がスマイリーに別れの言葉を言い始めた時、自信に満ちたジェイムズが奈落に突き落とされるようなことが起こったのである。

男は赤ら顔をますますほてらせてスマイリーに話しかけた。

「スマイリーさん、急のことなんで、びっくりしただよ。おらだ、スミスだよ。ほんと、死んじまったら、おしめえだよなあ。可哀相に。死体《デッド・ボディ》だもんなあ。やっぱり死んじまったら、人間も豚公も、こうして肉塊《ミート》になり果てちまうんだよなあ……」

この「死体と肉塊」という言葉が霊安室内を不気味に静まり返らせた。スミスの他意のない素朴な表現も、誇り高き葬儀業者にとっては冒瀆《ぼうとく》以外のなにものでもなかった。ジョンとジェイムズはあまりのことに蒼ざめている。すかさずジョンが会葬者の群れから分け出て、無邪気なスミス氏の肩を後ろからがっちりと摑んだ。

「スミスさんは、ちょっと動転なさっているらしい。さあ、あちらへ行ってお休みなさい。あなたにはショックが強すぎたんだ」

そう言うと、ジョンは有無を言わせず戸惑うスミス氏を廊下へと連れ出した。後に残ったジェイムズは、神経症的に目蓋を引きつらせながら、咽喉《のど》からしぼり出すような声で会葬者たちに宣言した。

「故人《ザ・ラヴド・ワン》（もちろん死体《デッド・ボディ》ではない）は、お色直しのためにしばらく退出させていただきますので、どうかそのままお待ちくださいますよう……」

ジェイムズは明らかに動揺していた。

3

彼は不愉快な気分になっていた。

ここのところ、ろくなことがない。周囲の連中がみんな自分に逆らい、嘲笑っているように見える。これはいったいどういうことなのだ？　このままでは、また自分の内部に追いやられ、自分は小さい、卑しい、劣った人間なんだという事実と向かい合わねばならなくなる。

そんなのは、ごめんだ。——絶対に。

だが、彼に対する圧力は日に日に高まってきている。どうやら彼は尻尾を摑まれてしまったらしいのだ。あいつは、いろいろなところを調べまわり、それを彼につきつけて非難しようとしているのだ。

あいつに、なにがわかるというんだ。ろくな働きもしていないくせに……。

彼の中でまた鬱屈したエネルギーが暴れ始めていた。ひどく苛立った彼は、テーブルの上の凶器を手に取った。

少し心が休まった。そうしながら、先日のハロウィーンの日のことを思ってみた。

あの日も、ちょうどこんなふうに、彼の内部で、捌《は》け口を求めるエネルギーが溢れかえっていた。どうにも我慢しきれなくなった彼は町へ出かけ、慎重に考え、大胆に行動し、目的を果たした。

そして、とても爽やかな気分になったのだった。

今度は、どうしようか？　と彼は思った。いまは、町へ出かけるのには、まずい時なのかもしれない。それなら……。

不意に彼は、捌け口を霊園内に求めてもいいんじゃないかと思いついた。

そうだ、そうしよう。この間もそう思ったのに、すっかり忘れていた。まさに恰好《かっこう》の犠牲者がいたじゃないか。

そう、こいつを果たせば、まさに一石二鳥ということになるかもしれない。

彼は知らず知らずのうちに、目の前の安らかに眠る死者のような、満ち足りたほほ笑みを浮かべ始めていた。

第16章　最後の晩餐

席をしつらえよ。酒をはこべ。バラの冠で君の頭をかざり、君のからだに香水をふりかけよ。神が君に呼びかけているのだ——死ぬ運命を忘れるな、と。

——マルティアリス
『エピグラム集』

1

スマイリーの遺体が《黄金の眠りの間《ゴールデン・スランバース》》に安置された晩、親族を中心にした内輪の晩餐会が葬儀堂内の会食堂で催されることになった。葬儀のあと気落ちした様子で自室にひきこもったモニカと従者ノーマン、それにマリアーノ神父を欠く以外は、スマイリーの臨終劇の時と同じメンバーが集まった。

グリンは食卓を見まわしながら、以前、ここで起こった暴走棺桶乱入騒動の晩餐会を思い出していたが、今回は少しばかり雰囲気が違っていた。ジョンの指示で、会食堂内の照明は消され、代わってペルシャの三つ叉の長柄槍のような燭台《しょくだい》が長テーブルの四隅に置かれ、一同は蠟燭《ろうそく》の幽幻な明りを頼りに食事をしなければならなかったのである。部屋の雰囲気は喪の厳粛さと芝居がかった滑稽さが入り交じったものとなった。会食堂の中を往来するボーイたちが燭台の前を横切るたびに長い影が四方の壁に揺れるさまを眺めながら、グリンは自分がまるで中世王侯のなかでも飛びきり陰気な一族の宴に招かれたような気分になっていた。

だが、こうした薄暗い照明のなかにいることは、かえってグリンには好都合ともいえそうだった。彼は死んだ翌日から顔に化粧を施して肌色の生気のなさを隠していた。パンク少年が気まぐれな化粧をしても、案の定、またかと思われただけで、誰も詮索しようとはしなかった。それどころか、この不良らしい奇矯な行為に、触らぬ神に祟りなしと、顔をそむける者がほとんどだったのだ。グリンは、この時ほど自分がパンクであることに感謝したことはなかったが、それでもまだ、自分を明るい照明の下に晒すのは、勇気がいることだった。

グリンを憂鬱にさせたのは部屋の暗い雰囲気よりもむしろ、テーブルに並べられた料理のほうだった。彼のいまの身体《ボディ》は死体《デッド・ボディ》、つまり食物を受けつけなくなっているのだ。液体にせよ、固体にせよ、食べ物が身体に入って器官に溜まれば、それは間違いなく腐敗の原因になる。本来なら身体を生かすはずのありがたい糧《かて》が、いまや、身体の崩壊を促進する恐ろしい火種となっているのだ。グリンは食事のたびに部屋にこもって避けていたが、今回ばかりは一族の儀式的意味合いもあって出席せざるを得なかった。グリンは仕方ないので、なんとか料理をポケットにつっ込み、あとで捨てることにした。楽しかるべき食事がかえって面倒事になるなんて、死者と生者の共存も楽じゃない——そんなことを思いながらグリンが目を上げると、会食堂の壁面にも、やはり憂鬱な顔で食卓を囲んでいる連中がいるのが見えた。

会食堂の壁面を飾っている巨大なモザイク壁画は、ダ・ヴィンチの《最後の晩餐》の構図をほぼ模したものだった。イスカリオテのユダの裏切りによる自らの死を予見したイエスが、「まことに汝《なんじ》らに告ぐ。汝らの中のひとり、われを売らん」と聖餐の席で告発し、十二使徒たちが騒然となった有名な場面である。劇的で密度の濃い、時間が凍結してしまったような構図を眺めながら、グリンは、今夜の晩餐の席にもユダはいるのだろうかと、ふと思った。

「あの絵って、探偵小説の解決場面に似てるわね。名探偵イエス様が容疑者連中を集めて、さて、真犯人はァ……、なんてね」グリンの隣りでやはり壁画を眺めていたチェシャが気楽な感想をもらした。

グリンはそれには取り合わず、そっと晩餐会の出席者を見渡した。みんななにくわぬ顔でナイフやフォークを操っている。

〝悪〟は〝死〟よりも始末が悪いな、とグリンは思った。死の翳は人間の肉体に否応なく滲み出してくるものだが、人間の中に巣くう悪は決して外観には顕われない。聖者のような顔をした者が救いようのない犯罪者であることが、往々にしてある。身体《ソーマ》は魂にとって墓標《セーマ》であると言った哲人がいたが、どうやら悪にとって身体は堅固な隠れ家たりうるようだ。

テーブルを見まわしていたグリンは、壁画のイエスと同じような憂い顔で目の前の料理を気がなさそうにつついている男に目をとめた。一瞬、そこにスマイリーが坐っているような錯覚にとらわれたが、もちろんそれは、鬘《かつら》をかぶり眼鏡をかけたジョンだった。彼がこうしてみんなと食卓を囲むのは、例の暴走棺桶乱入事件以来久しぶりのことだったが、今回のジョンはあの時に比べて、いかにも元気がなかった。いや、元気がないというよりなにかに怯えているようだ、とグリンは思った。この男は、スマイリーが亡くなったいま、望みどおり名実ともに霊園と一族の頂点に立つ地位を得たというのに、なにかに怯えきっている……。

グリンが抱いたのと同じ印象を持った者はほかにもいた。ウィリアムが食卓の気まずい沈黙を破って口火を切った。

「どうした、兄貴、元気がないな。あんたのお望みどおり事が運んでいるじゃないか。それとも、新しい遺言状の内容がわかるまで安心できないのか？」

この不躾《ぶしつけ》な言葉にジョンはゆっくりと顔を上げ、ワイン・グラスに口をつけてから、つとめて冷静さを保とうとしているような口調で言った。

「もうすぐ、ハーディング弁護士が来て発表してくれることになっている。わたしは親父を信じてる。親父もわたしを信頼していた。妙な書き換えはしていないだろう」

「そうかな？　まあ、仮にそうだとしても、ほら、世間を騒がせてる例の事件みたいに親父が甦って財産は譲らんなんて言い出したら……おっと、これは兄貴だけじゃなくて、ここにいるみんなが困る話だったかな」

ウィリアムは冗談のつもりで言ったようだったが、誰も笑わなかった。だが、そのあとジェイムズがジョンにした質問は、ウィリアムの悪い冗談にもまして、その場の空気を損うものだった。

「親父の火葬は取り止めか？」

ジョンははじかれたようにジェイムズのほうを向くと言った。

「もちろんだ。明日の親父の葬儀はカトリックの儀式にのっとって行なう。前に言ったことは失言だ。親父もそれを望んでいるし、遺体は焼かずに埋葬することになる」

「望んでいた、だろ」ジェイムズがすかさず指摘した。「——この前と少し話が違うな」

すこし間があってから、ジョンが訂正した。「そう、望んでいた、だ」

ハース博士がその場をつくろおうとした。

「ふむ、肉親が亡くなった時に時制を間違えるのは無理もない。死者の時制はすべて過去形なんじゃからな。こういう死の文法には時制だけでなくて、人称の変化もあってな——」

ハース博士の蘊蓄話《うんちくばなし》を聞き流しながら、グリンは果たしてこの中の何人が、自分たちの肉親の死にショックを受けているのだろう、と訝った。グリン同様この晩餐の席を不快に思っているチェシャが、ハース博士の衒学《げんがく》披露に辟易《へきえき》して、より煽情的な話題をむし返した。

「死人が甦る——で思い出したんだけどさあ、この霊園内でも最近、死人が目を醒ましたって噂を聞いたのよね」

グリンは自分のことを言われたのかと思ってあわててチェシャのほうを見たが、彼女は彼のことなど意識している様子もなく、みなの注目を集めたことで得意顔になっている。

「この霊園内でか?」最初に反応したのはジョンだった。

「そう。ウォーターズが言ってた」

「あのお喋りオカマめ」ジェイムズが話を引き取った。「オブライエンの一件のことを言ってるんだな」

それまで黙って皿に向かっていたジェシカとフレディは、自分たちの姓が出てきたので顔を上げた。フレディがもたもたしているうちに、ジェシカが口を開いた。

「義父《ちち》になにかあったの?」

ジェイムズは馬鹿にしたように鼻を鳴らした。

「うん、あれは別にたいしたことじゃない。死後硬直で遺体の目蓋が偶然開いただけだ。ああいうひどい事故で皮膚がズタズタに引き裂かれている時には起こりがちのことさ。ねえ、ハース博士?」

「うむ、そうだな、手術をした時なども皮膚の表面積が小さくなるために、引っぱられてそんなふうになることがある」

ジェシカはあまり納得できないような顔つきでジェイムズを見る。

「信用しないのか？　あれは慣れていないウォーターズの見間違いさ。故人はいまごろ墓で安らかに眠ってるよ。死やにをうまく伸ばしといたから目蓋もしっかり閉じてるさ」

「死やに？」フレディが間の抜けた声で訊いた。

「ああ。遺体の目尻にたまる目やにのことだ」

「あら、それはどうも、生前にもまして義父に気を遣っていただいて、ご丁寧にありがとう」ジェシカが皮肉っぽく言った。

ジェイムズは肩をすくめるだけだったが、なにかに気がついたような顔をして、ジョンのほうを向いた。

「どうしたジョン、気分が悪そうだな。まさか、怯えているんじゃないだろうな。それとも、オブライエンが甦るとなにか困ることでもあるのか？」

ジェシカが待ってましたとばかりにフレディをせっついた。

「ほら、あなたの父親のことよ。なんとか言ってやったらどうなの？」

だが、いざとなるとフレディは口角に泡を溜めるばかりで言葉にならない。

ジョンを責めることなら、ウィリアムも望むところだった。

「兄貴は葬儀屋の親玉になったくせに、死者が怖いのさ。うちの親父だろうが、オブライエンだろうが、死者を怖がってちゃ、しょうがないだろう。葬儀屋というのは死者とのお付き合いが大切なんじゃなかったのか？」

ジョンはウィリアムを睨《にら》みつけ、次にイザベラのほうを見たが、イザベラはどちらにつくでもない曖昧な薄笑いを浮かべてすましていた。フレディののろまぶりに業を煮やしたジェシカがジョンに追いうちをかけた。

「義父が、あんたとあんたの日本人のパートナーを快く思っていないのなら、甦ってあんたを脅かしても不思議はないわね……」

「やめろっ！」

叫んだのはフレディだった。だがそれはジョンにでなくジェシカに対してだった。テーブルの上で握りしめた拳の関節が白くなっている。ジェシカはそこに夫が存在していることに初めて気づいたかのように目を見張った。

「でも、あなた……」

「いいから、やめるんだ。俺の父親のことをそんなふうに言うな。それから、あんたらもどうかしてる。永年葬儀屋をやっていると、人の死をそんな——下劣な手ざわりでしか語れなくなるのか。もう、うんざりなんだよ！」

フレディの予想外の激しい口調に驚いて、ジェイムズもウィリアムも黙り込んでしまった。会食堂には前にもまして気まずい空気が漂った。チェシャは自分のひと言が原因で座がしらけるのには慣れっこになっていたが、そのたびに綽名《あだな》のチェシャ猫のように都合よく消えることができたらなあと勝手なことを思うのだった。

だが、重苦しい空気は長くはつづかなかった。ボーイがハーディング弁護士の来訪を告げたのだ。

2

小男の弁護士は、あいかわらず不思議の国の忙し兎のようにあわただしく会食堂に入ってきた。

「いやあ、遅れてすまん。マーブルタウンの顧客の会社で労働争議があってな。金曜日にストだよ、いまどきスト。わたしは言ってやったんだ、とんだ時代錯誤だってな」

ハーディングは早口でまくしたてながら勝手にジョンの隣りの席へ坐った。

「いや、食事はいらんよ。これからすぐにニューヨークへ飛ばなきゃならんのでな。ほんとにもう忙しくて。わたしは、これだけいただけば——」

そう言いながら、ジョンのワインを止める間もなく勝手にぐっと飲みほしてしまうハーディング。しかし、ジョンはこの忙し屋弁護士の不作法をとがめるどころか、まるで、密林でスタンレーに遭遇《であ》ったリヴィングストンのような眼差《まなざ》しで見ている。ハーディングは一同を見まわして言った。

「どうした、そろいもそろって、まるでお通夜《ウエイク》みたいな不景気な顔をして――」

もちろん、これに答える者はいなかった。はっと気づいたハーディングはあわてて言った。

「いや、す、すまん。本当に通夜だったんだな」それから、神妙な顔になって、「――失礼して、先に霊安室へ行ってきたよ。いろいろあって、大変だったが、いまは安らかに眠っておった。まるで生きとるようだ。エンバーミングはやっぱり、ジェイムズの仕事かな？　いや見事な出来ばえ。あんなふうに横たわっているのを見ると、悪戯《いたずら》好きのスマイリーがたぬき寝入りをしているようにしか見えん。いまに、ひょっこり起き上がって、みんなをびっくり……、あ、えへん、わたしとしたことが、どうも失言が多くて、これもみんな忙しいせいなんだよ」

「アンドリュー、来て早々、せかせるようで悪いんだが、その……」とジョンが言いよどんだ。

ハーディングが勝手に忙しがっているのに、せかせて悪いもないもんだとグリンは思ったが、ジョンの口調には真剣な切迫感があった。

「ああ、わかっているよ。スマイリーの遺言状の件だろ。新しい遺言状は――」

忙し屋の弁護士が、海千山千のプロらしい態度を見せて、ここではゆっくりとひと呼吸おいた。

「……ない」

「ない？」ジョンだけでなく、ほかの兄弟たちも一様に拍子抜けしたような顔つきでハーディングを見つめる。

「ああ。ないんだ。スマイリーは結局、新しい遺言状は書かなかった。従って、遺産分割は前の遺言どおり。なんなら、ここでもう一度発表しようか？」

「いや、いい」ジョンは即座に言った。ハーディングの言葉をきっかけに、急にまた気力を取り戻したように見えた。「みんなも、もう遺言の内容はわかっているからいいだろう。晩餐会はこれでお開きだ」

――そう口早に言って、ジョンはそそくさと立ち上がった。

ジョンは再び霊園の領主としての自信を取り戻したかのようだった。晩餐会の間中、避けるようにしていたイザベラに対しても、はっきりした命令口調で言った。

「わたしはこれから執務室で仕事をする。今夜もどうせ徹夜することになるだろうから、おまえは家で先に休んでいなさい」それから、ジェイムズのほうを向いて、「ジェイムズ、言っとくがな、わたしはなににも脅かされちゃいない。怯えてるのは、おまえのほうじゃないのか？　なにしろ、明日からは職を失うことになるんだからな。東部一の有能なエンバーマーも明日からはただの失業者だ」

ジェイムズはジョンの意外な反撃に歯がみした。

「俺に辞めろと言うのか」

「そうだ。理由はわかってるだろ。いいか、今晩中に荷物をたたんで出ていくんだ」

ジェイムズはなにかを言おうとして口を開きかけたが、思いとどまって、またいつもの無表情に戻った。ジョンはジェイムズの態度に満足すると、今度は急なジェイムズの馘首《くび》に啞然《あぜん》としているウィリアムのほうを指さして言った。

「おまえにも勝手なことはさせんぞ、ウィリアム。へっぽこ演出家気どりの皮肉屋め。どういうわけかお前と同じ名前の偉大なイギリスの劇作家がいるが、彼ならおまえの下手な芝居に大笑いして、演出家どころか馬の脚の役にも雇ってくれんだろうよ」

そして、ジェシカとフレディには、

「わたしにオブライエンから恨まれる筋合いはない。医者と葬儀屋はビジネスにいちいち情を差し挟んだらやっていけんのだ。人のことをとやかく言うより、せいぜい自分たちの足元に気をつけるんだな」

ジョンの辛辣《しんらつ》な言葉の前に兄弟たちはひき下がらざるを得なかった。ともかくも、瀬戸際のところで、ジョンは霊園の新領主としての面目を保ったようだった。ジョンは言うだけのことを言うと、兄弟たちに背を向け、ハーディングに穏やかな口調で謝罪した。

「見苦しいところを見せて済まなかったな。ひとりの人間がこの世からいなくなるということは、生き残った者たちの心の手枷《てかせ》足枷がなくなるということでもあるらしい。——ところで、悪いがちょっと執務室へ来てくれないか。頼みたいことがあるんだ」

3

「……それで、本当に親父の遺産は相続できるんだろうね」

執務室のデスクの向こうでジョンが訊いた。低い声で喋り、壁の向こう側を気にしてでもいるような落ち着かない感じ。先ほどの押しの強さは影をひそめている。ハーディング弁護士はソファに沈み込むように坐ると、間接照明だけの薄暗い部屋の中で、改めてジョンのほうに目を凝らした。眼鏡と鬘のせいか、それとも態度や物腰のせいか、彼が知っているジョンとは別の人物がそこにいるような気がする。しかしハーディングはそんな疑念などおくびにも出さず、つとめて明るい調子で言った。

「おい、どうしたんだ？　隣りの霊安室でスマイリーが聞き耳をたてるというわけでもないだろう？」

照明の加減でジョンの細かい表情は窺い知れなかったが、少なくとも笑ってはいなかった。ハーディングは仕方なく実務に徹することにした。

「もちろん、被相続人、つまりスマイリーの死亡の時点で相続は開始される。さっきも言ったようにスマイリーは新しい遺言状はつくらなかったから、前の遺言の内容は有効だ。あんたは、霊園の経営権のほかにスマイリーの財産の十六パーセントは確保している。――確か、兄弟の均等分配でいいと言ったよな？　それとも、それでは、不満だとでも言うのか？」

「いや、そんなことはない」

ジョンはそう言うと、いつの間にか持ってきたポリ容器の蓋を開け、床の上に置いた。容器の中には晩餐の残りものらしい肉片があった。ジョンは、デスクのそばの大きなバスケットを開けて猫のスウリールを出すと、容器の中の肉片を与えた。猫はなにやら警戒するように唸っていたが、肉を見せられると、他愛なく喰らいついた。ジョンはそれを見届けると、顔を上げて言った。

「わたしにはそれで充分だ。新居の代金に、ボストンで潰した病院の負債を払っても充分おつりがくる額なのはわかっているよ」

「――それと、霊園の横領分もか？」

ハーディングは珍しく自分の職務範囲を逸脱した。だが、ジョンは腹を立てる様子もなく、穏やかに言った。

「人聞きが悪いな。ちょっと借用しただけだ。病院のほうの債権者にヤクザ者が混じっていてな。切羽詰まっていたんだ。それだって、親父の遺産で簡単に埋め合わせがつく額だ。それとも、わたしを告訴するつもりなのか？」

ハーディングはあわてて言った。

「いや、別に、誰かからあんたを吊しあげるよう依頼されているわけではないからな。ウイリアムもジェイムズも、口で言うわりには下世話なことが嫌いだから、なにもせんだろう。そして、わたしも、依頼されないことはやらん主義だ」

「ふん、そうだろうな。やつらは口先だけの意気地なしだからな」

そう言ってから、ジョンは黙り込んでしまった。ハーディングは所在なくなり、思いきって、自分が考えている問題の核心を持ち出してみることにした。

「遺言の内容じゃないとすると、やっぱり、スマイリーが甦ることを心配しているのか？」

ジョンははっとして顔を上げたが、気を取り直したように言った。

「いや、そんな馬鹿げたことは思っていないさ。きょうあんたに頼みたかったのは、親父のではなく、わたしの遺言状の件なんだ」

「あんたの？　遺言状？　それはどうも、ずいぶん急な話だな」

この時ハーディングは初めて、ジョンが別人のように見えるのは、なにかに怯えているせいじゃないかと思った。ハーディングは緊張した面持《おもも》ちで尋ねた。

「なにか、あったのか？」

ジョンは少し躊躇《ちゅうちょ》したあと囁くように低い声で言った。

「その……警告を受けてな」

「警告？」

「そうだ。二番目に死ぬのはわたしだ——とかいうようなことが書いてあった」

「なんだって？　二番目って……じゃあ、一番目もいるのか？　一番目は誰なんだ？　まさか、スマイリー……スマイリーも殺されたのか？　なんてことだ。それで警察には届けたのか？」

「い、いや、わたしは、ただの悪戯か、なにかの間違いだと思っている。あるいはわたしの勝手な誤解かもしれない。親父は殺されたんじゃない。いま面倒事は起こしたくないし、警察には届けんつもりだ」

「しかし……」

「いいんだ」ジョンの口調には有無を言わせぬものがあった。「だが、まあ万が一ということもあるし……それから、わたしも親父の死によって莫大な財産を得たことでもあるし、自分の遺言状も作っておこうと思ってな」

「そうか、……急なことだが、そういう事情ならわたしもそれが商売だからな、あんたが望むなら喜んで作るがね。それで、いったいどんな内容に——」

ジョンの遺言の内容は簡単なものだった。要点はふたつ。全財産、つまり、スマイリーから相続した遺産を、そのままイザベラ・シムカスに遺贈するということと、そして、彼女の腹の胎児を認知する、ということが遺言のすべてだった。ハーディングは顧客のやることに口は差し挟まない主義だったので、自分の車の運転手と同乗してきた法律事務所の職員ふたりを証人にして、即座に遺言状を作成した。そして、次の切迫したスケジュールもあったので、早々に辞去することにした。

葬儀堂玄関横の駐車場で車に乗り込みながら、ハーディングは珍しく外まで見送りに出てきたジョンに向かって言った。

「やっぱり、一応警察には知らせておいたほうがいいんじゃないのか？」

「うん、まあ、考えておくさ」あまり気のないような返事だった。

「そんなことになっているとは知らなかったもんで、すまなかったな」

ハーディングはスマイリーに代わる新しい霊園領主が目の前の男であることに初めて気づいたかのように、くどくどと言い訳を繰り返した。

「なにしろ、バロウズの連中はハロウィーンの日の売り上げを労働争議でフイにされたもんだから頭にきてて……おや、どうしたんだ？」

ハーディングは暗がりの中でもなお、ジョンの表情に明らかな変化を認めたような気がした。

「い、いや、ちょっとな、ハロウィーンで思い出すいまいましい一件があってな」ジョンはあいかわらず低い圧《お》し殺したような声で言った。

走り出した車の中で、ハーディングは、いま預かってきたばかりの遺言状を鞄から取り出すと、もう一度目を凝らして見直した。

「ふむ、確かにジョンのサインに間違いないようだが、さて……」

しかし、ハーディングの心の奥の疑念は棚上げのままとなった。少し前から尋常でない睡魔が彼を襲い始めていたのだ。ハーディングは不思議の国の兎よろしくチョッキのポケットから懐中時計を取り出した。「まだ、九時半だというのに……」

懐中時計をポケットに戻さないうちに、忙し屋の弁護士はシートにくずおれた。

第17章　スポーツと気晴らしと探偵

人間は、死、悲惨、無知をいやすことができなかったので、自己を幸福にするために、それらをあえて考えないように工夫した。

——パスカル
『パンセ』

1

決行は今夜しかない——と彼は思った。
こんなことならもう少し早く片をつけておくべきだった。やろうと思えば、いくらでもチャンスはあったはずだ。なにもこんなに切羽詰まってからでなくても……。

だが嘆いてみたところで始まらない。それが多少危ない綱渡りに見えても、やってしまえば案外簡単だったということもあるのだ。そう、これまでも、そんなふうにして、すべてうまくやってきたではないか。

彼はポケットから凶器を取り出し、目の前にかざしてみた。切れ味のよさそうな刃が照明の光を受けて鈍く輝いている。

この厭らしい刃が、何度も彼の味方になって働いてくれたではないか。自分はこいつを使うことにかけては熟達している。今度も案ずるにはおよばないのだ。

彼は身体中に奇妙な力が漲《みなぎ》ってくるのを感じた。いつも事を起こす時に感じる不思議なエネルギー。なにか、自分の身体を離れた外部からの衝《つ》き動かしのような力。

そう、これは肉体の生理なんていうものを超越した偉大な力なのかもしれない……。

彼は薄笑いを浮かべると、今夜、執務室でやるべきことを、もう一度頭の中でおさらいした。

2

ミス・エッティングは特に死体が好きというわけではなかった。

カレッジで経営学を勉強している時だって、自分がニューヨーク高層ビルの小綺麗なオフィスでコンピュータとにらめっこしている姿こそ想像すれ、こんな田舎の葬儀堂で棺桶《コフィン》の載った台車を押すはめになるなどとは夢にも思わなかった。

すべては、厳格な両親のせいだった。彼らは自分たちのひとり娘を、マーブルタウンから一歩たりとも外へ出そうとしなかったのだ。ミス・エッティングが希望していた就職の地――憧れのニューヨークなど、もってのほかだった。両親は、海に浮かぶマンハッタン島を東海岸のアルカトラズ刑務所かなにかのように思っていた。特にハイスクール時代に娘とバトン女王の地位を争ったルーズが職を得るためにニューヨークに出かけ、仕事の代わりに父なし児を得て帰ってきてからというもの、両親のかの地に対するかたくなな態度は千年岩もかくやというほどになっていた。ミス・エッティングは泣く泣くニューヨーク行きを断念した。アメリカの自立を望む女性たちが、みんな大都会のハイテク・オフィスでテレビの美人キャスターみたいなクールな顔をしていられると思ったら、大間違いなのだ。

そんなわけで地元の「優良企業」にめでたく就職したミス・エッティングは、こうして心楽しき地下のエンバーミング・ルームで、自分の戸惑い顔が映るほど艶やかな棺桶を前にしている。――しかも夜の十時に、ひとりぼっちで。

しかし、ミス・エッティングは現実的な女性だった。望みの職場でないからといって仕事から逃げていたら、いまに朝起きることさえも厭になって、結局は自立の精神から遠のいてしまうことになる。彼女は自分を奮いたたせるように顔を上げ、壁に掛かっているボードを見た。

「ファリントン氏の柩《ひつぎ》を《昇天の間》に搬入のこと」

——そこには投げ遣りな書体でそう書かれていた。それを書いた当の本人は見当らなかったが、いま自分がそれをやっておけば、仕事に対する積極的な姿勢が高く評価されるだろう。ミス・エッティングはそう思って、それ以上ためらわないことにした。柩の搬入は前にもやったことがあるし、この仕事を済ませてしまえば、自立心を評価された女性の麗《うるわ》しき一日はようやく終了となるのだ。そうしたら、家に帰って、ゆっくりバスにつかって……。

ミス・エッティングはバスタブいっぱいの熱い湯を夢想して溜め息をつくと、改めて柩を見下ろした。それはマホガニー製の大きくて立派なものだった。

——この中に、わたしの愛しい死体《ボディ》が入っている……。

そこで彼女の悪い癖が頭をもたげてきた。ミス・エッティングは自立する女である前に、好奇心の強い女でもあったのだ。ニューヨークに行った友だちが同窓会で営業部のシルヴエスター・スタローンの肉体《ボディ》の素晴らしさを自慢するなら、こちらは、夜ひとりぼっちの地下室で見る死体《ボディ》の気味悪さを言いたててやるのも面白い。

ミス・エッティングはおずおずと柩の蓋を持ち上げて、中を覗き込んだ。遺体は老人のものだった。公園で背を丸めて孫の相手をしているのが似合いそうな穏やかな顔立ち。黒縁の眼鏡とごま塩の口髭。どこにでもいるような老人の顔が柩の中にあった。彼女がこの職場に来ていちばん意外に感じたのは、死体は思ったよりも怖くない、ということだった。あるべきところにあるものを怖がる必要はない。マジソン・スクエアを下着姿で横切るには勇気がいるが、フロリダのビーチならトップレスでも恥ずかしくない。それと同じように、葬儀堂の柩に納まっている死体は、少しも恐ろしくない、当り前のものなのだ。ミス・エッティングは最後の関門を越えることにした。彼女は大きく息を吸うと、遺体の額にそっと指を触れてみた。

——そう、死体など、恐るるに足らないのだ……。

それから数分後、葬儀堂に働く自立女性として自信を得たミス・エッティングは、エレヴェーターで一階に昇り、《昇天の間》に柩を安置してから、意気揚々と帰宅の途についたのだった。

3

『黒豹コートの貴婦人』のペイパーバックを受付カウンターの上に投げ出したポンシアは、大きな欠伸《あくび》をひとつして、この小説はもうこれ以上読むに堪えないな、と思った。

こうして深夜勤務の受付にまわった時にはポルノ小説を読むのが常だった。家では妻がうるさいから駄目だが、ここでは誰はばかることなしに読めるし、朝六時の交代までの長い間の退屈しのぎとしては、これは最適のものだった。探偵小説やホラー小説は死体が出てきて怖くなるから駄目だった。自分がどこにいるのか忘れられるようなやつがいい。だが、『黒豹コートの貴婦人』はよくなかった。マーブルタウンのドラッグ・ストアで買う時に、恥ずかしいものだから内容をよく確かめなかったのがいけなかったようだ。ポンシアは題名から『チャタレイ夫人の恋人』のような「文学味」のあるやつを期待したのだが、この本に出てくる貴婦人は彼の嫌いなSM趣味の女で、しかも三十ページ目で早くも死体愛好者《ネクロフィリア》の大学教授と渡り合うときては、もうそれ以上読み進む気にはなれなかった。彼は穏健派ポルノ・ファンを自認していたのだ。

ポンシアは本の表紙の中で艶然とほほ笑んでいる嘘つき貴婦人の鼻をパチンと指で弾く

と、ホールの奥のグランドファザー・クロックを見た。それを待っていたように時計が鳴った。

——午後十時三十分。

彼が葬儀堂ホールの受付に坐ってから、もう二時間半近くが経とうとしている。その間、支配人がハーディング弁護士を見送りに出てきて、また執務室のほうへ戻ったほかは、ミス・エッティングが柩の載った台車を押して目の前を通ったきり。ふたりとは挨拶を交わしただけで、特にお喋りはしなかった。ポンシアは寡黙な男というわけではなかったが、このふたりとは親しく話したいとは思わなかった。特にミス・エッティングはご免だった。あの新入りの小娘は、仕事というものに過度な期待をしすぎている。それに、彼女が賢ぶって度の入っていない眼鏡をかけているのも厭だった。さっきも、有史前のピュロス推定地区から発掘された古文字瓦片を運ぶ気鋭の考古学者みたいな足どりで棺桶を運んでいきやがった。どうして近頃は、あの手の女が多いんだろう……。

ポンシアの想いは、玄関前に車が止まる微かな音と、それにつづいてホールの扉が勢いよく開く大きな音によって妨げられた。

入ってきたのはヘレンだった。閉まりかけた扉のすき間から冷たい夜気が入り込んできてポンシアを震えあがらせた。外はかなり冷えてきたようだ。しかも、その夜気は、ヘレンの乱れた髪や冴えないモス・グリーンのコートにまとわりつきながら入ってきたことによって、なおさら温度を下げたように思える。

「ミセス・バーリイコーン、なにかご用で？」ポンシアはあわてて訊いた。

ヘレンにはポンシアの言葉など全く耳に入らないようだった。彼女はなにかに取り憑《つ》かれたように視線を動かさず、ポンシアの存在を無視して、ホール右手の階段を昇っていった。

ポンシアはあっけにとられたが、すぐに腹立たしくなってきた。彼くらいの年齢になると、嫌われるよりも無視されるほうがずっと応えた。そんなわけで、ポンシアの女性批判がまたぞろ頭をもたげてくる。

――ああいう女は、ミス・エッティングなどよりずっと始末が悪い。自分の魅力のなさを、すべて世の中のせい、運命のせいにして、いつもぶすぶすとくすぶりつづけている。そうした態度の結果ときたら、苔むした石っころみたいになるのが関の山だろう。

ポンシアはこの譬《たと》えが気に入った。

――苔《モス》むした女には、あのみっともないモス・グリーンのコートがお似合いってこと……。

だが、ポンシアの女性批判の姿勢は、インジケーターの針のように簡単に振り戻しがきくものだった。苔むし女が階上へ消えたすぐ後に、ホール奥のエレヴェーターの扉が開き、それとは全く対照的な妖艶《ようえん》な女が現われたのだ。イザベラはエレヴェーターを出ると、ポンシアのほうへ近づいてきた。

「遅いのにご苦労さまね、ポンシア」

イザベラが美しいピンク色の歯ぐきを覗かせてほほ笑んだ。「あら、あなたも読書の時間？」

ポンシアはどぎまぎしながらペイパーバックの表紙を手で隠し、黒豹コートの貴婦人には受付の引出しの中へお引き取り願うことにした。

「な、なにか、いい本はありましたか？」

さっきはどういうわけか思い出さなかったが、受付の前を通った者がもうひとりいた。確か九時ごろ、イザベラが来てベッドの中で読む本がほしいと言い、二階の資料室の鍵を借りていったのだ。

「それが、駄目なのよ」イザベラは眉根を寄せた。「ここの本は、お墓だとか、人の死に関係したものばかり。そんなものじゃあ、かえって眠れなくなっちゃうわ。わたしはもっとロマンティックなものが好きなのに」

「そ、そうですよ。わたしも健全でロマン溢れる文学作品が好きでして……」

ポンシアは、冬の夜ながに、イザベラにお気に入りの小説を読み聞かせている自分の姿を想像して、しばし陶然とした。その文学作品には、もちろん黒豹コートの貴婦人なんか出てこない。しかし、そんな夢想もすぐに中断されることになる。イザベラの手許をふと見たポンシアは、そこに冬の夜ながにはあまり似つかわしくないものが握られているのに気づいたのだ。

「それは……？」

イザベラは初めて自分の持っているものに気づいたかのように、手の中の短剣を見た。

「ああ、これはね、ジョンに持ってくるよう言われたの。お父様の柩の中に入れておいてくれって」

イザベラの持っている短剣にはポンシアも見憶えがあった。ずんぐりした短剣で、貝殻が貼ってある柄は柄頭のところが丸く、まるでビーバーの尾のような形になっている。それは、三百年前に植民リーダーのロジャー・ウィリアムズが騙して北方に追いやったナガランスット族の末商が用いていたビーバー・ナイフと呼ばれるもので、素人《しろうと》歴史家でもあったオブライエンが古物商から買ってスマイリーに贈ったものだった。スマイリーは、この地の領主にふさわしい品と甚《いた》く喜んで資料室に納めたのだが、短剣が本当にそんなに古いものかどうかは定かでなかった。ただし、その切れ味のほうが紛《まが》いものでないことは、ポンシアもよく知っていたが。

「前の支配人のお気に入りの品というわけですか」

「そうらしいわ。でも、柩の中に短剣を入れるなんておかしいわね、まるで古代の王様みたいじゃない?」

イザベラは笑いながら短剣を捧げ持つ古代エジプトの侍女のような仕草をしてみせ、ゆっくりと踵《きびす》を返した。

ポンシアは西ウィングへ通じる廊下へ消えてゆくイザベラの後ろ姿を見送りながら、対照的なふたりの女を比較していた。

――すべてを受け容れ、全世界を肯定して輝く女イザベラ。彼女はさしずめ金塊の女ってとこだろう。それにひきかえ、自分の堅い殻に閉じこもって恨みがましいヘレン。彼女はまるで、路傍の石ころだ……。

そこまで考えたところで、ポンシアはふと思い出すことがあった。さっきから、ヘレンの異様な表情をどこかで見たことがあると思っていたのだが、昔マジック・マウンテンの射撃場で目撃したヒステリー女が、ちょうどあんなふうだった。その女は、バンのタイヤを軋《きし》ませて射撃場に乗りつけると、たてつづけに五箱ぶんの散弾をぶっ放し、放心した表情のまま帰っていったのだった。

4

トレイシー警部は、一一三号線を東に向かう車の中で舌打ちをしながら、前方を遠ざかっていくクーペのテール・ランプを睨みつけた。

――なんて乱暴な追い越しなのだろう、あんなにスピードを出して。運転していたのは、どうやら女のようだが。自分が交通課の警官だったら、あんな運転をするやつは、女だろうが大統領補佐官だろうが即刻捕まえて、違反キップにクリスマス・カードを添えて叩きつけてやるのに。

口には出さなかったものの、仕事中毒の警部はそんなことを思い描いたのだった。

警部の隣りで運転している遊び中毒のフォックス刑事は、警部とはまた違った感想を抱いていた。彼は今夜、マーブルタウンのドーナツショップのウェイトレスとデートする約束をしていたのだが、その娘が乗りまわしている車が、ちょうどいま彼らを追い越していったクーペにそっくりだったのだ。フォックスは遠ざかるクーペの後部と彼女のヒップの幻影をダブらせながら、トレイシーに訊いた。

「これが終わったら、帰れるんでしょうね」

トレイシーは眠りを妨げられた犬のように不機嫌に唸った。

「若いうちは骨身を惜しむんじゃない。家のカウチに沈み込んで『マイアミ・ヴァイス』を観てたって、捜査の勉強にはならんぞ」

——冗談じゃない、俺はあんたと違って家なんかにくすぶってないや、それに『マイアミ・ヴァイス』なんて番組名聞いたこともない、とフォックスは思ったが、いつものように黙って逆らわず、いい子を決め込んだ。しかし、それにしてもウンザリさせられる。夕食抜きで、やっとケチな強盗事件に片をつけたと思ったら、急にトレイシー得意の閃き《ひらめ》がきて、もう一か所寄ってからでないと署には戻らんと言い出したのだ。勝手に閃くのはいいが、部下の貴重な青春の時間だけは巻き添えにしてほしくない。

トレイシーはフォックスが黙り込んだことに満足すると、自分の閃きについて思い返してみた。それは例の女子高生切断事件に関することだった。ウィルソン警部が示した被害者の写真を見た時に感じた妙なひっかかりがなんであるのか、さっき思い当たったのだ。その見当の先にはバーリイコーン一族のスマイル霊園があった。あそこに行けば、なにか掴めるかもしれない。善は急げでヴィンセント・ハース博士に電話を入れると、遅くてもいいから直接バーリイコーン邸のほうへ訪ねてきてくれと言われた。警察と繋がりのあるハース博士が霊園に関係していることは彼にとって好都合だった。

――あの老人はちょっと鼻もちならない衒学趣味があるが、警察には協力的だし、時に鋭い推理力を発揮することがある。それに、署長の覚えもすこぶるめでたいし……。

トレイシーは保身には興味はなかったが、署が重要視している人物にはそれなりの心構えで接したほうがよかろうと判断した。

そこまで考えたところで、トレイシーははっとした。

霊園といえば、この一一三号線道路の延びている先にあるのは、スプリングフィールド瀑布《ばくふ》とスマイル霊園だけだ。あのクーペが滝へ向かったのではないとしたら、行き先は霊園ということになる。しかし、夜のこの時刻にあんな猛スピードで葬儀屋へ向かう理由というのは、いったいなんなのだろう……。

5

「このまま、スマイリーの死は自殺ということになっちまうんだろうか？」グリンは苛立たしげに言った。「そうしたら、俺が傍杖《そばづえ》をくって殺されたって事実も……」

「そう、このまま黙っていたらな」ハース博士は肩をすくめた。「明日スマイリーが埋葬されると同時に、おぬしの死も埋もれてしまうことになるじゃろう」

晩餐会のあと、グリンはハース博士の部屋で、まず自分の身体や意識の変化について話し始めたのだが、それもそこそこにして、早速スマイリーの死についての検討に入ることになった。グリンは少し気弱になって言った。

「やはり、警察へ打ち明けたほうがよかったかな」

「なんじゃ、後悔しておるのか」

「自分のエゴで——自分の死を公表しなかったことで、みすみすスマイリーを死なせてしまったのだとしたら、悔いが残る」

「ふむ、まあ、死人が責任を感じても詮なかろう。どのみちスマイリーはながくはなかったんじゃし、済んだことを嘆いても始まらん。それより、この謎を解くことに専念したらどうじゃ」

もとよりグリンもそのつもりだった。いまさら疾病対策センター《CDC》送りになるのも厭だったし、自分の死の真相はなんとか自分で究明したいという意地もあった。こういうと、またハース博士に「死人に意地もなかろうて」と揚げ足を取られそうだったが、なにかに専心していれば、少なくとも自分の情けない状態を忘れることができる。グリンはふと、生きている間も人間は同じようなことをしているのじゃないだろうかと思った。

「そうするしかないみたいだ。そうすれば死んでいることを忘れていられるかもしれない。

生きている連中だってみんなそうだろ。死は誰にだって来るんだ。宮殿でワインをがぶ飲みしている王様だって、ガソリン・スタンドで車に油をがぶ飲みさせている兄ちゃんだって同じように。だから、人間はその誰も避けられない絶望を忘れるためになにかをしてる。仕事やらスポーツやら遊びやら……。生きるってことは、結局、全部気晴らしなんじゃないか」

「ほ、ほ。人生は気晴らしに過ぎんか。スポーツの語源が〝運び去る《ディスポート》〟だってことを知っとるかな？　確かにゴルフのクラブをぶんと振り回している瞬間は、パスカルじゃとて気が滅入る哲学的深淵などどこ吹く風じゃろうからな。——『このワン・ストロークが、偉大な魂のすべてを奪う』というわけさ」

ハース博士は気楽そうにクラブを振る真似をした。あのスウィングじゃあ、だれも魂を奪われないだろうと思いながら、グリンは話を元に戻すことにした。

「そうは言っても、まだ、どこでどういうふうに毒を混入されたかわからないし、スマイリーの死も不可能のように見える」

「不可能？　ふむ、錠が内側から掛かっておったことか。密室というやつじゃな。仮に犯人があの部屋にいてスマイリーに無理矢理毒を飲ませたのだとしたら、密室の謎を解かねばならんじゃろうな。じゃが、スマイリーが自主的に、つまり、それとは知らずに毒を飲むように仕向ければ、犯人は部屋にいなくてすむじゃろう。スマイリー自身が毒を飲む前に錠を下ろしたのかもしれないし、飲んだあとでも、砒素は即効性の毒ではないから死ぬまでの間に錠を掛けることはできる。そう考えるほうが、自然じゃろう。なにせ扉にはシリンダーの箱錠がしっかり掛かっていたうえに、ドア・チェーンのスライド・ボルトもしっかり納まっていたんじゃからな。そして扉の鍵は部屋の机の引出しの中。ここにトリックを仕掛けるのは難しかろうし、もし砒素による毒殺を企んでいたのだとしたら犯人にとってあまり意味がないような気がする」

「そうか、あの臨終劇のあとにでも、居残った誰かが、いい薬だと偽って夜にでも飲むように言い含めて砒素を手渡したとしたら……」グリンは顔をしかめた。「でも、そうしたら、あの辞世の言葉のタイプはどうなるんだ？　犯人が砒素の袋をキャビネットの中へつっ込むことは事前にできても、あの紙きれをスマイリーにわからないようにサイド・テーブルの上に置くことは難しいだろう。それに扉を破った時、あの紙はすでにテーブルの上にあった。俺は見たんだ。あれを密室状態が解けたあとから誰かが置いたというのは当て嵌まらない」

「ふむ、そうじゃな。あの辞世の言葉が犯人の手によるものだと仮定すると、また密室の謎を考えにゃならんことになるのか。頭が痛いの」

「あの辞世の言葉は本物なのだろうか？」

「芝居がかった、くさい文章は、確かにスマイリーが書きそうなものじゃ。サインも確かに本物のようじゃしな。仮に本文は犯人がタイプで打ったのだとしても、どうやってサインさせたのだろう」

「あの辞世の言葉には日付がなかった。スマイリーは臨終をまるで芝居のリハーサルのように何度も繰り返していただろ？　だから、あのタイプもずっと前に自分の自殺を想定してスマイリーが作っていたんじゃないだろうか？　それを犯人が知って密かに入手し、そのとおりの状況を模倣して毒殺したとか……」

ハース博士は下唇をつき出した。「なかなか面白い考えじゃ。サインの件はそれで説明できるがな。しかし、それでも依然として密室中のサイド・テーブルにあの紙きれが置かれていたことは謎のままじゃ。おぬしが毒を盛られたのでなければ、スマイリーの件は、すっきり自殺として片づけたいところじゃが……」

「冗談じゃない！」グリンは猛烈に抗議した。「確かに俺は死に憑かれていたところがあるかもしれないが、自分で実際にそいつを体験しようとは思っちゃいなかった。俺は自分で毒を飲んだんじゃない。誰かに飲まされたんだ。スマイリーを殺そうと企んでいた誰かにな。これが遺産目あての殺人じゃないっていうのなら――」

そこまで言ってグリンは急に黙った。ハース博士の表情に奇妙な輝きが灯ったのをみとめたからだ。

「どうした、博士？」

「いや、角度を変えて考えると妙なことになると思ってな。もしこれが遺産相続殺人なら、待っていれば確実に死んで遺産が転がり込む病人を、なぜわざわざ殺す必要があるのかという疑問が生じるじゃろう？　おぬしが不可解な死に方をしたものだから、どうしてもそれに引っぱられてしまいがちじゃが、スマイリーの死を素直に自殺としてしまえば、密室の謎はすっきりすることはする。そして、おぬしの死は――」

「なるほど、あんたは、俺がスマイリー殺しの傍杖をくったんじゃなくて、スマイリーが、、、、、、自殺しようとした傍杖をくったのでは、と言いたいんだな」

6

「いま柩から甦ったのは、死人なのかい？」

奥の部屋のベッドにいるモニカが、チェシャに尋ねた。チェシャは面倒くさそうに答えた。

「そうよ。そう」

チェシャは晩餐会のあと、モニカの部屋に来てずっとテレビを観ていた。ここのテレビはイザベラとチェシャの部屋のものより小さくて旧式のものだったが、部屋でひとりきりでテレビを観ているのも厭だったので、さっきからここに居すわっているのだ。テレビ番組はチェシャの嫌いな二枚目俳優の出るソープ・オペラから古いユニヴァーサル映画に変わっていた。モニカがチェシャの背中に向かってまた訊いた。

「なんで甦るのかね、その人は？」

「知らないわよ。そういうもんなんでしょ、彼は吸血鬼なんだから」

チェシャは苛々しながら言った。これだから年寄りといっしょに映画を観るのは疲れる。いちいち説明してやらなけりゃ先へ進まない。

「吸血鬼は、なんでまた甦ったりするんだい？」モニカの質問は執拗だった。

テレビの中では、柩から起き上がったベラ・ルゴシがアボットとコステロのコンビを追いかけまわす大騒動になっていた。画面に夢中になっているチェシャはいい加減な返答をした。

「死人だからよ」

「死人……」

「そう。死んでるから甦るんじゃない。死んでなかったら、生きてるわけだから、甦る必要なんてないでしょ」

「ほう……じゃ、吸血鬼は甦るために死んだのかね、やっぱり」

「ま、まあねえ」

チェシャのほうもすでに混乱していた。彼女はこのおばあちゃんをなんとかしてよ、というようにモニカのそばに坐っているノーマンのほうを見たが、彼はそれこそユニヴァーサル映画のフランケンシュタインのモンスターみたいに無表情のまま黙り込んでいる。チェシャが溜め息をついてテレビに戻ろうとしたところで、電話が鳴った。

「はい。あたしチェシャだけど」受話器を取ったチェシャは電話の相手に失望した。

「誰？　ああ、ジョンか」

受話器の向こうの声が言った。

「チェシャ、イザベラ……ママはいるか？」

チェシャははっとした。「ママ」と聞いて、自分がある約束を果たしていないことを思い出したのだ。しかし、彼女はとっさに誤魔化すことにした。

「うん、いるけど……、代わる？」

受話器の向こうが一瞬ためらった。

「いや、いい。そこにいればいいんだ」

チェシャはほっとして、「あ、そう。ほいじゃね、バイバイ」とあわてて言うと、受話器を置いた。そして、ポケットの中にある十ドル札にそっと触れてみた。一度貰ったものを取りあげられるのは、彼女の信条に反していた。——たとえ約束を破ったとしても。自分のしたことをモニカなら「罪」と言うだろうな、とチェシャはぼんやり思った。そんな彼女の想いを知ってか知らずか、奥の部屋でモニカが呟いた。

「吸血鬼には罪がないのかいな……」

第18章 「ジョン・バーリイコーンは甦らにゃならぬ」

……葬儀どころじゃない、死体は危険なのです……。

——ジョージ・A・ロメロ

『生ける屍の夜』

1

イザベラは支配人執務室へ向かう葬儀堂の西ウィングの廊下を歩いていた。

こうしてこの廊下を行くのは今夜二度目のことだった。廊下の端の執務室が見えたところで、イザベラは、その手前の《黄金の眠りの間《ゴールデン・スランバース》》の控え室の扉がわずかに開いているのに気づいた。扉のすき間からはかすかな明かりがもれている。彼女は首を傾《かし》げて、扉を押した。

控え室の照明は消えていたが、左手の安置室に通じる扉が開いており、そこの照明は煌々《こうこう》と輝いていて廊下にまで光が及んでいた。イザベラはすでに何度か控え室には入ったことがあったので、装飾過剰の鏡に嵌め込まれた騙し絵《トロンプ・ルイユ》の彼方の楽園風景にも驚くことなく部屋を横切った。そして、安置室に通じる開け放たれた扉のところに立った時――

――死体が転がっていた。

正面に安置されているスマイリーの柩と部屋の隅に据えてある小卓との中間点に死体は横たわっていた。そのすぐ右手にはアームチェアがまるで殉死した従僕のように倒れている。死体の背中には突き立てられた短剣の柄が見えた。ビーバーの尻尾のような形の貝殻の柄頭には確かに見憶えがある。短剣の柄と身体との間には波形模様が施された刃の根元部分がわずかに覗いている。刃は天井の束状のガラス管シャンデリアから降りそそぐ恩寵の光を受けて、誇らしげに輝いていた。

イザベラは息を呑んだ。彼女は八年前にもらったB級アクション映画の端役で、死体を前にフェイ・レイばりの悲鳴をあげたことがあったが、現実の死体を前にしては、ただただ胸に手をあてて息を呑むばかりだった。

イザベラは死体の足元のほうから近寄り、アームチェアの横にかがみ込んで、その首筋に手を触れ、すぐにひっこめた。それが、まぎれもない死体であることを、厭というほど思い知ったのだ。それから、床に転がっているものが目に入った。胸の下に突っ込まれたかたちの左腕のそばに転がっている懐中時計。時計のガラスは砕けていて、針は十時三十五分をさしていた。イザベラは自分の腕時計を見た。こちらは十一時七分をさしていた。

イザベラはゆっくり立ち上がりながら、今度は息を吐きだした。実際はそうではなかったが、自分がずっと息を止めていたような気がした。

それから彼女は踵《きびす》を返すと、後ろを一度も振り返らずに部屋を出た。

2

「なにしてたのよ、あんたたち。ふたりで部屋に籠っちゃってさ。あたしはもう退屈しちゃったわよ」

チェシャは部屋に入ってきたハース博士とグリンに向かって抗議した。テレビの中では、吸血鬼のほかに狼男とフランケンシュタインのモンスターまでが現われて、騒ぎはますますエスカレートしている。ハース博士はその画面に気を取られながらも、とりなすように言った。

「悪かったな。ボーイフレンドをとってしまって。モニカの具合はどうかと思って来てみたんだが」

チェシャは後ろも振り向かずに、肩ごしに親指で奥の部屋をさして言った。

「あの無口のレザーフェイス野郎が、ちゃんとお守りしてるわよ。あたしらには指一本触らせずにね。まるで黴菌《ばいきん》でも伝染《うつ》ると思ってるみたい。ともかく、おばあちゃんのほうはうるさいくらい元気よ」

グリンが訊いた。「ママはどうしたんだ?」

「はじめはいっしょにいたんだけどね。ナイト・キャップ代わりの本を探してくるって言って葬儀堂へ行ったきり。もう二時間近くも帰ってこない。笑っちゃうわ。いつも、本なんかじゃなくてボトル入りのナイト・キャップのお世話になるくせにさ、あの人は」

チェシャがひとくさり厭味を言ったところでノックの音がし、ボトル入りでない、それこそ正真正銘のナイト・キャップを被ったマーサが戸口に顔を出した。

「おや、先生、ここにいたんですか」マーサは憤然として言った。「お部屋にいないもんだから。お客さんですよ、トレイシー警部。お通ししましたけどね、ほんとにこんな夜遅く訪ねてくるのは泥棒か警官しかいないのかね」

遠慮なしのマーサの後ろから、ばつの悪そうな顔をしたトレイシーとフォックスが現われた。ハース博士はあわてて腕時計を見ながら、「うっかり約束の時間を忘れとった」と言って、ふたりの捜査官と握手を交わした。

トレイシーは部屋の中を見まわして、

「博士、できれば別室でお話がしたいのですが」と、ためらいがちに言った。

――その時、電話が鳴った。

電話機のそばにいたチェシャは、「なあに、この賑わいは。この部屋、急にケネディ空港の待ち合いロビーになっちゃったわけ？」と言いながら、受話器を取った。

「ええ、あたし、チェシャよ。え？……そう、いるけれど、代わる？……あ、そう、へえへえ」チェシャはハース博士に受話器を差し出した。「ポンシアからよ」

ハース博士が受け取った受話器の向こうから、ポンシアの切迫した声が聞こえてきた。

「ああ、博士、大変なんです。霊安室――《黄金の眠りの間《ゴールデン・スランバース》》で支配人が刺されたらしくて……。ええ。ミス・シムカスが見つけて……。いまホールの受付にいるんですけど、すぐ来てください」

「わかった、すぐ行く」ハース博士は手短に言って受話器を置くと一同のほうに振り向いた。

「ジョンに、なにか異変が起こったらしい」

部屋から最初に跳び出したのはグリンだった。そのあとに、職業柄の機敏さでトレイシーとフォックスがつづき、よく事情のわかっていないチェシャも騒ぎなら望むところと、転がり落ちんばかりの勢いで階段を降りていった。いちばん最後には高齢のハース博士が息を切らして、やっとのことでついてくる。

バーリイコーン邸から葬儀堂の西ウィングへ通じる道は緩い下り道になっていた。葬儀堂の西側はモニカの部屋からもよく見えたが、グリンはバーリイコーン邸の玄関に立って、改めてそちらを見下ろした。西ウィングには《黄金の眠りの間《ゴールデン・スランバース》》と執務室があり、火葬炉のある別館に行くための出入口があった。目的の場所に行くには葬儀堂の正面玄関へ廻るよりそちらのほうが近道なのを知っていたグリンは、まっすぐ西ウィングの出入口のほうへ向かって下っていった。

走りながらグリンは自分が全く息を切らしていないのに気づいた。まるでマラソンでいうところの第二の風《セカンド・ウインド》が吹き、息をしていないのだから当然のことなのだが、ランナーズ・ハイの状態に達した時のように、永遠にどこまでも走れるような気がする。肺も心臓もあえぐことはない。死後十数時間ぐらいは生きているといわれる汗腺細胞もとっくに活動していないから、真珠のような汗の粒が身体にまとわりつくこともない。自分はいま肉体の牢獄から解放されているのだ、とグリンは思った。

西ウィングの出入口に到着したグリンは、まず扉のノブを回してみた。ノブは回転しない。二度三度、拳で叩いてみる。しかし、鋼鉄製の扉は全く動く様子もなかった。グリンのすぐあとに来たトレイシーが息を弾ませながら言った。

「開かないのか？」

「この向こうが霊安室なんだが、扉の内側でボルトが嵌まっているらしい」

グリンは言うが早いか、今度は正面入口のほうへ向かって駆け出した。背後ではトレイシーが「なにをしてるんだ、早く来い」と、フォックスを促している声が聞こえる。

玄関ホールに到着すると、受付カウンターのところに、心細そうな面持ちのイザベラとポンシアが待っていた。

「どうしたんだ？」グリンが訊いた。

「ジョンが、死んでるの。刺されたらしくて……」イザベラが答えた。

「よし、場所を教えてくれ」トレイシーがなんとか主導権を握ろうと、ポンシアに言った。

ポンシアは怪訝《けげん》な顔でトレイシーを見返した。

「あんた、いったい誰なんだ？」

「わ、わたしはマーブルタウン署のトレイシー警部だ」

「警部！　マーブルタウン署！　そりゃまた、ずいぶんお早いお着きで」

トレイシーは苛立った口調で言った。

「今週は署のサーヴィス週間なんだ。景品の引き換え券がほしかったら、早く案内しろ！」

それから一同は、霊安室へ通じる廊下へとなだれ込んだ。

3

こんな見事な死体に出会うのも久しぶりだな——と霊安室に立ったトレイシーは思った。

一見して死んでいるとわかるような見事な姿勢。うつぶせの恰好で倒れ、背中には特徴的な短剣の柄が覗いている。両脚をほどよく開き、左腕を胸の下に挟むように折り、右腕は柩のある方向へ伸ばしている。その指は獲物を摑もうとする猛禽《もうきん》類のように醜い形に曲がっていた。

トレイシーは自分が彫像鑑賞に来た美術学生ではないことを思い出すと、急いで死体のそばにかがみ込んだ。首筋に触れて脈を探る。まだわずかに温もりが残っているようだったが、指先にはなんの反応も感じなかった。死体の首は右頰を下にして少し傾《かし》いでいた。

トレイシーは上着のポケットから銀色のシガレット・ケースを取り出すと、金属面を死体の鼻と口元にしばらく近づけてみた。シガレット・ケースの表面は曇らない。

トレイシーはペンシル形ライトを持ちあわせていなかったので、わざわざ閉じている目蓋を開けて瞳孔の対光反射を見ることまではしなかった。あとは検屍官の領分だ。彼は次に死体の左肘のあたりに転がっている懐中時計に目をやった。この大時代がかったシロモノは死体のチョッキのポケットから伸びているチェーンの先にしっかりぶらさがっていた。だが、懐中時計は蓋がないタイプのものだったので、文字盤を被うガラスが砕けて、絨《じゅう》毯《たん》の上に破片が散っている。針は十時三十五分をさしたまま止まっていた。トレイシーは立ち上がりながら独り言を言った。

「ふん、なかなか古典的な事件じゃないか」

それから振り返って、こちらを覗き込んでいる控え室の一同に向かって言った。

「確かに異変があったようだ。誰かに刺されたらしい。みなさんはそちらの部屋にいてください。周囲のものには手を触れないように」

控え室にはハース博士とチェシャも到着していた。途中の道で転んだのか、博士の上着とズボンの前には土がついていた。彼は苦しそうに胸を押さえて肩で息をしているが、その顔には奇妙なことに、ときおり笑みが浮かぶ。トレイシーは控え室の扉のすぐ外の廊下に立っているフォックスに、一同を見張っているようにと目線で合図を送った。

それから再び死体検分に戻ろうとして、倒れているアームチェアにつまずきそうになった。彼には様式など見当もつかなかったが、椅子はなかなか凝った年代もののように見うけられた。脚や肘木には彫刻が施され、背凭《せもた》れの部分も複雑な模様に挽き抜かれている。被害者はこの椅子に坐っていて、立ち上がりざまを刺されたのだろうか？

トレイシーは死体から離れ、正面に据えられた柩に近づいた。ツーピース棺の蓋の上半分が開いていて、中の遺体の上半身が見える。なにごともなかったような老人の安らかな顔がシャンデリアの光に浮かんでいた。その顔を覗き込んだトレイシーは、床の上の死体のほうを再度振り返ると、感嘆の声をもらした。

「スマイリー・バーリイコーンとジョン・バーリイコーンか……なんと似た親子なんだ」

トレイシーはそう呟いたあと、今度は柩の背後の気味悪い彫像を見上げた。蛙やミミズが蝕《むしば》む無惨な死体の像。

――こんなものを置いた部屋で葬式をやる奴らといったら、全米マゾヒスト友の会のメンバーしかいないんじゃないか……。

それから、窓のほうに歩み寄ると、ビロードのカーテンをおし分け、調べ始めた。がっしりした二重窓の掛け金はしっかり留め金に掛かっている。窓はふたつあったが、それぞれそんなふうに内側から戸締まりがしてあった。トレイシーは、次に部屋を横切って安置室から直接廊下に通ずる扉を引いた。こちらはすんなりと開いた。戸口から首を出して廊下を見渡して位置関係を把握しようとしていると、ホールのほうから角を曲ってこちらへやって来る男女が目に留まった。男は気障《きざ》ったらしい長髪で、悪趣味なネッカチーフを首に巻き、女のほうは冴えない色のコートを着た冴えない女だった。ふたりはなにやら口争いに夢中になっていたが、トレイシーの姿に気づくと、立ち止まって口を閉じた。男のほうが言った。

「あんたは、誰だ？　そこでなにをしてる？」

トレイシーが誰何《すいか》されるのはこれで二度目だった。つい、わがもの顔で行動してしまうが、いつものように呼ばれて現場へ来ているわけではないのだ。ここでは会う相手にいちいちサイン入り色紙でも渡さなきゃ先へ進まんのか、とトレイシーは心の中で舌打ちをした。

「わたしは、マーブルタウン署のトレイシー警部。実は、ここの支配人のバーリイコーン氏に間違いがあったようでね。何者かに刺されて亡くなられたんです。——ええと、ご家族のかたですか？」

「そいつぁ……」男は虚をつかれて言葉を失ったが、なんとか自己紹介はした。「いや、わたしは、ウィリアム。ジョンの兄弟です。こいつは女房のヘレン。……それにしても、驚いたな……」

「ともかく、控え室にみなさんがいますから、ちょっといっしょに待っていてもらえませんか？」

ウィリアムとヘレンをうながして控え室に入れると、トレイシーは自分もそちらへ戻って、フォックスに言った。

「この隣りと向かいの部屋を見てきてくれ。誰かが潜んでないかどうかな。それと戸締まりやなにかも。廊下の奥の裏口を調べるのも忘れるな」

命を受けたフォックスが消えたところで、トレイシーは一同を見渡し、イザベラのところで視線を止めた。

「あなたが――シムカスさんでしたね――ご遺体を発見されたのでしたっけ？」

「え、ええ」イザベラは悲嘆というより戸惑いの表情で答えた。「彼――ジョンは婚約者なもので、寝る前にちょっと話でもしようと思って執務室へ行こうとしたんです。そうしたら、ここの扉が開いていて明かりが見えたんです。わたし、おかしいなと思って入ってみたら……」

「おかしいとは？」

「だって、さっき来た時は、照明を消して出たものだから。ええと、三十分ぐらい前にそれを持って——」

　イザベラは、おずおずと霊安室に横たわったままの死体の背中を指差した。トレイシーは驚いて訊き返した。

「それって——あの背中に刺さってる短剣を、ですか？」

　イザベラは死体をまともに見ないようにしながらうなずいた。

「ジョンが、彼の父親のスマイリーの柩に入れておくようにと言ってきたものだから……」

　ハース博士が横から口を挟んだ。

「ナガランスット族のビーバー・ナイフじゃな。不動産屋のオブライエンがスマイリーに贈ったものじゃ。いわば、友情の記念品というわけだが……それにしても——」

　トレイシーは博士にはとりあわずに、イザベラへの質問をつづけた。

「その時、ジョンとは会われましたか？」

「いいえ。その時は、短剣を柩の中に置いてきただけで、すぐに帰ったわ。彼には会ってません」

「なるほど」トレイシーは自分の腕時計を確かめた。「——それが十時半ごろだったと……」

次にトレイシーは、ポンシアのほうを向いて言った。

「あなたはここの職員？　お名前は？」

「ポンシアと言います」ポンシアはイザベラよりさらに緊張した面持ちでこたえた。

「ポンシアさん。あなたはホールの受付にずっといたわけですか？」

「ええ。八時からずっと。支配人が晩餐会後に執務室へ行かれてから、ずっと受付にいます」

「じゃあ、バーリイコーンさんを最後に見たのはその晩餐会直後というわけですか？」

「いや、もう一度見ています。……たぶん九時半ごろ。ホールまで出てきて、弁護士のハーディングさんを見送ってから、わたしに、『ご苦労』とか言って、また執務室へ戻っていきました」

「そのあとの人の出入りは？　ホールを通らないと西ウィングの執務室へは行けないんでしょう？」

「ええ、まあ」ポンシアは眉根を寄せて考え込んだ。「……確か、ホールの大時計で十時半ごろ、シムカスさんがこちらへ向かう廊下に入って、すぐに帰ってきました。……その後は、もう一度、ついさっき、シムカスさんがこちらへ来て、死体を発見して、わたしのところへ知らせに来たわけで、ふたりで確かめてからバーリイコーン邸のハース博士に電話したんです。それ以外の人の出入りはあり得ないと……」

ポンシアは語尾を曖昧にして、イザベラのほうを盗み見た。

「本当に、それだけですか？」

ポンシアは肩をすくめて、「ええ、それだけ」と言ってから、急に思い出した様子で、

「あ、そういえば、新入りの職員の女の子――ミス・エッティングが、柩を運んでいった」

「柩を？」

「ええ。この部屋の向かいの《昇天の間》に明日の葬儀のご遺体を運び込んだようでね」

「それは何時ごろ？」

「ええと、事務室の彼女のタイムカードを見ればわかりますが、だいたい十時ごろだったと思います」

トレイシーがうなずいたところでフォックスが戻ってきた。トレイシーが戸口に歩み寄ると、若い刑事はほかの連中に聞こえないように低い声で囁いた。

「隣りの執務室には、少し物色されたような跡がありますが、誰も隠れていませんでした。向かいの霊安室も同じ。老人の遺体が安置されてるだけです」

「物色？」

「よく調べたわけではないのでわかりませんが、どうも金庫が開けられて、中が乱されて

いるみたいなんです」

「だれかが逃亡した形跡は？」

「ありませんね。両方の部屋とも窓には掛け金が掛かっていましたし、さっき外から入ろうとした廊下奥の裏口にも内側からボルトが嵌められていました」

「そいつは、素敵だな」トレイシーは口笛を吹いた。それからほくそ笑んで、「こいつは稀にみる初動捜査の勝利だぞ。なにしろ、呼ばれる前に現場に到着する警察なんていうのは、俺たちぐらいのもんだろうからな」

トレイシーは上機嫌でフォックスの背中を叩くと、心中で密かに祝盃をあげた。

——さあ、犯人はわかった。動機と機会と俗にいうが、機会のほうはわかっている。あとは動機だけだ。こんな簡単な事件なら毎日でも担当したいものだ。どうやら今回は胃痛に悩まされずに済みそうだな……。

トレイシーはたっぷり気負い込んで一同のほうを振り向いた。ところが、警部は出端《ではな》をくじかれることになる。彼が口を開く前に、突然その中のひとりが場をさらってしまったのだ。

「なにを相談なんかしてるの？　わかりきったことじゃない。犯人はその性悪女《ビッチ》よ！」

爆弾発言の主はヘレンだった。彼女はイザベラを指差して、いきりたっている。この地味で目立たない女のどこにこんな激情が隠されていたのかと思うほどの勢いで彼女はまくしたてた。

「——だって、そうでしょ、警部。さっきから聞いてたんだけど、ジョンに最後に会ったのはイザベラじゃない。その女しか犯人はあり得ないわ。彼女が自分で持っていった短剣でジョンを刺し殺した。そして、なに喰わぬ顔をして発見者をよそおったのよ。ね、そうでしょ！」

トレイシーは不意をつかれたうえに、自分もそう思っていたので、口ごもりながら、つい、「そ、そう、確かに状況から言うとそうなってしまうんだが……」と言ってしまった。

今度はもうひとりの女が猛烈に抗議する番だった。イザベラは美しい顔を歪めて言った。

「ちがうわ、嘘つき！　わたしはなにもしていない。ジョンを殺したのはわたしじゃないわ。だって——」

「なに言ってるの」いざとなるとヴァッサー大卒のヘレンのほうが能弁だった。「あんた、ウィリアムと浮気しているのがバレたもんだから、言い争いになってジョンを刺したんだわ」

ウィリアムがあわてて制した。「お、おい、いい加減にしないか」

しかし、一度爆発したヘレンはもう歯止めがきかない。彼女は夫の制止を無視してイザベラに詰め寄った。

「だいたいね、あんたが、あの脳足りんの娘を連れてこの家に乗り込んできてから、すべてが狂ってしまったんだわ！　あんたは、わたしの夫を盗んだ泥棒猫なだけじゃなくて、人殺し牝犬《ビッチ》なのよ！」

これにはチェシャが黙ってはいなかった。

「なによ、脳足りんとは！　言いたい放題言ってさ！　ママが牝犬《ビッチ》なら、あんたはいつも自分の殻に隠れてる臆病なアルマジロ女よ！」

「なんですって！」

「おい、やめないか、子供は黙ってろ」ウィリアムがふたりの女の間に割って入った。

「うるさいわね。子供扱いする資格があんたにあるの！　あんたがトラブルの原因じゃない！」チェシャはますますいきりたつ。「あんたが、昼メロの大根男優気取りで女どもの間を、ふらふらするから――」

「おい、お前みたいな不良娘にそんなこと言われる筋合いはないぞ」

ウィリアムとチェシャが言い争っている間に、睨み合っていた牝犬とアルマジロ女が摑み合いを始めた。それを見たウィリアムはチェシャとの争いを中断して、ヘレンの後ろにまわってはがい締めにした。警部もあわててイザベラを引き離しにかかる。いっぽう、癇《かん》癪《しゃく》を起こしたチェシャは無防備なウィリアムの後ろにまわって、尻にキックを始めた。それを止めようとグリンが一歩踏み出したところで、そばのフロアランプにつまずき、背の高いスタンドが倒れてポンシアの背中を直撃した。背を丸めてふらふらと前に出たポンシアが、今度は遅ればせながらふたりの女を止めに入ろうとしたフォックスとぶつかる。高齢のハース博士は、年寄りらしく効率の悪い動きをしたあげく、結局、なんの役にも立たずにひとりで勝手に転んでしまった。そこへ、「なにをしてるんだ、やめろ！」と叫びながら止めに入る新たな闖入者《ちんにゅうしゃ》も加わって、控え室内は揉み合いと怒号の渦と化してしまった。

大混乱の中で最初に異変に気づいたのは、体力の関係から争いの蚊帳《かや》の外におかれたハース博士だった。彼はまず手近にいるグリンの肩を強く摑んで注意をうながした。グリンはハース博士がさし示すほうを見てひどく驚くと、足をばたつかせて暴れるチェシャを引きずりながら戦列から離れた。次に気づいたのはポンシアとフォックスだった。ふたりはほとんど同時に目を見張り、仲よく部屋の隅へ後ずさりした。ウィリアムも事の重大さに気づき、ヘレンを押さえていた手を離すと、後ろへ跳びのいた。こうして揉み合いの輪はしだいに解かれていったが、最後までその事に気づかずにいたトレイシーも、ようやく異変に気づく時がきた。

トレイシーは、《女の喧嘩仲裁課》というのが署にできたら、殺人課より数段勇猛な人材を必要とするだろうなと思いながら、イザベラの肩を懸命に押さえていた。だが、しだいに手ごたえも少なくなり、周囲の騒ぎも鎮まってきているのを感じ始める。周囲の連中はふたりの女とトレイシーから離れて、遠まきに囲み、息を呑んで見つめていた。そのうちに、ふたりの女も摑み合ったままの姿勢でぴたりと動きを止めた。

しんと静まりかえる控え室。

トレイシーは最初、自分とイザベラに対面しているヘレンを引きとめている白衣姿の闖入者に周囲が注目して、そういう状態になっているのだと思った。だが、それは間違っていた。白衣の男はトレイシーこそ知らなかったが、周囲のみなは見知っているジェイムズで、あえて驚くほどの相手ではなかったのだ。一同の目が釘づけになっているのは、もうひとりの闖入者のほうだった。

その闖入者は、いつの間にかトレイシーのすぐ隣りでイザベラのもう一方の肩を押さえていた。周囲の視線は、そいつに注がれていたのだ。——とうとうそのことに気づいたトレイシーは、ゆっくりそいつのほうへ顔を向けたが、そのまま凍りついたように動けなくなってしまう。

——死体が、そこにいた。

さっきまで隣りの部屋で見事に死んでいた死体が、起き上がって、のこのこと喧嘩の仲裁をしに出てきたのだ。

部屋の隅で目を見張っていたチェシャは、悲鳴をあげるかわりに低い押し殺した声で呟いた。

「ジョン・バーリイコーンは甦らにゃならぬ……。う、うっそぉ……」

To be continued

（下巻につづく）

山口雅也インタビュー　『生ける屍の死』執筆秘話（前編）

聞き手＝遊井かなめ（編集者／評論家）

山口　一九八〇年代中頃、僕は会社を辞めてフリーのライター／エディターとして仕事をしていたんだ。東武百貨店で行われたミステリ・イベントをプロデュースしたこともあった。作家になろうという気もなくはなかった。でも、当時のミステリ界の状況をある程度はわかっていたので、自分が発想するようなものを書いても世間には受け入れられないだろうと思っていたんだ。ただ、自身の置かれている状況に対して閉塞感みたいなものはあった。そんな中で、八四年にイラストレーターの吉田カツさんが出した『ラウンド・ミッドナイト』（JICC出版局）に五篇、ショートストーリーが採用された。僕が最初に小説を書いたのがこの時だね。中でも最初に書いたのが、「Travelin' Light」。歌手のビリー・ホリデイをモデルに「奇妙な果実」を想定して書いた。フリオ・コルタサルみたいなジャズ小説。

――後に改稿したものが、『モンスターズ』（講談社）に収録されていますよね。

山口　掌編ではあったけど、自分は小説も書けるんだと嬉しかった。だから、原稿料が振り込まれたときは、ATMで入金を確認したもの。僕は小説で金を稼げたんだって。とにかく、そんなふうにフリーライターをしながらも、編集プロダクションのボスには「小説を書きたい」と伝えていたので、機会があったら小説の仕事を回してもらっていた。たとえば、「CLIP」（学生援護会）という雑誌に、「レシピ小説」という連載タイトルで、いわゆる奇妙な味的な広義のミステリに属するものを書いたね。

――見開き二ページ程度の、カクテルにちなんだ小説ですよね。

山口　その頃に、僕が初めて生ける屍、リヴィングデッドを登場させた小説というのがあるんだ。八五年にフリッツ・ラングの映画『メトロポリス』の再編集版が公開されてね。

――音楽プロデューサーのジョルジオ・モロダーが仕掛けた企画ですよね。

山口　日本での公開を盛り上げるために、ノベライズの話が出てね。僕に仕事が回ってきた。主筋が映画に準じていれば、枝葉を適当につけて自由に書いてよいという条件でね。原作に、地下で労働者が集まって暴動を起こすというシーンがあるけど、そこを自分流に改変して、リヴィングデッドが集まって暴動するという描写にした。原作には麻薬の描写もあったので、小説ではケルベロス・ゼロという麻薬の作用で死者が甦ってくるという設定にしたんだ。三百枚ぐらい書いて完成していたけど、バブルの頃にはありがちな話で、ノベライズの企画自体がお蔵入りしてしまった。とにかく、当時は他にも、飯島真理さんや大江千里さん、細野晴臣さんのアーティストブックにミステリやSFの短編小説とかも書いていたんだよ。でも、本格的な作家デビューには繋がらなかった。どこからもオファーはなかった。その後、JICC出版局（現・宝島）からゲームブックをやらないかという話がきたんだ。ただ、ミステリの鬼と呼ばれた評論家の田中潤二さんもその企画で書くという話があった。当時私はゲームブックはやったことがなかったし、読んだこともなかったし、自分としてもゲームブックの分岐するというところに興味を持ってね。ボルヘス「八岐の園」の時間の分岐とか、アントニイ・バークリーやクリスチアナ・ブランドの作品によくあるマルチ解決とか。あれができるなと思ったんだ。ゲームブックだとマルチ解決は活きるだろうと思ったしね。

――それが八七年に刊行された『13人目の名探偵』（JICC出版局）ですよね。キッド・ピストルズと相棒のピンク・ベラドンナが初登場したのが同作でした。

山口　その前後に、「ホームズから100年　名探偵大集合」というイベントで、犯人当ての寸劇を古舘伊知郎さんの司会でやるということになってね。原案となる犯人当て小説を「ミステリマガジン」（早川書房）で書かないかと依頼されたんだ。

――『キッド・ピストルズの冒瀆』に収録された「カバは忘れない」ですね。

山口　そんなところへ、〈鮎川哲也と十三の謎〉という書き下ろし小説のシリーズに書かないかと、当時東京創元社に在籍していた編集者の戸川安宣さんからオファーがあった。実は、戸川さんとはそれ以前に面識があってね。八五年に『ハードボイルド』（CBSソニー）というコンピLPを監修したのだけど、リリースを記念したパーティーでお会いしているんだよ。話を戻すと、戸川さんとは銀座のプランタンで待ち合わせをしたんだ。戸川さんは席に座るなり『13人目の名探偵』を机の上に出して、「面白かったですね。一つ、大人の小説を書いてみませんか」とぶっきらぼうに言ったの。いよいよチャンスが回ってきたなと思ったね。でもね、戸川さんが〈十三の謎〉の構想を語りだすんだ。鮎川先生推《すい》挽《ばん》の有栖川有栖さんがいて、北村薫さんと折原一さんがいると。北村さん、折原さんとは大学時代から面識があったからね。この面子《メンツ》で書くのかと慌てたよ。本格物で勝負するのは厳しいかなと。それで僕は最初、SF設定のハードボイルドをアイデアとして戸川さんに出した。それは逃げかもしれないけど、当時やってみたいことでもあったから。だけど、戸川さんの反応はイマイチ。その次に、心理スリラーを提案した。戸川さんは考え込むような感じで、笑顔にはならない。そこで、三つ目に、死者が甦る世界で起こる本格推理の殺人事件というのを話したら、戸川さんが生ける屍のようにはっと目を覚ましてね。

――その時は、『メトロポリス』幻のノベライズは念頭にあったんですか？

山口　なかったね。その前にTV放映で観たジョージ・A・ロメロの『生ける屍の夜』（現在は、『ナイト・オブ・ザ・リビングデッド』に改題）がきっかけなんだ。『生ける屍の夜』に、リヴィングデッドになった少女が自分の両親を惨殺するシーンがあるんだよ。しばらくして、殺された父親がゆっくりと動き出して、母親がカッと目を見開く——その瞬間に閃いたんだ。僕らみたいにミステリを読み重ねている人間は、ホラーでもSFでもミステリ的に観てしまう傾向があるよね。ミステリなら、死体が発見されたら、警察が呼ばれて捜査が始まる。でも、そこで死体が目覚めたらどうなるんだろうと思ったの。この設定で本格ミステリを書いたらどうなるんだと。

——『生ける屍の死』の冒頭がまさにそういうシーンですよね。

山口　あれを書きたかったんだ。それに、死者が甦ることで、三つの効果が狙えるよね。まず、捜査が混乱する。死者が起き上がって逃げたり動いたりするのであればね。そして、謎が膨らむ。「甦るのに、なぜ殺すのか」は大きな謎となる。三つ目として、推理の幅が広がる。推理を違う次元で展開できる。死者が死後も動き回るのであれば、「どうして動くのか」「どこに行ったのか」「何を考えているのか」「何をしようとしているのか」まで推理しないといけない。死者も事件関係者として推理のファクターに入れないといけない。そうすると、プロットも複雑になるし、新しい推理の沃野《よくや》——パラダイムが拓けるわけだよ。一方、僕が『生ける屍の死』を書いた頃は、新本格前夜――ハードボイルドや冒険小説の時代だったし、本格ミステリに未来はないかもと思っていた。だから、どうせ死ぬんだったら、僕が殺そうと思った。本格ミステリを抱きしめて殺してやろうと思ったんだ。

――その〝愛ゆえの殺意〟が『生ける屍の死』を書く動機だったのでしょうか。

山口 他にも二つ動機があるんだ。『屍』を書く数年前に父が急逝したんだ。死に目には遭えなくて、半日後にやっと対面した。枕元に座って、初めて肉親の亡骸に手を触れてみたんだよ。すごく冷たかった。氷よりもまだ冷たい気がした。すごく恐ろしい体験だった。その時に、僕はなんでミステリなんか読んでいたんだと思ったんだ。おかしいんじゃないかと思ったよ。だって、毎日毎日人が死ぬ話をゲーム的に読んでいたわけだろ。しかし、現実の死というものは、本当に心に突き刺さるような衝撃があった。だから、それから半月ぐらいはミステリを読む気になれなかったんだ。そういう体験を経て心に浮かんだのは、毎度毎度、人間の「死」を扱うミステリを自分が書くのであれば、一度、全編、徹底的に「死」について考察するような小説を書いてみたいというモチベーションが生まれたね。

――『生ける屍の死』の中で語られるグリンの死生観は、山口さんがそのまま考えていたことだったわけですね。

山口 そうだね。三つ目の動機は、〈世界の謎〉を解くようなミステリを書くということ。

パズラー的なフーダニット〈誰が犯人かわかればそれでいい〉というミステリではなくね。殺人事件の犯人を探すという下位の謎解き以上のことをやりたかった。フーダニット以上のレベルで、人間をとりまく世界の謎や現象に挑む謎解きをしたかった。やるなら、徹底的にやりたい。〈世界の謎〉というテーマを追求しようと心がけた。

――『奇偶』（講談社）でも、偶然や運命とはなにかという謎に取り組んでいますよね。

山口　そうだね。僕にはミステリの方法論を刷新しようという動機づけもよくする。『續・日本殺人事件』（角川書店）では禅と推理の融合をやってみたし、『落語魅捨理《ミステリ》全集　坊主の愉しみ』（講談社）では論理での解法ではなく落語のサゲで謎を解くというのを試みた。

――三つ目の動機は『屍』だけでなく、山口雅也の小説家人生に一貫してあるわけですね。

山口　本格的に執筆を開始する前に、僕は東京の家を引き払った。実家に帰って小説を書くことに専念したんだ。ただ、四百字詰め原稿用紙に手書きで書いたから、ものすごく苦労したね。当初は想定していなかった伏線を思いついたり、書いていてキャラクターが勝手に動いたりすることがあるわけよ。中盤ぐらいまでは消しゴムで消して、一から書き直していたけど、終盤、締切に追われている時はそれも難しい。だから、当該部分を切って貼り付けたんだよ。出来上がった原稿は、糊とセロハンテープだらけで、つぎはぎだらけ。

そうやって僕が小説作法を手探りで四苦八苦しながら書いている頃に、創作のヒントになったことがあったんだ。それも音楽関係なんだけど、なんだと思う？

――頭から順番に書いていくのではなく、パーツごとに作って後で組み立てるというやり方ですか？　後期ビートルズのレコーディング方式を参考にしたとか？

山口　おお、鋭いねえ……ビートルズではないけど。キング・クリムゾンのロバート・フリップが自らの音楽を語ったことがあってね。それを読んで気付いたんだ。たとえば、『クリムゾン・キングの宮殿』だと、イアン・マクドナルドの作ったパート、グレック・レイクのパート、フリップのギター・フレーズとか、断片《フラグメンツ》はあったそうなんだ。それらを寄せ集めて、A→B→C→Dと一旦作っておいて、「ダメだ」となったらBを頭に持ってきてB→A→C→Dと組み替えていたらしい。ああ、こういうやり方でいいんだと。頭の中では断片でも、書きながら組み替えれば完成品ができるんだなと。その時は、音楽を聴いていて良かったと思ったね。現代のアメリカの犯罪ドラマでは複数の脚本家たちが、完成稿でもあらゆる構成パターンを再考して、決定稿を創り上げる。そういうことをひとりでしてたわけだ。

（下巻へ続く）

一九八九年一〇月　東京創元社刊
一九九六年三月　創元推理文庫刊

光文社文庫

生《い》ける屍《しかばね》の死《し》（上）
著　者　山《やま》口《ぐち》雅《まさ》也《や》

2018年6月20日　初版1刷発行

発行者　鈴木広和
印　刷　萩原印刷
製　本　ナショナル製本

発行所　株式会社 光文社
〒112-8011　東京都文京区音羽1-16-6
電話（03）5395-8149　編集部
8116　書籍販売部
8125　業務部

ISBN978-4-334-77673-2　Printed in Japan

組版　萩原印刷